섭씨 100℃의 미열

섭씨 100°C의 미열

노자키 아야

Contents

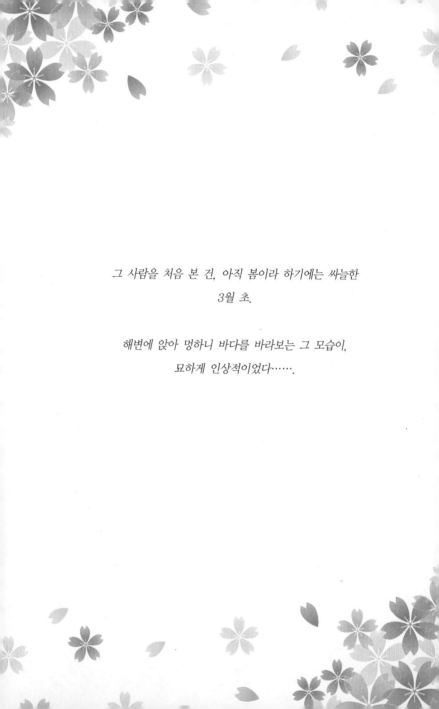

그 사람을 처음 본 건, 아직 봄이라 하기에는 싸늘한
3월 초.

해변에 앉아 멍하니 바다를 바라보는 그 모습이,
묘하게 인상적이었다…….

1.
청천벽력

"실례합니다."

계산대 쪽에서 들리는 목소리에, 전표 정리에 정신을 팔던 나는 고개를 들었다. 평일 이 시간대는 항상 한가해서 방심했던 탓인지 손님이 가게에 온 것도 모르고 있었다.

서둘러 책상에서 일어서서 계산대로 향했다.

"기다리게 해서 죄송합니다."

계산대 앞에 선 남자가 내 시야에 들어오자, 나도 모르게 흠칫 놀랐다.

'이 사람⋯⋯.'

남자가 캔커피를 계산대에 놓고 지갑을 꺼내는 것을 본 나는 허겁지겁 계산을 했다.

"120엔입니다."

"네."

남자는 천 엔짜리 지폐를 슥 내밀었다.

"봉지에 담아 드릴까요?"

"아뇨. 괜찮습니다."

"감사합니다."

캔에 결제 완료 스티커를 붙이고 잔돈을 건넨 그 순간, 남자가 입을 열었다.

"예쁘네요……."

갑작스러운 말에 나는 깜짝 놀랐지만, 남자의 시선은 다른 방향으로 향해 있었다. 그 시선의 끝에는 꽃병에 꽂은 향등골나물 생화가 있었다.

오해한 스스로가 어이없어서 입가에 손을 대고 피식 웃었다.

"1주일에 한 번, 계절에 맞는 꽃을 꽂아서 장식하곤 해요. 근처에 있는 화원과 제휴해서 월요일 아침에 가져다준답니다."

"그렇군요."

내가 설명하자 남자는 납득했다는 듯 그렇게 답했다.

"당신이 장식하셨나요?"

"네? 아, 네. 일단……."

그러자 남자는 내게 시선을 돌리며 상냥한 미소를 지었다.

"굉장하시네요."

"……!"

내가 말을 잃은 사이에 남자는 재빨리 커피를 손에 들었다.

"감사합니다."

그는 가벼운 인사를 남기고 발길을 돌렸다. 나는 정신을 차리고 그를 향해 급하게 인사했다.

"감사합니다!"

그렇게 말하고 고개를 들었을 때에는 이미 남자의 모습이 출입문 너머로 사라진 후였다. 나는 한숨을 내쉬고 달아오른 볼을 양손으로 감쌌다.

'깜…… 깜짝이야……. 예고도 없이 나타나다니.'

자기도 모르게 입가가 느슨해진다.

'처음으로 목소리 들었어. 처음으로 가까이에서 봤어. 가까이에서 보는 게 훨씬 멋져!'

"이것 봐라, 왜 혼자 싱글벙글하시나?"

등 뒤에서 갑자기 목소리가 들려 나는 흠칫 놀라 돌아봤다. 동료 '다카세 케이코[高瀬圭子]'가 걸레를 한 손에 들고 의미심장한 웃음을 짓고 있었다.

"케, 케이……."

"어휴, 난 열심히 청소하고 있는데 너는 대체……."

"어, 어쩔 수 없잖아. 손님 응대를 한 것뿐인데, 뭐."

"호오? ……그래서, 저 사람이 '해변의 니트족'인 거야?"

"……."

여전한 케이코의 독설에 나는 입을 닫았다.

'세토 내해[瀬戸內海]'에 자리한 최대의 섬, '아와지 섬[淡路島]'. 그 섬 남부에 있는 '남아와지 시', 그 안에서도 최남단의 '아마[阿萬]'라는 자그마한 바닷가 마을에서 나, '에자키 치나미[江崎千波]'는 할머니와 둘이서 오붓하게 살고 있었다. 마을 근처 산에는 풍력발전용 풍차가 마을을 내려다보며 서 있고, 완만하게 펼쳐진 해안에서는 도쿠시마 현[德島縣]도 바라볼 수 있다.

고등학교를 졸업하여 취직한 곳은 집 근처의 '스기모토[杉本] 물산점'이라는 토산품점. 해변을 따라 직장까지 쭉 뻗은 235번 도로를 매일 자전거로 달리는 게, 요 몇 년간 변함없는 내 일상이었다.

그런 변함없는 일상 속에 최근 들어 작은 변화가 생겼는데, 그것은 반년 전의 봄, 가게 옆 해안가에 그 남자가 불현듯 나타난 것.

내가 근무하는 토산품점에서는 바로 밑에 있는 해안가가 잘 내다보였다. 그래서 한낮부터 모래사장에 앉아 멍하니 바다를 바라보는 그 남자의 모습은, 좋든 싫든 눈에 잘 띄었다.

멀리서 봐도 날씬한 모습은 나쁘지 않았고, 나는 언제부턴가 그 남자가 해안에 나타나는 것을 내심 기다리게 되었다.

하지만 그를 눈여겨본 것은 나뿐만이 아니어서 순식간에 그 남자는 종업원 사이에서 화젯거리가 되었다.

"아무리 멋지다 해도 젊은 놈이 한낮에 어슬렁거리다니, 제대로 된 놈은 아냐."

나와 달리, 남자에 대한 케이코의 평가는 꽤 신랄했다.

"하지만 있잖아, 자영업을 하는 사람일지도 몰라. 예술가일 수도 있고."

"어쨌거나 이렇게 자꾸 나타난다는 건 그만큼 안 팔린다는 거겠지. 그렇다면 니트족이나 마찬가지야."

그 이후로 케이코는 그 남자를 '해변의 니트족'이라 부르고 있다. 어찌 됐건, 때때로 해안가에 나타나는 그 남자를 멀리서 바라보는 게 은근한 내 즐거움이 되었다.

나는 문득 조금 전 눈앞에 갑자기 나타난 그 남자를 떠올렸다. 아마도 나이는 나와 비슷한 정도. 모나지 않은 태도에, 상냥하다는 인상을 받았다. 부드러워 보이는 검은 머리카락, 옅은 갈색 눈동자. 목소리는 예상보다 나지막했다.

'니트족 같지는 않은데…… . 말투도 정중했고.'

나는 케이코를 힐끔 쳐다보고는 갸우뚱거렸다.

'이 주변에 사는 걸까……? 근데 표준어를 쓰던데…… .'

존댓말을 쓰고 있어서 분명하진 않지만 간사이[關西] 사투리 어조는 아니었던 것 같았다.

오랫동안 이곳에서 살았지만 그 남자를 본 건 반년 전이 처음이었다. 어쩌면 뭔가 사정이 있어서 간토[關東] 쪽에서 이곳으로 이사를 왔을지도 모른다.

향등골나물 꽃을 보면서 망상은 쑥쑥 커져만 갔다.

나는 올해로 27살이 된다. 소위 말하는 결혼적령기인 셈이다.

하지만 사귄 지 5년이 된 남자친구 료헤이[良平]로부터 아직 결혼 얘기를 들은 바는 없다. 할머니가 마음에 걸려서 아직 결혼을 진지하게 생각할 수 없다는 이유도 있지만, 무엇보다도 동갑인 료헤이 자신이 아직 가정이라는 틀에 얽매이고 싶어 하지 않는 것 같았다.

게다가 3주 전에는 갑자기 할머니가 쓰러지셨다. 그 이후, 집과 직장, 그리고 '아마카미마치[阿万上町]'에 위치한 병원을 왕복하는 바쁜 나날이 계속되고 있었다.

이대로 가다가는 서른이 돼서야 결혼하게 될지도 모른다…….

'료헤이, 집에 있을까……?'

손목시계를 보면서 나는 료헤이가 사는 아파트까지 자전거로 급히 달렸다.

할머니가 쓰러지신 이후 경황이 없어 한 번도 못 만난 탓에 마음이 급했다. 평소에는 먼저 연락하고 찾아갔지만 오늘은 갑자기 방문해 그를 놀라게 할 생각이었다.

혼조가와[本莊川]를 건너자 료헤이의 아파트가 보이기 시작했다. 방에 불이 켜진 것을 보자 안도의 한숨이 나왔다. 급히 자전거를 자전거 거치대에 세우고 가벼운 발걸음으로 그의 집으로 향했다.

현관문은 잠겨 있지 않았다. 그 순간, 왠지 모를 위화감을 느꼈다.

천천히 현관을 열자 가지런히 놓인 하이힐이 보였다.

'설마…….'

쿵쾅쿵쾅. 좀 전의 가벼운 두근거림과는 전혀 다른, 기분 나쁜 울렁거림이 엄습했다. 소리를 죽이며 힐을 벗고 천천히 집 안으로 들어간 순간, 가느다란 여자 목소리가 날아와 귀에 꽂혔다. 울렁거림은 더욱 심해졌다.

나는 떨리는 손으로 침실 문고리를 잡았다.

그때는 이미 여자의 목소리가 뚜렷이 들리는 상태였다.

마음을 다잡고 문을 확 열어젖혔다.

"꺅!"

여자의 짧은 비명이 들렸다. 그리고 내가 본 것은, 료헤이와 처음 보는 여자가 침대 위에서 완전한 알몸이 되어 몸을 섞는 장면이었다.

두 사람은 갑작스러운 침입자에 놀라 움직임을 멈추고, 물끄러미 문 앞에 선 나를 쳐다봤다. 료헤이의 안색이 순식간에 변했다.

"……치, 치나미……."

격앙된 료헤이의 목소리를 듣자, 내 머릿속은 진공상태가 돼버렸다. 따져 물을 말도, 욕도 나오지 않았다.

어느새 나는 발길을 돌려 도망치듯이 달려 나가고 있었다.

"치나미!"

료헤이의 목소리가 들렸지만 나는 힐을 대충 신고 현관을 뛰쳐나갔다. 엉키는 발걸음으로 계단을 내려가 자전거 거치대로 향했다. 손가락이 파르르 떨려 자전거 열쇠를 좀처럼 풀 수 없었다.

"……하아 ……하아."

격하게 뛴 것도 아닌데 심장이 울렁거리고 숨도 가빠졌다. 그래도 어렵사리 열쇠를 풀고 자전거에 올라탔다.

그 후 어떻게 집까지 왔는지 기억이 없다. 정신을 차렸을 때, 나는 어두컴컴한 거실의 다다미 바닥에 힘없이 주저앉아 있었다.

아직 가쁜 숨을 어떻게든 진정시키려고 후욱, 숨을 크게 내쉬었다. 달빛을 받은 다다미 무늬를 멍하니 보고 있노라니, 내 머릿속에 좀 전의 광경이 또렷이 재생됐다.

거의 내 집처럼 드나들던 료헤이의 아파트. 사랑을 나눈 후 잠들 때까지 둘이서 장난치던 침대. 그 위에 모르는 여자가 있었다. 알몸으로…… 료헤이와 껴안은 채로.

"……!"

날카로운 통증이 가슴을 찔렀다.

그때, 분위기에 어울리지 않는 경쾌한 초인종 소리가 울렸다.

깜짝 놀란 나는 료헤이가 왔다는 것을 순식간에 알아챘다. 그리고, 현관문을 잠그지 않았다는 생각에 황급히 일어섰다.

'싫어. 지금은 얼굴도 보고 싶지 않아…….'

문을 잠그려고 복도로 나온 순간, 현관 미닫이문이 드르륵 열리는 소리가 들렸다. 문을 연 료헤이는 당연하다는 듯이 집 안으로 들어왔다.

"……!"

우리는 복도에서 마주쳤고 동시에 긴장했다. 열린 현관 사이로 약간의 달빛이 스며 들어오고 있었지만 빛을 등지고 있어서 료헤이의 표정을 읽을 순 없었다.

"치나미⋯⋯."

이름을 부르는 그의 목소리에 나는 정신을 차렸다. 료헤이가 다가오자 나는 거실로 돌아가려고 몸을 돌렸다. 그 순간, 그가 내 손을 콱 잡았다.

"싫어!"

"치나미!"

"싫어. 놔. 만지지 마!"

나는 그의 손을 뿌리치기 위해 격렬히 저항했다. 억울하고 징그러워서 눈가에 눈물이 맺혔다. 료헤이는 내 몸을 거세게 끌어안았다.

"⋯⋯이거 놔!"

"미안⋯⋯. 치나미, 미안."

품 안에서 몸부림치는 나를 진정시키려고 료헤이는 팔에 힘을 줬다.

"정말⋯⋯ 미안."

나는 그때서야 힘을 풀었다. 하지만 그것은 절망의 늪으로 떨어지는 순간이었다. 천천히 료헤이의 얼굴을 올려다보았다.

"사과한다는 건⋯⋯ 바람피운 걸, 인정한다는 거지⋯⋯?"

"⋯⋯."

"⋯⋯왜?"

나를 쳐다보는 료헤이의 얼굴에, 약간의 아픔 같은 표정이 스쳤다.

"내가…… 싫어진 거야?"

"……아냐!"

"그럼…… 5년이나 사귀어서…… 싫증 났어?"

"아냐, 그런 게 아냐. 그런 게 아니라고……."

울음 섞인 목소리로 그렇게 말하며 료헤이는 입술을 지그시 깨물었다.

"이런 말, 변명거리도 되지 않겠지만…… 요 3주 동안, 치나미랑 만나지 못해서…… 어쩔 수 없다고 이해는 하면서도…… 오늘도 치나미랑 만나지 못한다는 생각을 하니까 집에 곧바로 가기가 싫더라고……. 마침 동료가 미팅 가자고 해서…… 그래서…… 술기운도 있고…… 외로움도 달랠 겸해서…… 생각도 없이……."

'……생각도 없이?'

그 말을 듣는 순간, 울컥 분노가 치밀었다.

"그럼, 외롭게 만든 내가 잘못했다는 거야?"

그 말이 떨어지기가 무섭게 나는 힘껏 료헤이의 뺨을 때렸다.

"넌 비겁해! 나쁜 놈이야! 자기 의지가 약한 거면서 남 탓을 하고…… 남자답지 않잖아!"

의외의 공세에 료헤이는 압도당한 듯 멍하니 내 얼굴을 보고 있었다. 한껏 외쳐 대도 내 분노는 식을 줄 몰랐다.

잠시 놀란 상태였던 료헤이는 정신을 차리고 다다미 위에 엎드려 사죄를 했다.

"정말 미안해, 치나미! 내겐 치나미밖에 없어! ……내가 잠시 미쳤었나 봐…… 두 번 다시 이런 짓 안 할 테니까!"

"……."

"용서만 해 준다면 어떻게든 갚을게! ……그러니까 나랑 헤어지자고 말하지만 마!"

너무나 자기중심적인 료헤이의 말에 분노가 정점에 달했다.

"당장 나가! 내 앞에서 당장 사라져!"

료헤이는 고개를 들어 슬픈 표정으로 나를 올려다보았다. 그의 눈에서 나온 눈물이 뺨을 따라 흘러내리고 있었다.

"울고 싶은 건 나야!"

그렇게 외치며 나는 료헤이의 팔을 잡아 억지로 일으켜 세웠다.

"치나미! 제발 부탁이야, 내 말 좀……."

"시끄러, 시끄러!"

미친 듯이 외치며 주먹으로 료헤이의 몸을 때렸다. 료헤이는 아무래도 지금은 이성적인 대화를 하기가 어렵다고 생각했는지 체념한 듯 발길을 돌렸다. 현관 앞에서 신발을 신고 나서 다시 돌아본다.

"치나미. 다시 한 번, 마음이 진정되면 얘기할 수 있는 기회를 줘. 나는 절대로 치나미와 헤어지고 싶지 않아."

"……."

"이기적이라 생각하겠지만…… 이게 내 진심이야."

"시끄러워……! 나가!"

나는 2년 전 크리스마스에 선물로 받은 커플링을 손가락에서 빼서 료헤이를 향해 내던졌다. 그대로 바닥에 엎드려 큰 소리로 미친 듯이 울어 대는 나를 보며 그는 입술을 깨문다.

"상처 줘서, 미안."

그렇게 말을 남기고 료헤이는 조용히 문을 열고 나갔다.

✽※✽

끝나지 않는 밤은 없다, 반드시 아침은 오니까…….

긍정적인 뜻으로 자주 쓰이는 말이지만, 이날 나는 아침 따위는 두 번 다시 오지 않았으면 좋겠다는 생각까지 했다.

그래도 당연히 그 시간이 되면 아침 해는 떠오른다…….

'한숨도 못 잤어…….'

평소와 같은 기상 시간, 나는 엉금엉금 침대에서 빠져나왔다.

이 나이가 되면 밤을 새운 여파가 여실히 얼굴에 나타난다. 다크서클을 화장으로 가리려 해도 파운데이션이 잘 먹지 않는다.

그래도 겨우 화장하고 평소보다 늦게 집을 나섰다.

"안녕하세요!"

평소처럼 가게 옆에 자전거를 세우고 뒷문을 통해 안으로 들어

갔다. 근무시간 기록표를 찍는 그때, 뒤에서 갑자기 누군가가 나를 불렀다.

"안녕하세요, 에자키 씨."

"아, 점장님. 안녕하세요."

다른 때는 점심쯤 가게에 나오는 점장이 아침부터 나와 있어서 나는 내심 놀라며 인사를 건넸다.

"잠시 얘기 좀 괜찮을까……?"

그렇게 한쪽에서 손짓하는 점장을 나는 의아하게 바라보며 다가섰다.

잠시 후, 그가 갑자기 내뱉은 말을 이해하지 못하고 나는 멍하니 점장의 입가만을 바라봤다.

"……오늘 자로 ……해고?"

항상 당당하던 점장이 안절부절못하고 나랑 눈을 마주치려 하지도 않았다. 겨우 말의 의미를 이해한 나는 얼굴에서 핏기가 사라지는 것을 느꼈다.

"그 말은 그러니까…… 그만두라는 건가요?"

"아, 뭐, 그게……."

"왜죠? 제가 뭔가 실수라도……?"

"아냐, 아냐. 에자키 씨는 잘하고 있어."

"그렇다면 왜……."

잘하고 있다면서 왜 해고하는 건지, 전혀 이해할 수가 없었다.

"갑자기 그런 말씀을 하시면…… 곤란해요. 생활은 제가 책임지고 있고, 할머니도 입원하셨고……."

"그래, 그건 정말 충분히 이해하고 있지만……."

그러자 점장은 갑자기 내게 깍듯이 허리를 굽혔다.

"정말 미안해! 에자키 씨에게 아무런 문제는 없는데…… 형이 부탁하는 바람에……."

"……네?"

"형의 딸아이……. 그러니까 조카가 전문대를 졸업했는데 취직을 못 해서…… 일단 작은아빠인 내가 맡아 달라고 형이 신신당부하는 바람에……."

"……."

나는 할 말을 잃었다. 즉, 그 조카를 여기에 취직시키는 대신, 내가 튕겨 나가는 셈인 것이었다.

"우리 가게로선 더 이상 종업원을 늘릴 여유는 없고……. 이건 정말 고심 끝에 낸 결정이라……."

미안한 표정으로 깊숙이 고개 숙인 점장 머리의 가마를 바라보던 내겐 더 이상 반론할 기력이 없었다.

✳❇✳

마지막 근무를 마치고, 언뜻 보기에도 후다닥 만든 것 같아 보이는 꽃다발을 든 나는 곧바로 집에 가고 싶지 않아서 해안에 들렀다.

지금 할머니 얼굴을 보면 울 것 같아서 병원에 갈 수도 없었다.
쓸데없이 걱정을 끼쳐서 또 상태가 악화되면 대책이 없다.

"……하아……."

바다로 새빨간 저녁놀이 지고 어디선가 쓰르라미 소리가 들려
온다. 가을 바다는 그렇잖아도 어딘지 모르게 슬픈데, 지금의 나
는 그야말로 인생의 밑바닥에 있었다.

항상 그 남자가 앉던 자리에 앉아 보았다. 오늘은 해안에 나타
나지 않았지만, 그가 평소에 이 광경을 바라봤을 것이라 생각하
니, 아주 조금은 그에게 다가간 것처럼 느껴졌다.

'난 전생에 엄청 나쁜 인간이었나 봐…….'

그게 아니라면, 어떻게 이렇게 불행이 한꺼번에 닥치겠어?

눈물이 핑 돌았다.

나는 서둘러 눈물을 훔치고 일어섰다. 그리고 저녁놀을 향해
우뚝 섰다.

"입원하신 할머니도 계신데 해고라니! 이제 어떻게 하란 말이
야—"

그렇게 힘껏 외치면서 나는 꽃다발을 바다를 향해 던져 버렸
다.

"이 나쁜 놈아—!"

온갖 증오를 담아 그렇게 외치고 있는데, 뒤에서 모래를 밟는
소리가 들렸다. 나는 서둘러 입을 닫았다.

그땐 거기에 서 있는 인물이 누구인지 알 수 없었다. 단, 그림

자로 봐서 남자라는 것은 알 수 있었다.

천천히 뒤돌아 저녁노을 빛에 물든 남자의 얼굴을 또렷이 확인한 순간, 심장이 멎는 듯한 느낌을 받았다.

"……!"

항상 가게에서 바라보던 해변의 남자……. 그리고 어제 가게에 왔던 그 사람이었다.

천천히 바닷바람이 불었고, 남자의 약간 긴 앞머리가 흔들렸다. 두 사람 사이를 고추잠자리 두 마리가, 사이좋게 가로질렀다. 잔잔한 파도 소리가 한층 크게 귀에 들렸다.

잠시 눈을 동그랗게 뜨고 내 얼굴을 바라보던 남자는 피식 하며 웃었다.

"태양을 향해 외치는 사람, 처음 봤어요."

"……!"

머리에 피가 솟구쳤다. 아무도 듣는 사람이 없는 줄 알았는데, 그런 부끄러운 절규를 하필이면 은근히 마음에 두던 사람에게 들키다니.

하느님은 나를 불행의 늪에 얼마나 깊숙이 처넣을 생각일까?

"……죄송합니다!"

얼굴도 제대로 보지 않고 그렇게 말한 나는 모래 위에 두었던 가방을 낚아채 전속력으로 남자의 옆을 지나쳤다.

"잠깐만요!"

뒤에서 불러 세우는 목소리가 들렸지만 나는 멈추지 않고 도로로 향하는 길로 뛰었다.

들켰어……. 비웃었어…….

제방 끝에 세운 자전거 짐바구니에 가방을 넣은 나는, 감정이 북받쳐 그 자리에 주저앉고 말았다. 부끄러움에 귀까지 뜨거워졌다.

그 사람은 언제부터 거기 있었고, 나를 보고 있었을까? 꽃다발을 바다로 던지는 엉뚱한 여자로 생각할지도 몰라.

하지만 잘 생각해 보면, 내일부터 이곳에 올 일은 없으니, 그와 얼굴을 마주치는 것도 오늘이 마지막일 거야. 이렇게 최악의 상황으로 끝나다니…….

눈시울이 뜨거워진 그때, 가방 속의 휴대폰이 울렸다. 료헤이가 건 게 아닐까 싶어 잠시 망설였지만 휴대폰에 찍힌 이름은 케이코였다.

―여보세요? 너 지금 어디야?

"……!"

케이코의 목소리를 들은 나는 지금껏 꾹 참았던 것들을 한꺼번에 쏟아 낼 것만 같았다.

―점장에게 오늘 얘기 다 들었어……. 괜찮아?

오늘 케이코는 출근하는 날이 아닌데, 내 해고 소식을 듣고 급히 전화를 한 모양이었다.

"케…… 케이……."

―야, 아직 울지 마! 직접 만나서 얘기 들을 거니까! 지금 어

디야?

"……아직…… 가게 근처……."

-알았어. 그럼 〈쿠니우미〉에서 만나자. 나도 곧 갈게.

"……응."

전화를 끊고 나는 겨우겨우 눈물을 참으며 자전거 키를 풀었다. 절벽 끝에서 구출된 느낌이었다.

자전거를 밀면서 단골 선술집을 향해 힘없이 걷기 시작했다.

어느새 해는 수평선 너머로 지고, 쓰르라미 소리도 들리지 않았다.

✽❉✽

"엥?! 바람피웠다고?"

케이코의 젓가락 사이에서 계란말이가 툭, 떨어졌다.

나는 고개를 끄덕였다.

"바…… 바람이라면 그……."

"료헤이 집에 여자가 있었어."

"하, 하지만 그것만으로 단정 짓기는……."

"섹스하고 있었어."

"……."

"료헤이도 인정했고."

나는 맥주잔에 입을 댔다.

"몰래 간 내가 바보였던 거지……. 평소에 안 하던 짓은 하는 게 아닌데."

"네가 무슨 바보냐, 료헤이가 바보지!"

케이코의 목소리가 날카로워졌다.

"치나미는 절대 바보 아냐. 대체 왜 료헤이는 그런 짓을……."

"외로웠대."

"……뭐?"

"3주 동안이나 내가 관심 안 가져 줘서, 외로웠대."

케이코는 거기서 어이없다는 듯 말문이 막혔다.

"외롭다니……. 그게 무슨 말도 안 되는 핑계야! 지금은 오히려 료헤이가 정신 차리고 치나미를 도와줘야 할 때 아냐?!"

내가 말없이 엷은 쓴웃음을 짓자, 케이코는 화를 못 이기고 탁자를 탁 쳤다. 진심으로 화내고 있음을 느낄 수 있었다.

"고마워, 케이."

"이제…… 어떻게 할 거야? 헤어질 거야?"

나는 시선을 떨어뜨리고 크게 한숨을 쉬었다.

"사실 어제까지는 너무 화가 나서 반드시 헤어지려고 결심했는데…… 하룻밤 지나고 나니 가게에서도 해고되고……. 그러다 보니 갑자기 헤어지기가 무서워졌어."

"……."

"직장도 잃고 애인도 잃고……. 그런 생각이 드니까 너무 슬픈 거야. 내게 남는 게 도대체 뭔가 싶어서……. 그렇다면 아예 단한 번의 실수라 생각하고 용서하는 게 편하지 않을까 싶기도 하고. 이 나이가 돼서 다시 새 연애를 시작하려니까 사실 너무 귀찮아서……."

케이코는 대꾸하듯 여러 번 고개를 끄덕거리면서 잠자코 내 얘기를 듣고 있었다.

"……이해해."

케이코가 중얼거렸다.

"올해로 벌써 스물일곱이라…… 수비로 돌아서려는 심정, 이해돼……."

잔잔한 말투로 중얼거린 케이코는 깊은 한숨을 쉬었다. 나도 따라서 한숨을 쉬었다.

"그렇다니까……. 이젠 귀찮다는 감정이 앞서지. 그렇다고 료헤이를 용서할 수 있느냐면, 그것도 어렵고……."

"그래그래, 이해해."

"왜 이렇게 한꺼번에 여러 가지 일이 생길까……. 액년까지 아직 5년이나 남았는데, 무슨 저주라도 받은 걸까?"

그렇게 말한 나는 탁상에 엎드렸다.

"설마……."

"그게 아니면 이렇게 연속으로 일어날 수는 없어. 천중살(天中殺)인지 대살계(大殺界)인지 모르지만, 이참에 '이자나기[伊奘諾] 신궁'에서 액땜이나 한번 하고 올까……."

"넌 정말 할머니에게 영향을 받은 게 많네. 하는 말 하나하나가 전부 옛날 사람 같아."

케이코는 쓴웃음을 지으며 턱을 괴었다.

"액땜도 좋지만 현실도 직시해야 해."

"응, 알아. 일단 내일 직업소개소에 다녀와야겠어. 빨리 다음 직장 구해야지."

저축은 거의 없는 거나 마찬가지, 벼룩의 간 정도의 실업수당 따윈 기대하지도 않는다. 지금은 애인이고 뭐고 직장을 구하는 게 최우선이다. 사랑 얘기로 배를 불릴 수는 없다. 뭐니 뭐니 해도 돈 없인 살아갈 수 없는 것이다.

"일단 료헤이 건은 놔두고, 취업 활동에 전념할 거야."

"그래야지."

석연찮은 표정을 짓던 케이코도 결국에는 웃음 지으며 내 어깨를 가볍게 두들겼다.

"열심히 해. 내가 도울 일이 있으면 뭐든 할게."

"고마워, 케이."

감동의 눈물을 글썽이는 내게 케이코는 웃으며 힘 있게 고개를 끄덕여 주었다.

2.
이가라시[五十嵐] 가문

다음 날, 나는 직업소개소에서 새 직장을 찾기 위해 '수모토 [洲本]'에 있는 아와지 현민국(懸民局)을 찾았다.

"26세고 자격증은 운전면허뿐이군요……."

나와 서류를 번갈아 보던 담당 직원은 약간 곤란하다는 표정을 지었다.

"경력은…… 토산품점 8년간 근무. 참, PC는 쓸 줄 아세요?"

"인터넷 검색 정도라면요."

"엑셀은?"

"……못해요."

"……으음."

"아, 하지만 직종은 따지지 않을게요! 무슨 일이든 하겠습니다!"

담당자는 "그러신가요?" 하면서 약간 고개를 기울였다.

결국 큰 수확을 얻지 못한 채 담당자와의 면담은 끝났다. 출구를 향해 힘없이 걸어가면서, 자신에겐 내세울 게 아무것도 없다는 것을 새삼 깨달았다.

역시 이젠 PC가 대세구나……

할머니의 교육 방침에 따라 취미는 꽃꽂이와 다도, 특기는 가사일과 기모노 착용법 등 차분한 것들뿐. 시집가기에는 유리할지 몰라도 취업 활동에는 전혀 쓸모가 없었다.

망연자실한 채 버스 정거장으로 걸어가려 할 때였다.

"저기…… 실례합니다."

뒤에서 망설이듯 말을 거는 목소리에 나는 발길을 멈춰 뒤돌아봤다. 그리고 그곳에 서 있는 인물을 확인하고 눈을 크게 떴다.

약간 떨어진 곳에서 지켜보듯 나를 보고 있는 사람은, 어제 해안에서 만난 그 남자였다. 내 얼굴을 본 그는 안심했다는 듯 금세 미소를 지었다.

"아, 역시."

그가 그렇게 말하며 다가왔다.

나는 얼굴이 달아오르는 것을 느꼈고, 서둘러 발길을 돌려 도망치려 했다.

그런데 "기다려 주세요!"라는 소리가 들림과 동시에 내 손목이 콱 잡혔다. 돌아보니, 그 사람이 진지한 눈으로 내 얼굴을 똑바로 보고 있었다.

"어제는 놀리는 듯한 말을 해서 죄송합니다. 당신을 속상하게 만들 생각은 아니었어요."

머뭇거리며 고개를 들자 그 사람은 흠칫 내 손을 놓았다.

그는 약간 얼굴을 붉히며 난처하다는 듯 손으로 목 뒤를 잡았다. 나도 어찌할 바를 몰라 그저 그 자리에 서 있을 뿐이었다.

삼시 두 사람 사이에 미묘한 침묵이 흘렀다.

이윽고 그가 결심한 듯 입을 열었다.

"저…… 어제 일이 계속 맘에 걸려서요. 들으려고 한 건 아닌데 듣게 돼 버려서……."

"……."

"당신은 그 토산품점에서 일하시는 분이죠?"

나는 말없이 끄덕였다.

"저…… 무직이라 하시던데…… 그 가게는 그만두신 건가요?"

나는 입을 열려고 하다가 주저했다. 잘 알지도 못하는 사람에게 말해도 될지 판단이 서지 않았기 때문이다.

내 주저함이 전해졌는지 그는 허겁지겁 주머니에 손을 넣었다.

"아, 죄송합니다. 저는 '이가라시'라고 합니다."

그렇게 말하며 지갑에서 면허증을 꺼내 내게 보여 주었다. 아마 수상한 사람이 아니라고 증명하고 싶은 모양이었다.

'이가라시 리쿠[五十嵐陸]'. 분명히 면허증에는 그렇게 적혀 있었고 눈앞에 있는 남자의 얼굴 사진이 붙어 있었다. 왠지 묘하게 안심이 된 나는 그제야 어깨 힘을 풀었다.

"사실은…… 어제 그 가게에서 해고됐어요. 그래서 어제는 좀 신경질이 나 있었다고 할까……."

"그러셨군요……."

"네, 어제는 너무 심한 욕을……. 죄송합니다."

"아닙니다. 저야말로 놀라게 해서 죄송합니다."

내 표정이 누그러진 것을 보고 안심했는지 그는 미소를 지었다. 그것을 본 내 마음속에서 불가사의한 감정이 퍼져 나갔다.

멀리서 쭉 지켜봤던 사람. 그리고 남몰래 마음에 두었던 사람. 그 사람과 지금, 이렇게 마주 보고 이야기하고 있다니…….

내가 생각에 잠긴 것을 알아채지 못한 채 그는 잠시 생각하는 듯한 몸짓을 한 후 입을 열었다.

"그래서, 저…… 새 직장은 구하셨나요?"

"……예? 아뇨, 그게……."

아픈 곳을 찔린 나는 쓴웃음을 지으며 고개를 숙였다.

"자격증이 아무것도 없어서요. 좀 어렵네요……."

"그렇군요……."

그러자 그는 잠시 후, 머뭇거리면서 말했다.

"혹시 일자리를 못 구해 곤란하신 거라면…… 저희 집에 오지 않으실래요?"

"……네?"

"어떤 일이라도 상관없으시다면, 한 가지 소개해 드릴 수 있는데……."

갑작스러운 제안에 나는 몹시 당황했다.

대체 이야기가 어떻게 흘렀기에 내가 이 사람에게 직장 알선을 받게 됐을까? 확실히 바로 대답하기는 어려웠다.

"말씀만으로도 감사한데…… 실례지만, 당신도 남에게 일을 소개할 처지는 못 되시는 것 같은데요?"

"……네?"

나는 옆의 직업소개소 건물에 시선을 주었다. 그러자 그는 손을 턱에 대고 피식 웃었다.

"……하핫. ……그러네요. 맞아요……."

그러다 점차 크게 어깨를 들썩거리며 웃기 시작했다. 나는 의외의 반응에 멍하니 그 모습을 보고 있었다.

잠시 후, 안정된 그가 부드러운 미소를 지으며 나를 쳐다보았다.

"안타깝게도 직장 구하러 온 건 아니랍니다."

"……네?!"

"오늘은 이쪽 종합청사 쪽에 볼일이 있어서요."

"죄, 죄송합니다! 제가 섣불리……."

"아니요. 아주 틀린 말도 아닌걸요."

그는 화를 내기는커녕 가볍게 웃어 보였다. 나는 민망함에 고개를 푹 숙였다.

"그래서 아까 얘기인데요."

그러다 바뀐 화제에 고개를 획 들었다.

"일, 어떻게 하실래요?"

현실로 되돌아온 나는 어찌할 바를 몰라 시선을 이리저리 돌렸다.

"근데, 저…… 일이란 게 어떤……."

"그건…… 우리 집 가정부인데요."

"……가정부……?"

내가 되묻자 그는 미소를 띤 채 끄덕였다.

"마침 한 사람이 이번 달에 그만두게 돼서 지금 새 사람을 찾던 중입니다."

"아아…… 그러시군요……."

멍하니 나는 그렇게 대답했지만, 내심 적잖이 놀랐다.

'가정부라니…… 이 사람 그렇게 잘사는 집안 사람인가…….'

그런 생각을 하던 중, 나는 문득 생각났다.

이가라시 리쿠? ……이가라시…….

나는 손에 든 그의 면허증에 시선을 떨어뜨렸다.

이 주소…… 이가라시…… 그렇다면…….

"이가라시 집안사람이세요?!"

허겁지겁 그의 얼굴을 보니, 그는 웃으며 고개를 약간 기울였다.

"알고 계세요?"

알고말고. 이 지역에 살면서 이가라시 가문을 모르는 사람은 없다.

에도 시대부터 명맥을 이어 온 유서 깊은 명가. 메이지 시대에 들어서부터 대대로 시 의원을 역임했고, 사람들은 모두 이가라시 가문 당주를 선생님, 선생님 하며 존경해 왔다.

마을을 둘러싼 산들은 전부 다 이가라시 가문의 소유라고도 한다. 구릉 위에 지은 저택은 마치 성 같고, 담장으로 둘러싸인 저택 부지는 천 평 이상은 된다는 소문이다.

'……어떻게 된 거야…….'

케이코가 니트족이라며 깔보기까지 했던 이 사람이, 설마 그 이가라시 가문 사람이었다니…….

"저기……?"

말을 잃은 내게 그가 조심스레 말을 걸어왔다. 하지만 나는 다짜고짜 면허증을 그에게 돌려줬다.

"죄, 죄송합니다!!"

그때, 청사에서 나온 남성이 쿵 하며 내게 부딪혔다. 재빨리 그는 내 팔을 잡아 바로 세워 줬다.

"괜찮으세요?"

"아, 네. 괜찮아요……."

"여기서 얘기를 나누는 건 민폐가 되겠네요."

건물 입구에 서서 대화하던 우리는 분명 다른 이에게 걸리적거리는 존재였을 것이다.

"당신은…… 저…….."

"아, 에자키 치나미라고 합니다."

내 이름을 대자 그는 싱긋 웃었다.

"에자키 씨, 괜찮으시다면 바래다 드릴게요. 아까 그 얘기는 이동하면서 상세하게 설명하겠습니다."

"아…… 하지만……."

"혹시 약속이 있으신가요?"

"아뇨. 그게 아니라……."

"아…… 잘 알지도 못하는 남자랑 함께 차에 타는 건 거부감이 있으신가요?"

그는 곤란하다는 표정으로 머리를 긁었다. 그 모습을 보고 나는 웃음이 나와 버렸다. 이가라시 집안사람이라는 것을 안 탓도 있겠지만, 솔직히 그에게서 위험한 기색은 털끝만큼도 느끼지 못했다.

"이야기를 상세하게 듣고 싶네요. 신세 져도 괜찮을까요?"

내가 정중히 고개를 숙이자 그는 안심한 듯 부드러운 미소를 띤 채 "네."라고 대답했다.

나는 그를 따라 주차장으로 향했다. 신발을 신은 채로 올라타도 될지 망설여질 정도로 그의 승용차는 몹시 고급스러웠다.

"타세요."

"아…… 실례하겠습니다."

긴장하며 나는 조수석에 앉았다. '스모토가와[洲本川]' 하천을 따라 승용차는 28번 국도를 남하했다.

"댁까지 가는 길을 안내해 주세요. 사실 반년쯤 전에 도쿄에서 이사해 온 탓에 이 주변의 지리를 잘 몰라서요."

"네? 아, 네."

대답하면서 역시 그렇구나, 하며 내심 생각했다. 이가라시 가문에 대해 잘 아는 건 아니지만, 나랑 비슷한 연배의 남성이 있다는 얘기를 들은 적은 없었으니까.

"저기……."

내가 조심스럽게 말을 걸자 그가 시선을 살짝 이쪽으로 돌렸다.

"네?"

"왜 제게 말을 걸어 주셨나요?"

마음에 걸리던 의문을 묻자 그는 엷게 웃으며 대답했다.

"에자키 씨, 꽃을 예쁘게 꾸미셨죠?"

"……네? 아……."

예상외의 말에 나는 멍하니 대답했다.

"제 어머니는 원래 허약한 분이셨는데, 작년 말에 쓰러지신 이후로 계속 병상에 계세요."

"……."

"꽃을 좋아하시니, 병실을 꽃으로 장식이라도 하면 약간은 기분 전환이 될 것 같아서요."

"아, 그렇군요. 그럴지도 모르겠네요."

"그렇죠? 그래서 에자키 씨가 적임이라 생각했어요. 꽃 장식도

잘하시고, 대화했을 때의 느낌도 아주 좋아서, 꽃꽂이를 하시면서
어머니 말벗이 되어 주셨으면 해서."

나는 놀라며 그의 얼굴을 쳐다봤다.

"물론 다른 일도 해 주셔야 합니다만……."

"……."

"역시…… 이런 일은 꺼려지시나요?"

조용히 앉아 있는 내게 그는 걱정스럽게 물어 왔다. 나는 다급
하게 고개를 저었다.

"아니요, 꺼려지다니요……. 단지 좀…… 너무 갑작스러워
서……."

"그렇겠네요……."

내 말에 납득했는지 그는 웃으며 끄덕였다.

차는 이윽고 후쿠라[福良]를 지나 아마에 다다랐다. 곧 주변 풍
경은 한산해졌다.

"저…… 저기 교차로에서 좌회전해 주세요."

"네."

"아, 여기예요."

문 앞에서 차가 멈추자 나는 안전벨트를 풀었다. 그는 거기서
보이는 구릉을 보며 "호오." 하고 중얼거렸다.

"여기서 우리 집이 보이네요. 이렇게 가까울 줄이야."

"이 마을 안에서라면 어디서든 보이죠."

이 마을의 상징이라 할 만한 저택에 살면서도, 자신을 둘러싼

환경을 잘 모르는 그가 묘하게 웃겼다.

"바래다주셔서 감사합니다."

"아닙니다. 이야기를 나눌 수 있어서 좋았어요. 어제 그런 식으로 헤어지게 되어서 마음에 걸렸었거든요."

그의 말을 듣고 가슴이 따뜻해졌다. 어제까지는 이 세상 모든 것을 시기하고 원망했지만, 케이코와 이 남자 덕분에 기분도 꽤 많이 풀렸다.

"조금 전의 제의, 잘 검토해 주세요. 괜찮으시다면 우리 집에 오셔서 살펴보신 다음에 결정하셔도 되니까요."

"⋯⋯네?"

"언제든 저를 찾아오세요. 오전 중이라면 대체로 집에 있으니까요."

그렇게 말하면서 그는 가볍게 인사하고 핸드브레이크를 내렸다.

"감사합니다."

내가 대답하자 그는 싱긋 웃어 보이고 차를 출발시켰다. 좁은 길을 휙휙 달려가는 차를 나는 그 자리에 우두커니 서서 지켜보고 있었다.

✻❋✻

다음 날 아침, 나는 10시가 되기를 기다렸다가 집을 나섰다.

오전 중에는 집에 있다는 이가라시 리쿠 씨를 만나기 위해서였다.

어제 그 시간 후로 꼼꼼히 생각한 끝에 나는 이가라시 가문에서 일하기로 결심했다. 할머니께 이가라시 가문의 내부 사정에 대해 상세히 듣고선 안심하고 일할 수 있을 거란 생각이 들었기 때문이다.

게다가 집 근처에 사시는 '하츠에[初枝]'라는 할머니 친구분이 이가라시 저택에서 가정부로 일한다는 점도 결심을 하게 된 요인의 하나였다.

이가라시 가문 저택은 도로에서 이어진 완만한 오르막길 끝에 있어서, 용건이 없는 한은 거의 갈 일이 없었다. 그 이전에 일반 서민인 내가 그곳에 용건이 있을 리도 없어서 평생 그곳에 갈 일은 없을 거라 생각했었다.

어릴 적에 딱 한 번. 궁금한 마음에 친구 몇 명과 같이 저택 구경을 하려 한 적이 있었지만, 담에 둘러싸인 성 같은 외관은 어린 마음에도 위엄 있게 느껴져 가까이 갈 수 없었다.

나지막한 언덕길을 올라가니, 아래로는 우리 동네가 훤히 보였고, 저 멀리로는 바다까지 보였다. 5분쯤 걸어가니 으리으리한 대문이 앞에 나타났다.

명분이 있으니 겁먹을 필요가 없는데도, 대문에서 풍기는 위압감에 망설여졌다. 조심조심 초인종을 누르니 곧바로 "예." 하는 여자 목소리가 인터폰 너머로 들렸다.

"저, 저기…… 에자키라고 합니다. 리쿠 씨 계신가요?"

－어떤 용건이세요?

"그게……."

뭐라고 답해야 할지 몰라 잠시 머뭇거렸다.

"그러니까…… 일 때문에 왔다고 전해 주시면 아실 거예요……."

－잠시 기다려 주세요.

인터폰이 뚝 끊기고 나는 한숨을 후우, 내쉬었다.

나는 응접실로 안내받았다. 마당을 마주한 넓은 일본식 방, 장식품 하나하나가 다 호화로웠다. 압도당할 것 같은 분위기에 온몸이 저절로 굳어져 갔다.

얼마 후 리쿠 씨가 나타나서 나는 긴장한 채 자세를 가다듬었다.

"안녕하세요."

"아, 안녕하세요."

"차 어떠세요? 편하게 계세요."

"아, 네."

가사 도우미가 가져온 차를 권하는 그에게 나는 공손하게 머리를 숙였다.

"이렇게 찾아오셨다는 건, 긍정적으로 생각해 주신다는 건가요?"

"네. 어제 하루 종일 생각해 봤는데, 이곳에서 신세 지려고요……."

"이야기는 더 안 들어 보셔도 되나요?"

"할머니께, 여기서 일하시는 하츠에 씨가 이곳은 일하기에 아주 좋은 환경이라고 말씀하신 것을 듣고 안심하기도 했고…… 가능하다면 당장부터라도 일하고 싶은 상황이어서……."

그러면서 나는 리쿠 씨에게 머리를 숙였다.

"그러니까 꼭 여기서 일하게 해 주세요!"

결정을 내리기까지 시간이 걸릴 것이라 생각했었는지 리쿠 씨는 잠시 당황한 듯했으나, 곧 미소를 되찾았다.

"저야말로, 잘 부탁드립니다."

부드러운 대답에 나는 안심해서 고개를 들었다. 이가라시 가문의 가정부라면 할머니도 안심하실 터였다.

"그럼 바로 근무에 대해 설명드릴까요? 오늘 이력서는 가져오지 않으셨죠?"

"아니요, 가져왔어요."

"아, 정말요? 잠깐 볼까요?"

나는 가방에서 이력서가 든 봉투를 꺼내 리쿠 씨에게 건넸다. 그는 정중히 그것을 받아 보면서 약간 고개를 기울이며 미소 지었다.

"고용인 근무 관리는 제 담당이니까, 궁금한 점 있으면 언제든 물어봐 주세요."

"알겠습니다. 감사합니다."

"근데 지금 제가 하는 일이라곤 그 정도라서 무직이라 해도 과

언은 아니네요."

약간 장난기 있게 말하며 웃는 리쿠 씨의 말에, 나는 몸을 굳혔다. 어제 말실수가 떠올라 내 얼굴은 창백해졌다.

"죄, 죄송합니다……."

"아, 아뇨. 그냥 농담이에요."

리쿠 씨는 큭큭, 웃으며 고개를 저었다.

"그게…… 사실은 저, 이가라시 씨를…… 가게에 오시기 전부터 알고 있어서……."

"예?"

그는 놀란 듯 웃음을 멈췄다.

"그랬어요?"

"예. 사실은 가게에서 그 해안가가 잘 보이거든요. 그래서 그러니까…… 반년 전쯤부터 이가라시 씨가 자주 거기 오시는 걸 봤었거든요……."

그 말을 들은 리쿠 씨의 얼굴에 잠시 그늘이 스친 것처럼 보였다. 하면 안 될 말을 했을까 하며 잠깐 놀랐지만, 그는 곧 미소를 되찾고 쑥스럽다는 듯 목 뒤를 긁었다.

"그렇군. 보고 있었군요. 정말 한가한 놈이구나, 했겠죠?"

"아, 아뇨……."

"그런 모습을 봤었다면 어떻게 보여도 할 말이 없군요."

약간 시선을 떨어뜨리고 자조 섞인 웃음을 짓는 리쿠 씨를 보며 나는 뭐라 해야 할지 몰랐다.

"반년 전에 도쿄에서 여기로 왔다고 얘기했죠?"

"네."

"저쪽에서는 꽤 바쁘게 지냈던 탓에 갑자기 할 일이 없어지니 허전해져서……. 게다가 어머니랑 대화를 했다 하면 결혼 얘기부터 나오니 답답해서, 언제부턴가 그 해안가로 나가게 되었네요."

"그랬었군요……."

"뭐, 제 얘기는 들어 봤자 지루하겠죠."

분위기를 바꾸려고 리쿠 씨는 자세를 바로 하며 내가 건넨 이력서를 펼쳤다.

"에자키 치나미…… 씨."

"네."

"저희는 가정부분들을 이름으로 부르니 지금부터는 치나미 씨라고 부를게요."

"아, 네."

나는 좀 뜨끔해하면서 고개를 끄덕였다.

"치나미 씨는 저랑 동갑이군요."

"아, 그런가요?"

"네. 저도 다음 달이면 27세니까."

"정말요?"

나는 다음다음 달이 생일이었다.

같은 세대쯤 되겠다 싶었는데, 그 말을 듣고 나는 그에게 더욱 친근감을 느꼈다.

그 후, 근무 체계 및 시급에 대한 설명을 듣고 면담을 끝냈다.

"자세한 근무 내용은 하츠에 씨나 다른 분들에게 직접 들으시는 게 좋을 것 같네요."

"네."

"그리고 근무 중에는 기모노를 입으셔야 하는데, 착용은 하츠에 씨가 도와주실 거예요."

"아, 괜찮습니다. 저 혼자 입을 수 있으니까요."

리쿠 씨는 놀란 듯 눈을 크게 떴다.

"예? 혼자 입을 수 있다고요?"

"네."

"호오, 대단하시네요."

"대단한 것까진 아니에요. 제가 할머니 손에 자란 덕이죠……."

리쿠 씨의 놀라는 시선을 받고 나는 수줍어하며 그렇게 부정했다.

"그럼 내일부터 잘 부탁드릴게요."

"네, 저야말로 잘 부탁드리겠습니다."

집으로 돌아갈 때 리쿠 씨는 대문까지 나를 바래다주었다.

"저기…… 정말 감사합니다! 이가라시 씨는 제 은인이에요."

"네?"

리쿠 씨는 영문을 모르겠다는 표정으로 내 얼굴을 쳐다봤다.

"그날 저는 정말 바닥까지 갔었어요. 개인적으로 너무 힘든 일이 있었고, 게다가 직장에서까지 잘리고, 정말 죽고 싶을 정도로 낙심한 상태였는데……."

"……."

"그래서 너무너무 감사하게 생각하고 있어요."

"은인이라니 당치도 않아요, 치나미 씨. 너무 거창한 걸요……."

"하지만 저를 구해 주신 건 사실이에요……."

"……하아."

"이가라시 씨 얼굴에 먹칠하지 않도록, 열심히 일할게요!"

리쿠 씨는 시종 곤란해하는 표정을 지었지만, 결국에는 평온한 미소를 보여 주었다.

다음 날부터 나는 이가라시 가문의 가정부로 일하기 시작했다.

가정부는 나까지 포함해서 5명. 하츠에 씨 외에 50대의 아츠코[敦子] 씨, 40대의 유코[優子] 씨, 그리고 이번 달 말 결혼 퇴직할 마리코[麻裏子] 씨.

기본적으로 4명이 돌아가며 분담하고 휴일 등은 전부 가정부들끼리 의논해서 결정한다고 했다.

오전 팀은 아침부터 저녁까지, 오후 팀은 낮부터 밤까지 근무. 주된 근무 내용은 대부분 청소이며, 나머지는 요리, 시장 보기,

손님 안내 등등이라고 했다.

"이가라시 가문 사람은 총 5명. 그중 당주 일가는 타다오미[忠臣] 님, 사모님이신 토모미[友美] 님, 아드님이신 다이치[大地] 님."

"네."

"호칭은 각각 주인어른, 사모님, 다이치 도련님."

"네."

"그리고 주인어른의 여동생 되시는 미사오[操] 님과, 미사오 님의 아드님이신 리쿠 님."

"네."

"호칭은 각각 미사오 님, 리쿠 도련님."

"……네."

"하지만 리쿠 도련님은 '도련님'이라는 호칭을 싫어하시고, 치나미 양과 동갑이라고 하니, 리쿠 님으로."

"알겠습니다."

대답하면서 나는 내심 안도했다. 아무래도 또래에게 '도련님'이라 하기는 껄끄러웠다.

하츠에 씨에게 근무 설명을 듣던 중, 복도를 지나온 아츠코 씨가 말을 걸어왔다.

"치나미 씨, 리쿠 도련님이 부르셔. 방 어딘지 아니?"

"네, 알고 있습니다."

수첩을 앞치마 호주머니에 넣고 나는 의자에서 일어섰다.

리쿠 씨의 방 앞에 서서 문을 노크했다. 곧 "들어오세요."라는 대답이 돌아왔다.

"실례하겠습니다."

나는 조심스레 문을 열었다. 그러자 책상에서 컴퓨터를 하던 리쿠 씨는 의자에 앉은 채 몸을 돌려 나를 쳐다봤다.

"잘 주무셨습니까? 오늘부터 잘 부탁드립니다."

"좋은 아침입니다. 저야말로 잘 부탁드려요."

서로 정중히 인사를 나눈 후, 리쿠 씨는 A4 크기의 노란 봉투를 내게 건넸다.

"이 서류에 기입 부탁드립니다. 연필로 표시한 부분에 필요 사항을 적고 가져와 주시겠어요?"

"알겠습니다, 리쿠 님."

"……리쿠 님?"

이라 말하며 그는 약간 이상한 표정을 지었다.

"네."

"또래가 그렇게 부르는 건 거부감 있네요. 괜히 제가 잘난 것처럼 느껴져서."

"아, 하지만…… '이가라시 씨'라고 하면 이 집안 분들 모두가 해당돼서요."

"그렇긴 합니다만……."

그래도 리쿠 씨는 불만스러워 보였다.

"그럼…… 리쿠 도련님이라 부를까요?"

순간, 리쿠 씨의 얼굴이 새빨갛게 달아올랐다. 그리고 곧 한숨을 쉬며 고개를 옆으로 돌렸다.

"그것만은 싫으니까…… 리쿠 님이라고 불러 주세요."

그의 그런 모습이 웃기면서도, 실례지만 귀엽게 보여서 나는
자신도 모르게 피식 웃어 버렸다.

그런 나를 보며 리쿠 씨는 머리를 슬쩍 긁으며 쑥스러워하는
듯한 웃음을 지었다.

3.
꽃무릇

"이, 이가라시 집안의 도련님?"

맥주잔을 던지듯 내려놓으며 소리를 지르는 케이에게, 주위 손님들은 무슨 일이냐는 듯 시선을 집중했다.

"쉿! 케이, 목소리가 너무 커!"

"그치만…… 그 사람이란 게 해변의 니트족이라며?"

"니트족이 아니라 이가라시 당주의 조카라고!"

몇 번 설명해도 케이는 아직 믿기지 않는 모양이었다.

"근데 이가라시 선생님 집안에 그렇게 젊은 남자가 있다는 얘기는 못 들었는데……."

"그게, 사정이 좀 있는 모양이야……."

주위 시선이 그때서야 거둬져서 나는 맥주에 입을 댔다.

"선생님의 여동생분이…… 리쿠 님의 어머님인데, 남편분이랑 사별했대. 그래서 도쿄에서 돌아왔다는 것 같아."

"아아…… 그건 들은 적 있어."

"이유야 어쨌든 시집에서 되돌아온 거라 일부러 알리지 않았나봐. 리쿠 님은 그래도 도쿄에 남아 거의 돌아오지 않았기 때문에 존재를 모르는 사람도 많지 않나 싶어……."

"그렇구나…… 그 사람이……. 흠."

케이코는 반신반의한 듯 어정쩡하게 대꾸했다.

"게다가 그것뿐만이 아냐."

나는 우월감에 눈을 반짝였다.

"리쿠 님은 그 유명한 나루세[成瀬] 그룹 회장의 조카이기도 하대!"

"뭐?!"

"나루세 그룹의 차기 사장 비서를 맡았었대."

황홀해하는 나와는 대조적으로, 케이는 완전히 얼떨떨한 표정이었다.

"나, 나루세 그룹이라면 초거대 기업이잖아……."

"응."

"그런 사람이 왜 또 이런 촌구석에……."

그녀가 의문을 갖는 것도 당연했다.

"그게 사실은, 미사오 님…… 어머님 상태가 1년 전쯤부터 많이 악화됐대. 그래서 어머님 곁을 지키려고 여기 왔다는 것 같아. 지금은 재택으로 할 수 있는 소소한 일들을 맡아서 하고 있지만 어머님 상태가 호전되면 다시 바깥에서 일하고 싶대."

"그랬었구나……."

케이는 턱을 괴고 깊은 한숨을 쉬었다.

"그나저나 좀 안심했어. 취업 걱정은 안 해도 되니까."

"응, 덕분에. 할머니께 좀 전에 보고도 드렸고."

"깜짝 놀라신 거 아냐?"

"처음엔 좀 그러셨어. 그래도 이가라시 저택에 하츠에 씨도 일하고 계시니 안심된다고 기뻐하시더라."

"그렇구나……."

케이코는 맥주잔에 입을 대면서 내게 힐끔힐끔 시선을 던진다.

"……료헤이 건은?"

"……."

일부러 피하던 화제가 나오자 나는 마시던 맥주를 내려놨다. 잠시 우리 둘 사이에 침묵이 흐르고, 주변 손님들의 떠드는 소리가 한층 크게 들렸다.

"실은 그 후 료헤이랑 한 번 통화했어……."

나는 시선을 낮추고 무거운 입을 열었다.

"얼마간…… 거리를 두기로 했어."

"거리?"

"응. 지금은 아직 냉정하게 얘기할 수 있는 단계가 아니라서, 침착하게 료헤이랑 만날 수 있게 될 때까지는 시간이 필요하겠더라고……."

"그 말은 즉, 용서하기 위한 시간…… 그런 거야?"

그 말에 나는 깜짝 놀라며 고개를 들었다.

"에?"

"기간을 두고 침착해지면, 바람피운 거 용서하겠다…… 그런 뜻 아냐?"

가슴을 에는 듯한 그 말에 나는 가만히 숨을 골랐다.

"아, 아냐. 용서할지 말지는…… 그 시점에 정하겠다…… 그런 뜻이야……."

"그래? 만일에 대비하는 것같이 느껴지는데?"

케이코는 염탐하듯 내 눈을 똑바로 바라봤다.

"바람피운 걸 용서한다는 건, 이만저만한 결심 아니면 무리일 걸?"

"……."

"만약 정말로 료헤이와 다시 잘해 볼 생각이라면, 적어도 료헤이 앞에서는 평생 잊어버린 척해야 한다고. 싸울 때마다 그 얘기를 꺼내거나 하면 남자는 그 압박감에 결국 도망쳐 버려."

그런 경험이 있기라도 하다는 듯 케이코는 단정적으로 그렇게 말했다. 나는 아무 대꾸도 못 하고 잠자코 얼마 남지 않은 맥주 거품을 바라보고 있었다.

✽✳✽

문 앞 낙엽을 쓸면서 나는 어젯밤 케이코가 말한 얘기들을 멍하니 되씹고 있었다. 만약에 대비하는 건 아니었지만, 그녀의 말에도 일리는 있었다.

결국 나는 료헤이랑 헤어지는 게 무서운 거다. 게다가 그것이 애정 운운이 아닌, 사귀며 지냈던 5년이 수포로 돌아갈까 봐 무섭다는 이유도 있다는 게 한심할 따름이었다. 왜 5년이나 사귀었는데 결혼하지 않느냐고 할머니께서 자주 지적하시던 바라, 헤어졌다고 말하기도 어려웠다…….

이런저런 생각에 갑자기 우울해지던 그때였다. 사각사각, 낙엽을 밟는 소리가 비탈길 아래에서 들려왔다.

이가라시 가문을 찾는 손님인 줄 알았는데, 길을 올라오는 사람은 리쿠 님이었다.

이쪽으로 걸어오는 그는 꽃무릇을 한쪽 팔에 가득 안고 있었다.

"아, 치나미 씨."

짙은 붉은색의 꽃무릇을 안고 미소 짓는 그의 모습은, 왠지 요염하고 고혹적으로 보였다.

"어떻게 된 건가요? 그 꽃."

"아, 이거요? 예쁘죠?"

리쿠 님은 안고 있던 꽃무릇에 시선을 옮긴다.

"……예쁘긴…… 한데."

"요 아래 밭두렁에 많이 피어 있어서 따 왔죠. 치나미 씨에게 꽃꽂이 부탁드리려고."

싱글벙글 얘기하는 리쿠 님을 나는 멍하니 바라봤다.

"하아…… 그런데 그거…… 꽃무릇인데요."

"예……?"

거기서 우리는 잠시 얼굴을 마주 봤다.

"꽃무릇이면 뭔가 문제 있나요?"

"문제랄까……."

나는 리쿠 님에서 꽃무릇으로 시선을 옮겼다.

"꽃무릇을 집에 들이면 불이 난다든가 영혼이 빨려 들어간다든가, 그런 이야기가 있잖아요?"

"예?"

리쿠 님은 이번엔 곤혹스런 표정을 지었다.

"그렇……군요. 전혀 몰랐어요……."

"미신이긴 한데 오래된 집안이라면 그런 걸 많이 따질 거예요."

그러자 리쿠 님은 낙심한 듯 어깨를 늘어뜨렸다.

"난 바보인가 봐요. 그런 것도 전혀 모르고……. 꽃 이름 같은 것도 지식이 없고."

"후훗." 하며 웃음이 새어 나가자 리쿠 님은 약간 얼굴을 붉혔다.

"바보로 보이겠죠? 세상 물정 모르는 놈이라고."

"아뇨, 설마요."

나는 손을 저으며 리쿠 님을 바라봤다.

"리쿠 님은 정말 도시 사람이구나 싶었어요. 그리고 저는 시골 사람이라고 실감했고요."

"그렇게까진…… 제가 둔한 것뿐이에요."

리쿠 님은 부드럽게 부정하며 안고 있던 꽃무릇을 곤란한 표정으로 바라봤다.

"장식에 쓰지도 못하는데 그저 예뻐서 따 왔다니, 이놈들만 불쌍하게 됐네."

생각 없이 나온 말이겠지만, 그의 인성이 느껴져서 마음이 따스해지는 것 같았다.

"괜찮으시다면 그 꽃 제게 주실래요?"

"근데 그게…… 장식으로 쓰기엔 좋지 않다면서요."

"리쿠 님, 꽃무릇에는 하얀 꽃도 있다는 거 아세요?"

"아, 아뇨."

"그거랑 같이 꽂으면, 경사로운 홍백 조합이 되잖아요?"

나는 웃어 보였다.

"치나미 씨는 항상 긍정적이네요."

놀란 나는 웃음을 멈추고 리쿠 님의 얼굴을 바라봤다. 그리고 급히 손을 저었다.

"그, 그렇지 않아요! 단지 제가 미신 같은 걸 믿지 않을 뿐이고!"

사실 조금 전까지만 해도 료헤이 건으로 침울한 생각에 잠겼으니까. 참, 긍정적 사고와는 거리가 멀었으니까.

"게다가 저기, 여기까지 일부러 가져왔는데 기분 좋게 꾸며 주고 싶다…… 그런 생각도 들었고……."

"하지만 그런 발상이 가능하다는 건 멋지다고 생각해요."

부드럽게 웃으며 리쿠 님은 안고 있던 꽃무릇 다발을 쓱 내게 건넸다.

"그럼 하얀 꽃무릇이랑 함께 꾸며 주실래요?"

"네."

가슴 설레며 나는 그것을 받았다. 그리고 새빨갛게 물든 꽃무릇을 보며 웃음 지었다.

"남자분에게 처음으로 꽃을 받아 봤네요……."

지금까지 여러 남성과 사귀어 봤지만, 료헤이를 비롯하여 어떤 남자의 이벤트에서도 꽃다발을 선물해 주는 일은 없었다.

그런 생각에 자조 섞인 웃음을 띤 나는, 나를 빤히 보고 있는 리쿠 님의 시선이 느껴져 입을 다물었다. 이 나이가 되도록 한 번도 꽃을 받지 못했냐며, 아마 리쿠 님은 나를 불쌍하게 생각했을 거다.

얼굴을 붉히며 고개를 숙인 내게 리쿠 님은 진지한 목소리로 말을 꺼냈다.

"치나미 씨, 지금 사귀는 사람 있나요?"

"……."

말없이 굳어진 나의 모습에 리쿠 님은 아뿔싸 했는지 조심스레 사과했다.

"아…… 죄송합니다. 개인적인 일을……."

"예? 아, 아뇨."

나는 정신을 차려 서둘러 얼굴을 폈다.

일주일 전만 해도 당당하게 "있어요."라고 답할 수 있었지만 지금의 내게는 고통스러운 질문이다.

"저, 그 부분에 대한 답은 하지 않을게요……."

그러면서 임기응변으로 대처하지 못하는 나 자신을 강하게 저주했다. 리쿠 님도 실언을 했다고 느꼈는지 씁쓸한 표정이었다. 묘한 분위기가 두 사람 사이에 감돌았다.

"……리, 리쿠 님이야말로 그런 분 없나요? 인기 많으실 것 같은데."

지금 분위기에서 벗어나고 싶어서 그렇게 묻자 리쿠 님은 약간 웃으면서 고개를 저었다.

"난 인기 전혀 없어요. 게다가 얼마 전에 차였는걸요."

"그래요?"

대꾸하면서 나는 속으로 '그럴 리 없잖아.' 하며 태클을 걸었다.

리쿠 님의 이 외모와 인상, 게다가 일류 기업 근무까지 했는데 인기가 없을 리 없다. 그런 동시에 "네, 아주 인기 많아요."라는 대답을 들었어도 아마 반감이 들었을 테지만…….

근데 차였다니…… 서로 떨어져 있어서 그런 걸까…… 거기까지 생각하다 나는 고개를 저었다.

나도 개인적인 일에 터치당하면 곤란한데, 남의 일을 이리저리 추측을 하는 건 옳지 않다. 그에게 애인이 있든 없든 내게는 상관없는 일이다.

"……저기…… 꽃을 물에 담그고 올게요. 이대로 두면 시드니까요."

청소도 아직 다 못 끝낸 채라 계속 잡담이나 하고 있을 때가 아니다.

"아, 죄송합니다. 일하시는 데 방해가 됐네요."

"아니에요……. 그럼 실례하겠습니다."

나는 미소로 인사하고, 발길을 휙 돌려서 대문 안으로 들어갔다.

그날 밤, 나는 귀갓길에 딴 하얀 꽃무릇을 리쿠 님이 딴 빨간 꽃무릇과 함께 장식했다.

"예쁘다……."

현관에 꾸민 꽃을 바라보면서 나는 중얼거렸다. 피안(彼岸: 역주–강 저쪽 둔덕이라는 의미에서 종교나 철학에서 이쪽의 둔덕, 곧 현세를 가리키는 말의 상대어)에 피는 꽃이라서 안 좋은 미신이나 꽃말 이미지가 강한 꽃이지만, 이렇게 보면 몹시 화려하고 아름답다.

"……후훗."

미신 내용을 알게 된 순간 리쿠 님의 곤란해하는 표정이 떠올라 나는 문득 웃고 말았다.

"도쿄는…… 어떤 곳일까……?"

누구에겐가 묻는 듯 중얼거렸다.

빌딩 숲에 차가운 사람들. 모두들 자신들 일로 빠듯하고 남 일에는 무관심.

이것이 내가 갖고 있는 도쿄의 개인적인 이미지였다.

그런 환경 속에서 바쁜 나날을 보내다 보면 꽃무릇의 미신 따위는 알 필요도 없으리라. 나는 내 자신이 리쿠 님과는 다른 세계에 사는 사람이라는 것을 다시금 실감했다.

"근데 벌써 이 꽃이 피는 계절이 왔구나……. 성묘하러 가야겠다."

한숨을 후우, 내쉬고 나는 샌들을 벗고 집으로 들어갔다.

4.
사진 한 장

마당 쪽 복도를 걸레질하면서 나는 이마에 맺힌 땀을 닦았다.
1시간 정도 계속 걸레질을 했지만 아직 반 정도가 남았다.

가벼운 한숨을 쉰 순간, 누군가가 복도를 걸어오는 것 같았다.
내가 물통을 옆에 옮기고 일어섬과 동시에 리쿠 님이 복도 모퉁
이를 돌아 걸어왔다.

"아, 치나미 씨."

리쿠 님은 나를 알아보고 미소를 보였다. 나도 미소 지으려 하
자, 그의 뒤에서 젊은 여성이 쓱 나타났다. 나는 뜨끔하며 긴장했
다.

"손님이 오셨어요. 제 방으로 커피 두 잔 가져다주실래요?"

"……알겠습니다."

그러고 나서 리쿠 님은 그 여성과 함께 내 앞을 지나갔다. 나는

멍하니 그 뒷모습을 보다 서둘러 물통을 치우고 부엌으로 향했다.

'저 사람은 누굴까? 설마…… 애인?'

커피 주전자 속에서 보글보글 끓고 있는 물을 보면서 나는 리쿠 님의 뒤에 있던 여성을 생각을 하고 있었다.

나이는 아마 22~23세 정도, 미인이긴 했지만 치장이 너무 현대풍으로 요란한 인상이었다.

"어머, 손님?"

부엌으로 들어온 마리코 씨가 커피를 준비 중인 나를 보고 말했다.

"아, 네. 리쿠 님에게 젊은 여자분이."

"아아……."

마리코 씨는 지겹다는 듯한 표정을 지었다.

"또 왔네, 또 왔어. 미도리 아가씨."

"……미도리 아가씨?"

"아, 그렇구나. 치나미 씨는 처음 보는구나."

잠깐 주변을 살피고 나서 마리코 씨는 내 옆에 다가와 속삭인다.

"'가시와기 미도리[柏木みどり]', 에메랄드 호텔 소유주의 외동딸."

"예?"

나는 놀라며 마리코 씨의 얼굴을 쳐다봤다. 에메랄드 호텔이라면, 이 섬에서도 전통 있는 호텔이었다.

"몇 달 전에 거기서 주인어른 강연이 있었는데, 리쿠 님도 동석했거든. 그때 리쿠 님에게 한눈에 반했다나 봐."

"……."

"그 이후 특별한 용건도 없는데 자꾸 리쿠 님을 찾아온단 말이야."

그러면서 마리코 씨는 어깨를 움츠렸다.

"리쿠 님 앞에서는 엄청 얌전한 척하지만, 우리 같은 고용인한텐 완전 태도가 달라져."

"……그렇군요."

'……뭐야, 역시 인기 많잖아……. 하긴, 인기 없을 리가 없지…….'

커피를 쟁반에 올리고 리쿠 님의 방으로 향하면서 왠지 나는 유쾌하지 않았다. 그렇게 노골적인 호의를 받는데 리쿠 님 자신이 그것을 모를 리 없다.

그런 생각을 하는 사이에 리쿠 님의 방 앞에 도착해 버렸다. 마음을 가라앉히고 표정을 가다듬고 나서 문을 노크했다.

"실례하겠습니다. 커피 가져왔습니다."

"들어오세요."

나는 방에 들어가 테이블에 조용히 커피를 내려놨다.

"감사합니다."

미도리 씨는 최고의 미소로 답례했다. 나는 고개를 숙이며, 내 미소가 굳어지지 않았을까 약간 마음이 쓰였다.

그리고 일찌감치 방에서 나가려던 순간,

"아, 치나미 씨."

반쯤 문 밖으로 나간 나를 리쿠 님이 불러 세웠다.

"……네."

"하얀 꽃무릇은 구하셨나요?"

"아, 네. 어제 귀갓길에 따서 리쿠 님이 주신 빨간 꽃무릇과 함께 꾸몄습니다만."

"그렇군요. 그럼 한 송이 제게 주실 수 있을까요?"

"……네?"

나는 멍하니 리쿠 님의 얼굴을 바라봤다. 그러자 리쿠 님은 씽긋 웃으며 몸을 약간 당겨서 방 한구석을 가리켰다. 시선을 옮기자, 책상 위 PC 옆에, 작은 꽃병에 빨간 꽃무릇이 꽂혀 있었다.

"아니…… 저건…….."

"사실은 땅에 한 송이만 떨어진 것을 발견하고 너무 불쌍해서 이렇게 가져왔습니다."

"그러셨군요……."

"네, 근데 이 집에 불이라도 나면 곤란하니까 여기에도 하얀 꽃을 곁들여 액막이나 할까…… 해서."

설마 내가 무심코 한 말에 이렇게까지 동조해 줄 줄은 생각도 못 했다.

"……알겠습니다. 그럼 내일 가져다 드릴게요."

"잘 부탁드립니다."

거기서 우리는 서로 미소를 나눴다.

"그럼 실례하겠습니다."

"네, 고마워요."

내가 대답하자 리쿠 님이 조용히 문을 닫았다.

연못 주변을 쓸던 나는 문득 일손을 멈추고 연못 속에서 헤엄치는 잉어를 바라봤다.

리쿠 님의 고운 마음씨는 처음 대화를 나눴을 때부터 알았다. 그리고 그의 올곧은 인격을 최근 며칠 사이에 실감했다.

하지만 그의 마음은 모든 것에 주어지는 것. 떨어진 꽃무릇을 줍고 방에 들여놔 주는 마음씨에는 솔직히 감동했지만, 동시에 내 자신이 거기에 겹쳐져서 가슴 한구석이 아릿해졌다.

뺨을 딱딱 때리며 정신을 차리고 연못 주위를 다시 쓸기 시작하는데, 발밑으로 데굴데굴 야구공이 굴러 왔다. 허리를 굽혀 그것을 주움과 동시에, 담장 뒤에서 남자아이가 빼꼼 나타났다.

그는 이가라시 가문 당주, 타다오미의 외아들, 다이치 도련님이었다. 야구 글러브를 낀 것으로 보아 혼자서 공놀이를 하던 모양이다.

"캐치볼 하시나요? 다이치 도련님."

말을 걸자 다이치 도련님은 약간 수줍어하며 고개를 끄덕였다. 신참인 나에게 낯가림을 하는 모양이었다.

"……응."

"그런데 혼자서는 불편하지 않으신가요?"

"그래도 리쿠 형이 이따금씩 같이해 주니까."

리쿠 님의 이름이 나와서 순간 뜨끔했다. 나는 미소 지으며 글러브 위에 공을 올려 줬다.

"연못에 떨어뜨리지 않게 조심하세요."

그때서야 다이치 도련님은 싱긋 미소를 보였다.

"응! 고마워요. 누나!"

힘차게 대답하면서 다이치 도련님은 손을 흔들며 담장 뒤로 달려갔다.

나는 문득 남동생 생각이 나서, 앞치마 호주머니에 넣던 카드 지갑을 꺼내려 했다.

"……응?"

하지만 수첩과 함께 넣던 카드 지갑이 웬일인지 호주머니 안에 없었다. 다급해진 나는 주머니를 다 뒤집어 봤지만, 지갑은 나오지 않았다.

마당에 나오기 전까지는 분명히 있었다. 어쩌면 작업 중에 떨어뜨렸을지도 모른다.

마당으로 나와 이동했던 장소를 돌아보려 빗자루를 땅바닥에 놓고 발길을 돌렸다. 그런데, 언제부터 거기에 있었는지 미도리 씨가 조용히 서 있는 게 보였다. 팔짱을 끼고 꿰뚫는 듯한 시선을 내게 던지고 있었다.

"미…… 미도리 님……."

리쿠 님도 같이 있을 것이라 생각했는데 그녀는 혼자였다. 왜 이곳에 혼자 있는지 의문을 느꼈지만 지금은 그럴 때가 아니다.

"시, 실례하겠습니다."

고개를 숙여 그렇게 말하고 옆을 지나치려 한 순간, 앞을 가로막듯이 미도리 씨가 막아섰다. 리쿠 님 앞에서 보였던 미소는 온데간데없이 그녀는 날카로운 시선만을 내게 보냈다.

"가정부에게 소중한 도구를 두고 어딜 가요?"

나는 흠칫 놀라며 땅바닥에 놓은 빗자루를 돌아봤다.

"아, 죄, 죄송합니다. 곧 정리하겠습니다."

"왠지 다급해 보이는데?"

"네, 네. 그게…… 잃어버린 물건이 있어서……."

"물건?"

"그게 저기…… 카드 지갑입니다."

"카드 지갑?"

미도리 씨는 이마를 찌푸리며 힐끔 담장 쪽을 봤다.

"혹시…… 이거?"

그러면서 미도리 씨는 담장에 걸쳐져 있는 끈을 확 잡아당겼다.

"앗."

미도리 씨의 손에 잡힌 것은, 다름 아닌 내 카드 지갑이었다.

다행이다……. 안심한 나는 미소를 지었다.

"감사합니다."

감사 인사를 하면서 나는 지갑에 손을 뻗었다. 하지만 미도리 씨는 손을 피하듯 휙 지갑을 머리 위로 추켜올렸다.

미도리 씨가 왜 이런 행동을 하는지 이해하지 못한 나는 멍하니 멈춰 섰다.

"저, 저기…… 돌려주시겠습니까?"

그러자 미도리 씨는 다시 팔짱을 끼고 나를 쏘아보았다.

"당신은 그냥 가정부지? 자기 입장, 잘 생각해 보는 게 어때?"

"……."

노골적으로 던지는 날카로운 시선과 가시 돋친 말에 나는 심하게 동요했다. 고용인을 대할 때는 태도가 달라진다는 말은 마리코 씨에게 들었지만, 그런 것과는 다른 분명한 적대감.

"그……게…… 무슨 말씀……."

"리쿠 씨에게 꼬리 치지 말란 말이야."

"……."

그 말을 듣고 나는 그때서야 그녀가 전하고자 한 바를 이해했다.

리쿠 님의 방으로 커피를 가져갔을 때, 친근하게 대화를 나눴던 게 마음에 안 들었을지도 모른다.

이 집안사람들은 모두가 고용인들에게 잘 대해 주지만, 특히 리쿠 님은 나를 친구처럼 마음 편하게 대해 준다. 동갑이기도 했고, 이 집에서 리쿠 님보다 신참인 건 나뿐이니까.

그것이 미도리 씨의 눈에는 꼴사납게 비쳐졌을 것이고 '가정부

따위가 리쿠 씨에게 꼬리를 친다.'라고 생각됐을 것이다.

납득이 안 가는 부분도 있었지만 내가 물러서서 상황이 종료된다면 어쩔 수 없겠다 싶었다. 나도 허투루 8년 동안 손님들을 대해 오진 않았다.

"정말 죄송합니다. 앞으로 조심하겠습니다."

그렇게 내가 깊숙이 고개를 숙이자 그녀는 피식 기분 나쁜 미소를 띠었다.

"그럼, 앞으로 두 번 다시 리쿠 씨랑 말하지 않겠다고 약속해."

"……네?"

이 말에 순간 기분이 상한 나는 고개를 확 들었다.

"그런 말도 안 되는 말은 삼가 주세요. 여기서 근무하는 이상, 말을 안 할 수는 없습니다."

딱 잘라서 말하자 미도리 씨의 얼굴에서 웃음이 싹 사라졌다. 그녀는 불그스름한 긴 머리를 천천히 귀 옆으로 쓸어 올렸다.

"흐음……."

그녀는 비웃는 듯 나를 보더니, 손에 든 카드 지갑을 눈앞에 들어 올렸다 연못에 내던졌다.

"……!"

지갑이 연못 속으로 가라앉는 게 마치 슬로우 모션처럼 내 눈에 보였다.

잠시 멍하니 그 모습을 바라만 보던 나는 깜짝 놀라 다급하게 연못 쪽으로 달려가려 했다. 하지만 내 앞을 그녀가 막아섰다.

"비켜 주세요!"

"뭐야, 지갑 따위에 호들갑 떨기는."

"……!"

짝! 하며 때리는 소리가 마당에 울렸다. 정신을 차리니, 나는 감정이 시키는 대로 미도리 씨의 뺨을 손바닥으로 때린 후였다.

"……."

처음엔 미도리 씨도 무슨 일이 일어났는지 이해하지 못하는 모양이었다. 맞은 뺨을 손으로 가리며 나를 보고만 있었다.

얼마 후 자신이 무슨 짓을 당했는지 이해한 그녀의 얼굴이 금세 험악해졌다.

그때였다.

"미도리 씨?"

최악의 타이밍으로 리쿠 님이 담장 너머에서 모습을 나타냈다.

"미도리 씨, 여기 계시나요?"

그렇게 말하면서 고개를 빼꼼히 내놓은 리쿠 님은 마주 선 우리 둘을 보고 놀란 표정을 지었다.

"아니…… 치나미 씨……?" 하며 납득이 안 된다는 듯 중얼거린 순간, 미도리 씨가 리쿠 님에게로 뛰어갔다.

"리쿠 씨……!"

그리고 그녀는 리쿠 씨의 가슴을 부여잡고 보란 듯이 더 큰 소리로 울었다.

"왜, 왜 그러세요?"

놀란 리쿠 님이 묻자 미도리 씨는 나를 노려본다.

"이 사람이…… 갑자기 내 뺨을 때렸어요!"

"예?"

리쿠 님은 눈을 동그랗게 뜨며 미도리 씨를 내려다봤다.

"……설마, 치나미 씨가 그런 짓을 할 리……."

"아니에요! 이것 봐요!"

미도리 씨는 맞은 왼쪽 뺨을 가리켰다. 그녀의 볼은 다른 쪽 뺨과는 다르게 붉게 달아올라 있었다.

리쿠 님은 믿지 못하겠다는 표정으로 천천히 내게 시선을 돌렸다. 눈이 마주친 순간, 내 가슴에는 절망감 같은 것이 올라왔다.

……내가 잘못한 거다. 아무리 심한 짓을 당했더라도 그것이 남을 다치게 할 이유는 되지 않는다. 게다가 미도리 씨는 이가라시 가문을 찾아온 소중한 손님인데…….

"……죄송……합니다……."

앞치마를 양손으로 꽉 쥐며 나는 깊숙이 고개를 숙였다. 도저히 얼굴을 들 수가 없었다. 이 상황을 참을 수 없어 나는 입을 손으로 막으며 두 사람 옆을 지나 도망치듯 달리기 시작했다.

"치나미 씨!"

리쿠 님이 외쳤지만 나는 멈추지 않았다.

"……하아 ……하아."

마당 구석에 있는 창고 뒤편까지 가서야 나는 멈춰 섰다. 부지를 둘러싼 담벼락 옆, 밖에 서 있는 은행나무가 햇빛을 가려 음산

하고 축축한 장소였다.

흰 벽에 손을 대고 숨을 고르려 했지만 정신적으로 압박당한 나는 그 자리에 주저앉고 말았다.

이곳에 온 지 열흘 남짓. 아직 아무런 도움도 되지 못한 채, 나는 해고될지도 모른다.

해고에 그치면 그나마 다행이다. 하필이면 리쿠 님의 얼굴에 먹칠한 꼴이 돼 버렸다…….

일할 수 있도록 신경 써 준 은혜를 갚고 싶어서 열심히 일하려 했는데, 소중한 손님을 때리고 리쿠 님의 체면을 깎아뭉개 버렸다.

눈물이 핑 돌아 나는 얼굴을 무릎 사이로 파묻었다.

그렇게 한참 웅크려 있었는데 "……씨, ……치나미 씨." 하며 나를 찾는 리쿠 님의 목소리가 들려와 고개를 확 들었다.

'어, 어쩌지……. 리쿠 님과 만나고 싶지 않아…….'

분명 계속 이곳에 머무를 수도 없는 노릇이다. 하지만 지금은 아직 마음의 준비가 되어 있지 않았다.

그러는 사이에도 리쿠 님의 목소리는 점점 가까워졌다.

사각사각, 낙엽을 밟으며 동백나무 뒤에서 리쿠 님이 모습을 나타냈다.

나는 숨을 죽이며 리쿠 님을 올려다봤다. 웅크린 내 모습을 보고 리쿠 님은 잠시 눈을 부릅떴다.

"치나미 씨……."

그러면서 천천히 내 앞까지 걸어오더니, 리쿠 님은 나랑 똑같이 무릎을 굽히고 내 눈높이까지 몸을 웅크렸다. 그리고 부드럽게 미소 지었다.

"찾았다."

꾸중 들을 각오를 하던 나는 그의 부드러운 미소를 보고 말문이 막혔다.

"전 이런 곳이 있다는 걸 처음 알았어요. ……치나미 씨, 굉장한 은신처를 발견했네요."

끝없이 상냥한 목소리에 가슴이 뜨거워진다. 감정에 못 이겨 나는 리쿠 님에게 고개를 숙였다.

"저, 정말 죄송합니다."

"……."

"전……. 제가…… 소중한 손님을 때려서……."

그러자 리쿠 님은 고개를 갸우뚱했다.

"분명 때린 게 잘한 일은 아니지만, 그 아가씨도 그럴 만한 행동을 한 것 같고."

"……네?"

내가 묻자 리쿠 님은 웃으며 셔츠 호주머니에 손을 넣었다. 거기서 꺼낸 것은 연못에 가라앉았던 카드 지갑이었다.

"다이치가 처음부터 끝까지 지켜봤대요. 미도리 씨가 일방적으로 치나미 씨에게 심술을 부렸고, 끝내는 이 지갑을 연못에 빠뜨렸다고."

"……네?"

나는 놀라서 입을 손으로 막았다.

"그랬……었군요……."

"네. 다이치의 말을 듣고 미도리 씨 얼굴이 새파랗게 질리더군요. 도저히 참지 못하겠는지 그대로 돌아가 버렸어요."

"하, 하지만…… 그래도 손찌검을 한 건 제가 잘못한 겁니다."

"일단 오늘은 무승부로 치죠, 뭐."

가볍게 그렇게 말하며 리쿠 님은 지갑을 내게 건넸다.

"마침 연못 속 낙엽 위에 떨어진 거라서 많이 젖지는 않았을 겁니다."

나는 지갑을 양손으로 건네받았다. 그리고 숨을 죽이며 조심조심 그것을 열어 보았다.

"내용물은 괜찮나요?"

신중히 물어 오는 리쿠 님의 목소리에 나는 정신을 차리고 고개를 들었다.

"아, 네. 괜찮네요."

나는 열어 놓은 카드 지갑 내용물이 보이도록 리쿠 님 쪽으로 내밀었다.

"봐도 되나요?"

"네."

나는 웃으며 끄덕였다.

✳ ✳ ✳

내가 본 것은, 지극히 평범한 가족사진이었다. 사진 속 가족은 부모로 보이는 남녀와 초등학생쯤 되는 누나와 남동생. 날짜는 1994년⋯⋯.

"혹시⋯⋯ 이 여자아이는 치나미 씨인가요?"

"네."

치나미 씨는 사진을 가리키며 설명하기 시작했다.

"아빠랑 엄마랑⋯⋯ 그리고 남동생 소라[空]예요."

갑자기 내보인 가족사진에 나는 당황했다.

"소라는 이때 초등학교 2학년이었죠. 다이치 도련님이랑 동갑이라 도련님을 보면 소라 생각이 나서⋯⋯."

거기까지 얘기하더니 치나미 씨는 눈에 눈물을 한가득 담은 채 미소 지었다. 그걸 본 나는 흠칫 동요했다.

치나미 씨는 내 동요를 눈치챘는지 서둘러 무릎 사이로 얼굴을 파묻었다. 그 모습을 보고 나는 무슨 말을 해야 할지 망설였다.

"⋯⋯저는 이곳에 오기 전에는 고베[神戶]에서 살고 있었어요."

문득 치나미 씨가 고개를 숙인 채 얘기하기 시작했다. 그녀의 몸이 바들바들 떨리고 있었다.

"평범한⋯⋯ 정말 평범한 가족이었어요. 아빠가 있고, 엄마가 있고, 동생이 있고⋯⋯. 크진 않지만 마당이 있는 단독주택에서 살았어요. 평범하지만 네 사람이 오손도손 살았었답니다."

거기서 치나미 씨는 고개를 들었다. 그녀의 뺨은 눈물로 흠뻑 젖어 있었다.

"그날…… 대지진이 일어나기 전까진……."

그 말에 쿵쾅쿵쾅 심장의 박동이 빨라진다.

'대지진'이라는 말에 나는 안 좋은 예감이 들었다. ……설마…….

이 빛바랜 사진. 1994년에서 시간이 멈춘 사진. ……이건 그러니까…….

"저랑 소라는 2층의 같은 방을 썼었는데 그날따라 소라가 떼를 써서 1층 부모님 방으로 가 버렸었어요……. 저는 2층에서 혼자 자고 있었고요. ……그리고 새벽에 그 지진이 나서……."

치나미 씨가 떨리는 목소리로 이야기하는 것을 나는 그저 조용히 들을 수밖에 없었다. 나도 모르게 움켜쥔 손바닥이 땀에 젖었다.

"당시에는 무슨 일이 일어났는지 전혀 알지 못했어요. 2층에 있던 저는 어렵사리 구출됐지만…… 1층에 있던 부모님과 동생은…… 구출되지 못했어요……."

"……."

"저도 큰 부상을 입어 입원했고……. 두 달 후 퇴원하고 집으로 찾아갔더니……. 이미 공터가 돼 있었어요."

치나미 씨는 손에 쥔 카드 지갑으로 시선을 옮긴다.

"집뿐만 아니라 추억이 담긴 수많은 물건들이 건축 폐기물과 함께 치워졌고…… 다 같이 찍은 사진 한 장…… 남지 않았습니다……."

"……."

"이건 대지진 이전에 할머니 댁에 가족 모두 놀러 갔을 때 찍은 사진인데…… 할머니 댁에 있던 거예요. 4명이 함께 찍은 사진은 지금은…… 이것밖에 없어요."

치나미 씨 눈에서 흘러나온 눈물이 지갑 위에 뚝뚝 떨어져 부서진다. 내 가슴은 쥐어짜듯 아파 왔다.

"그러니까 정말로 제겐 소중한 것이어서…… 그걸 연못에 빠뜨린다는 게 도저히 용서가 안 돼서……. 그래서 홧김에 그만……."

여기까지 말한 치나미 씨는 더 이상 말을 이을 수 있는 상태가 아니었다.

"……치나미 씨……."

항상 명랑한 치나미 씨에게 이렇게 처절한 과거가 있으리라고는 상상도 못 했다. 이렇게 어린애처럼 무방비한 울음을 터뜨리는 모습을 처음 본 나는 적잖이 동요했다.

한신 아와지[阪神淡路] 대지진.

1995년 1월 17일에 일어난 전례가 없는 대재앙.

특히 치나미 씨가 살고 있었다는 고베의 피해는 극심했다. 나는 아직 초등학생이었지만 그날 아침의 광경은 지금도 또렷이 기억한다.

아침에 일어나 보니 어머니가 당황한 표정으로 아와지 섬의 외가댁에 전화를 걸고 있었다. "연결이 안 되네. 어쩌지, 어쩌지." 라며 미친 듯이 울면서 아버지의 부축을 받고 있었다. 다행히 아와지 섬에서도 남부에 위치한 외가댁에는 큰 피해가 없었고, 낮이 지난 즈음에는 모든 가족이 무사하다는 확인 연락도 취할 수 있었다.

하지만 그 후로 TV에서 흘러나온 처참한 상황은 지금도 눈에 선하다…….

치나미 씨가 그때 그곳에 있었다니…….

✽✽✽

"그렇게 중요한 물건을…… 정말 죄송합니다."

쥐어짜는 듯 괴로워하는 목소리로 말하는 리쿠 님을 향해 나는 다급히 양손을 저었다.

"리, 리쿠 님이 사과할 일이 아녜요."

"아뇨, 제가 사과해야 합니다."

리쿠 님은 약간 어두워진 표정으로 시선을 떨어뜨렸다.

"미도리 씨는 뭐랄까……. 아무래도 제게 호의를 가지고 있는 모양입니다. 나쁜 느낌은 아니지만, 전 미도리 씨에게 전혀 그런 마음이 들지 않아서……."

"……."

"그래서 사실은…… 아까 치나미 씨가 나가고 나서, 미도리 씨에게 치나미 씨 칭찬을 엄청 해 댔거든요."

"네……?"

"그래서 아마 미도리 씨의 적대심이 치나미 씨에게 집중됐나 봅니다."

리쿠 님은 그렇게 말하면서 큰 한숨을 쉬었다.

"제 생각이 짧았던 거죠. 설마 그녀가 이렇게까지 하리라 생각 못 하고 치나미 씨를 이용하는 꼴이 돼 버려서……. 아, 하지만 칭찬한 건 진심이었어요!"

다급하게 리쿠 님은 이렇게 덧붙였다.

내가 멍하니 바라보자, 리쿠 님은 미안한 듯 복잡한 표정을 띠었다.

그걸 보자 피식 웃음이 새어 나왔다.

"……후훗."

눈에 눈물을 머금은 채 큭큭 웃는 나를 보고 리쿠 님은 당황하는 기색이었다.

"……저 ……치나미 씨?"

그의 그런 태도가 웃겨서…… 그리고 기뻐서, 나는 눈물을 닦고 미소를 지어 리쿠 님의 얼굴을 바라보았다.

"정말 감사합니다, 리쿠 님."

그러면서 나는 싱긋 웃어 보였다.

"그런 실례를 범했는데도 지켜 주셔서…… 게다가 감정에 북받쳐 옛날 얘기까지 꺼내고…… 그래도 끝까지 들어 주셔서 정말 감사합니다."

겨우 미소를 되찾은 나를 보고 리쿠 님도 안심한 듯 미소 지었다.

"다행이네요. 치나미 씨, 다시 웃어 줘서."

그러면서 리쿠 님은 무릎을 짚고 천천히 일어섰다. 올려다보니, 그는 웃으면서 내게 손을 내밀었다.

"이제 돌아가죠. 다들 걱정하고 있을 거예요."

그 손을 잡아야 할지 말아야 할지 잠시 망설였지만, 나는 주저하면서도 천천히 손을 뻗었다.

사뿐히 그의 손을 잡자, 따스함과 상냥함이 흘러들어 오는 듯해서 오랜만에 가슴이 달콤하게 시큰거리는 것을 느꼈다.

✳︎✳︎✳︎

다음 날 휴식 시간. 하얀 꽃무릇과 꽃꽂이용 가위를 가지고 리쿠 님의 방을 찾았다.

"저…… 어제 말씀하신 하얀 꽃무릇 가져왔습니다."

"고맙습니다."

내가 테이블 위에 신문지로 싼 꽃무릇을 놓자 리쿠 님은 PC

옆에 두었던 꽃병을 가져왔다.

"리쿠 님. 꽃무릇의 꽃말, 혹시 아세요?"

"……아뇨."

"안 좋은 이미지나 미신의 느낌이 강해서 혹시나 좋은 의미는 없을까 검색해 봤어요. 그랬더니 한 가지 애절한 뜻이 있더라고요."

"뭐였나요?"

"꽃무릇은, 먼저 꽃이 피고 꽃이 지면 잎이 나온대요. 서로의 모습을 볼 수 없다고 해서 '짝사랑', '이뤄지지 않는 사랑'이라는 뜻이 있다고 하네요."

"……이루어지지 않는 사랑……."

"아, 하지만 좋은 뜻도 있었어요!"

나는 서둘러 덧붙였다. 이제 막 장식하려는데 부정적인 뜻부터 가르쳐 준 것을 후회했다.

"예를 들어 '당신만을 사모합니다.'라든가……. 정말 정열적이지 않아요?"

나는 또 다른 좋은 뜻이 없었는지 기억을 더듬었다.

"그리고…… '재회'……라든가."

"……재회?"

"네. 어쩌면 뜻하지 않게 그리운 사람과 재회할 수 있을지도 모르죠."

내가 밝게 웃자 리쿠 님도 부드러운 웃음을 띠었다.

"……그러네요."

그러면서 리쿠 님은 천천히 창밖으로 눈을 돌렸다.

"이루어지지 않는 사랑……. 재회…… 라."

그렇게 중얼거리는 리쿠 님의 표정에 우울한 기색이 역력했다
는 사실을, 그때의 나는 모르고 있었다.

5.
이루어지지 않았던 사랑

현관을 나선 순간, 코를 찌르는 바다 냄새에 나는 걸음을 멈춰 하늘을 바라봤다.

잔뜩 흐리진 않았지만, 하늘에는 구름이 엷게 퍼져 있었다. 이렇게 바다 냄새가 강하게 풍기는 날엔 반드시 비가 내린다.

나는 우산을 들고 현관문을 잠갔다.

오늘은 9월 마지막 날. 이가라시 저택에서 일하게 된 지 보름 이상이 지났다.

집 주변 청소를 마친 나는 평소대로 커피를 담은 컵을 쟁반에 받치고 리쿠 님의 방으로 향했다.

"커피 가져왔습니다."

"들어오세요."

내가 문을 열자 리쿠 님은 평소처럼 PC를 보고 있었다.

"안녕하세요, 리쿠 님."

"안녕하세요."라고 대답하며 의자째 몸을 돌려 내게 향한 순간, 옆에 둔 리쿠 님의 휴대폰이 울렸다.

"죄송합니다."

"괜찮습니다."

리쿠 님은 휴대폰 화면을 보고 잠시 머뭇거렸지만, 주저하면서 전화를 받았다.

"……여보세요."

나는 조심스럽게 리쿠 님 앞에 커피를 놓았다.

"네, 괜찮습니다. ……네, 잘 지내죠. ……아카시는?"

대화를 안 들으려 해도 들려와서 실례가 될까 나는 가볍게 인사하고 재빨리 방에서 나가려 했다.

그때였다. 리쿠 님이 내 손목을 꽉 잡았다.

돌아보니 리쿠 님은 통화를 하면서 호소하듯이 나를 지그시 쳐다보고 있었다. 나가지 말고 남아 있어 달라는 뜻인 것 같다.

"네. ……다음 주 주말이요? ……네. 저는 괜찮습니다."

리쿠 님은 내 손목을 잡은 채 통화를 계속했다. 그 손의 힘은 느슨해질 줄 몰랐다. 통화가 끝날 때까지 놔주지 않을 모양이었다.

나도 모르게 설레었다. 대화는 여전히 귓속으로 들어왔다.

"……그럼 유코 씨와 함께 오시는군요."

그 말을 하는 순간, 리쿠 님은 손에 힘을 주었다. 아픔이 느껴질 정도여서 나는 당황했다.

얼마 후 통화가 끝났는지 리쿠 님은 조용히 휴대폰을 놓았다. 그의 표정은 약간 우울해 보였다.

그는 잡고 있던 내 손목을 황급히 놓았다.

"앗. 죄, 죄송합니다!"

"……아니에요."

나는 시선을 이리저리 돌리며 쟁반을 꼭 안았다. 아직 손목에는 리쿠 님의 체온이 남아 있다. 하지만 내가 느낀 그 체온은 평소의 상냥한 것이 아닌, 어딘지 모를 불안함 같은 게 깃든 것 같았다.

"아, 저…… 무슨 용건이라도?"

"에…… 아아……."

리쿠 님은 곤란해하며 눈을 돌렸다. 그리고 내게서 시선을 떼고 턱을 잡으면서 잠시 생각하는 시늉을 한다.

"치나미 씨에게…… 부탁드리고 싶은 게 있는데……."

"……아아, 네. 뭔데요?"

"저…… 설명하려면 좀 긴데, 근무 끝나면 시간 좀 내줄래요? 오늘은 5시까지죠?"

"네."

"그럼 그때에."

"……알겠습니다."

영문을 모르는 채 나는 이렇게 대답하고 방을 나섰다. 문이 닫히는 순간, 내 가슴이 두근거리고 있음을 알았다. 그것은 항상 리쿠 님에게 느끼는 설렘이 아닌, 본 적이 없는 그의 모습에 당황한 두근거림이었다.

복도를 걸어가면서 나는 리쿠 님이 잡았던 손목을 바라봤다. 그의 태도가 이상해진 건 전화가 온 이후부터? 약간 자국이 남은 손목을 나는 왼손으로 살짝 덮었다.

✻❊✻

"역시 내리는구나……."

기모노를 벗고 사복으로 갈아입으면서 나는 창문 틈새로 밖을 바라보았다. 빗줄기가 굵지는 않았지만 창밖으로 보이는 연못의 수면에는 수많은 물결이 일렁이고 있었다.

옷을 갈아입은 나는 리쿠 님의 방으로 향했다. 왠지 마음이 무거웠다. 그것은 아마 이상한 태도의 리쿠 님을 봤기 때문이리라.

고개를 약간 숙이면서 복도를 걷던 중 "치나미 씨." 하며 갑자기 뒤에서 부르는 소리가 들렸다. 발을 멈추고 돌아보니 리쿠 님이 다른 방에서 나오는 중이었다.

"근무 끝나셨나요?"

"아, 네."

"마침 잘됐네요. 집까지 바래다줄게요. 비도 내리고 있으니. 아까 설명드리려던 건 차 안에서 설명해 드릴게요."

"에…… 아, 네."

"그럼 차 가져올 테니 대문 앞에서 기다려 주세요."

"알겠습니다."

현관으로 가는 리쿠 님을 지켜보다 나는 부엌문 쪽으로 갔다. 이 집의 고용인들은 모두 부엌문으로 출입하게 돼 있었다.

신발을 신고 밖으로 나온 나는 문득 하늘을 바라봤다. 피안(彼岸)이 지난 가을 하늘은 마음 시리도록 차갑고 어딘지 모르게 쓸쓸했다.

대문 밖에 나가는 것과 동시에 리쿠 님의 차가 멈춰 섰다. 나는 가볍게 허리를 숙이고 조수석에 앉았다.

차는 찰팍거리는 길을 천천히 달려갔다. 걸어가도 10분이면 가는 우리 집까지는 두세 마디의 이야기를 나누는 사이에 도착하고 말았다.

리쿠 님이 엔진을 끄고 나는 안전띠를 풀었다. 잠시 침묵이 흐르고 앞 유리를 때리는 빗소리만이 차 안에 울려 퍼졌다.

"……저기…… 아까 마무리 못 한 그 이야기……."

"아, 네."

리쿠 님이 입을 열어서 나는 다급하게 리쿠 님 쪽을 돌아봤다.

"어떤 부탁인가요?"

하지만 리쿠 님은 주저하듯 입을 다물고 말았다. 입가에 손을 대고 생각에 잠긴 리쿠 님을 보며 나는 고개를 갸우뚱했다.

그러는 사이에도 빗줄기는 점점 굵어지고 있었다. 그러다 결심을 한 듯 리쿠 님은 입을 열었다.

"치나미 씨."

"네."

긴박한 목소리에 약간 눌려서 나도 모르게 자세를 가다듬었다. 리쿠 님의 옅은 갈색 눈동자가 크게 흔들린 그 순간, 그의 입에서 나온 말에 나는 내 귀를 의심했다.

"이틀 동안만, 제 애인이 돼 주실래요?"

나는 멍하니 리쿠 님의 입가를 바라보았다.

"네?"

내 자신도 놀랄 정도로 새된 목소리가 목구멍에서 새어 나왔다.

"죄송합니다. 갑자기 이런 말을 해서."

"아, 아뇨. ⋯⋯네에⋯⋯."

나는 곤혹해하면서 리쿠 님이 한 말을 천천히 머릿속에서 곱씹어 보았다.

'이틀 동안만, 제 애인이 돼 주실래요?'

잘못 들은 게 아니라면 리쿠 님은 분명히 이렇게 말했다.

완전히 공황 상태에 빠진 나는 양손으로 뺨을 감싸며 시선을 돌렸다.

"저…… 치나미 씨."

그러는 나를 보며 리쿠 님은 걱정하는 듯 말을 걸었다.

"아, 네."

"죄송합니다. 순서대로 설명드릴게요."

리쿠 님은 가벼운 쓴웃음을 짓고, 크게 숨을 쉬고 나서 천천히 말하기 시작했다.

"돌아오는 연휴 때, 제 사촌이 우리 집에 놀러 온다네요."

"사…… 사촌분요?"

"네, '나루세 아카시'라는, 나루세 그룹 차기 사장으로, 꽃미남 후계자라고 잡지에서도 소개되곤 한답니다."

"……."

"아카시는 동생이나 마찬가지예요. 어릴 때부터 줄곧 같이 놀았고…… 도쿄에서 저는 그의 비서 일을 하고 있었죠."

"그렇군요……."

대략적인 정보는 할머니나 하츠에 씨에게 들어서 알고 있었고 잡지에서 그 사람의 기사도 읽어 본 적이 있지만, 나는 처음 듣는 것같이 대답했다.

"그런데, 이번 연휴에 휴가차 놀러 오겠다며 오늘 연락을 해 왔습니다."

하지만 그 사촌이 이곳에 온다는 게, 도대체 어떻게 아까 한 말과 연결이 되는 걸까?

"……혼자 오시나요?"

문득 생각난 의문을 입 밖에 내자 리쿠 님의 얼굴에서 미소가 싹 사라졌다.

하지만 그것도 잠시뿐, 곧 리쿠 님은 웃음을 되찾고 나를 바라 봤다.

"아뇨, 약혼자와 함께 올 거예요. 그리고 저는 그녀와 일면식이 있거든요. 제법 친하게 지내기도 했고……. 그래서 이번에 아카시 랑 함께 놀러 와 주기로 했답니다."

"아아. 그렇게 됐군요……."

"그래서, 말인데요. 이제 본론에 들어가면……."

"아, 네."

"아카시가 '너는 어떻게 됐어, 애인은 생겼냐?' 라고 묻기에, 생겼다고 허세를 부려 버렸어요."

말을 잃고 눈을 휘둥그레 뜬 내게 리쿠 님은 확 고개를 숙였 다.

"……그렇게 돼서, 치나미 씨. 정말 죄송합니다만, 아카시가 여기 머무는 이틀 동안만, 제 애인인 척해 주실 수 있나요?"

나는 아연실색하며 고개를 숙인 리쿠 님을 바라봤다.

……솔직히, 믿을 수 없다.

이제까지 느껴 왔던 이미지와 너무 달라서 나는 그저 당황할 뿐이었다.

"역시…… 안 될까요?"

"예? ……아뇨. 안 된다라기……보단……."

사태 파악이 잘 안 돼서 다시 한 번 천천히 그의 말을 되씹었다. 두통이 몰려오는 것 같아 나는 관자놀이를 꾹 눌렀다.

이번엔 타이밍이 안 맞아서 소개해 주지 못한다는 둥의 핑계로 그럭저럭 넘길 만도 한데……. 아니면 분명하게 "이 사람이 내 애인이다."라고 소개해야만 하는 이유라도 있는 걸까?

리쿠 님의 의도를 전혀 알 수가 없어서 나는 머리를 감쌌다.

하지만…… 리쿠 님은 나를 밑바닥에서 구해 줬고, 그 은혜는 너무나 컸다. 내가 할 수 있는 거라면 어떤 거라도 하고 싶은 심정이었다. 비록, 그것이 허세일지라도 리쿠 님이 그걸 원한다면…….

"……저 같은 사람이라도 괜찮나요."

길고 긴 침묵 끝에 나는 중얼거렸다. 리쿠 님은 튕기듯 고개를 확 들어 올린다.

"해 주시는 건가요?"

"……네. 제가 해도 괜찮다면요."

그때서야 리쿠 님은 안도의 표정을 보였다.

"감사합니다, 치나미 씨."

"하지만 연휴 첫날은 제 근무 날인데요?"

"아, 그건 문제없습니다. 첫날은 이곳에 오기만 하니까요."

"그렇군요."

"네. 둘째 날에 치나미 씨가 안내 좀 해 주실래요? 저는 아직 이 섬에 대해서 잘 모르니까요."

"네?!"

나는 깜짝 놀랐다.

"그, 그렇게 고급스러운 관광지나 볼거리는 이 섬에 없는걸요."

"아, 신경 쓰지 않으셔도 괜찮아요. 제가 어떤 곳에 사는지 보러 오는 것뿐이니까요."

하긴 그렇다……. 아마 그들도 이런 촌구석에 볼거리가 있을 거라는 기대는 애당초 하지 않을 것이다.

"……알겠습니다. 어딜 안내할지 생각해 둘게요."

"감사합니다."

그렇게 리쿠 님은 미안하다는 듯 고개를 숙였다.

세차게 내리는 비가 차 보닛을 때렸고, 그 소리가 차 안에까지 울려 퍼졌다.

나는 바래다준 데에 대한 감사의 말을 건네고 차에서 내렸다. 리쿠 님은 인사를 하고 천천히 차를 출발시켰다.

우산을 쓴 나는 대문 앞에 서서 그의 차를 지켜보았다. 차가 보이지 않게 되자 나는 한숨을 내쉬었다. 뭔가에 홀린 것 같은 이상한 기분에 사로잡혔다.

집에 들어가던 나는, 아침에는 강하게 풍기던 금목서 향기가 사라진 것을 그때서야 알았다. 세찬 빗줄기를 맞아 자그마한 오렌지색 꽃잎이 땅바닥에 널브러져 있었다.

멍하니 그것을 바라보고 나서 나는 현관으로 향했다.

✽ ✾ ✽

　다음 날, 나는 아침부터 미사오 님 방에 있었다. 오늘은 1주일에 한 번씩 돌아오는 그녀의 방에 꽃을 꾸미는 날이다.

　"와아, 억새에 도라지꽃이라니. 정말 가을답구나."

　내가 꽃을 꽂는 것을 보면서 미사오 님은 즐거워했다. 그녀는 최근 2~3일 동안 아팠는데, 추분이 지나 시원해진 날씨 탓인지 오늘은 무척 건강해 보였다.

　"가을에는 국화로 잘 꾸미는데, 오늘은 이렇게 엮어 봤어요."

　"난 도라지꽃이 너무 좋아. 정말 고마워."

　마치 소녀처럼 밝게 웃는 미사오 님을 보면 나도 기분이 좋아진다. 최근 몇 주 사이에 우리는 허물없이 지내는 사이가 됐다.

　"아, 맞다……."

　나는 억새 길이를 맞추면서 미사오 님에게 말했다.

　"리쿠 님의 사촌분이 다음 연휴 때 오신다네요."

　"아, 그러니? 아카시가 오는구나."

　미사오 님은 부드러운 미소를 띠었다.

　"아직 젊으시다죠? 그런데도 이미 약혼자가 계시다니 대단하세요."

　"……그렇지."

　그 순간, 미사오 님은 뺨에 손을 얹고 탄식했다.

　"리쿠는 아카시보다 다섯 살이나 나이가 많은데 아직도 저러니⋯⋯. 정말 한심하다. 한심해⋯⋯."

괜한 화제를 꺼냈나⋯⋯ 하며 어깨를 움츠렸다.

미사오 님은 그런 나를 아랑곳하지 않고 말을 계속한다.

"워낙 내성적이라 그런지 모르겠지만, 희소식 하나 없다니까⋯⋯."

"⋯⋯."

"올해 초쯤엔 사귀는 여자가 있던 모양인데, 결혼까지 생각했던 걸 보면⋯⋯."

나는 가위질하던 손을 흠칫 멈추고 반사적으로 미사오 님을 돌아봤다.

"⋯⋯그래요?"

"그렇대도. 다음에 올 때는 소개하고 싶은 여자가 있다면서 잔뜩 기대만 시키더니 결국 봄에 다시 돌아왔을 땐 혼자였지⋯⋯."

두근두근. 가슴의 박동이 강해지고 가위를 잡은 손에서 힘이 빠졌다.

"무심코 그 화제를 던져 봤는데 노골적으로 피하고. ⋯⋯그러는 걸 보면 차인 게 분명해. 성실한 건 좋지만, 그것이 남자의 매력이 되진 않으니⋯⋯."

"⋯⋯그렇지 않아요⋯⋯."

나는 강하게 고개를 저었다.

"리쿠 님은 정말 멋진 분이세요. 남성적인 매력도 충분히 있다고 봐요!"

나는 진심으로 그렇게 역설했지만, 미사오 님은 그냥 겉치레 말로 받아들였는지 "후훗, 고마워요." 하며 아주 표상적인 감사의 말을 던졌다.

6.
왕자님이 아냐

드디어 내일이면 연휴였다. 그리고 그날에야 리쿠 님에게서 당일 스케줄 얘기가 나왔다.

"내일 아침 두 사람을 신고베[新神戶]까지 마중 나가서 점심을 먹고 올 거니까, 도착은 2시쯤 될 겁니다. 그때 치나미 씨를 소개할 생각이니까 마실 것을 응접실까지 가져다주실래요?"

"알겠습니다."

"그럼…… 내일 잘 부탁드려요."

"……아, 네."

사전 회의…… 이게 다인가?

언제부터 사귀었다든지 어디서 만났다든지 누가 먼저 좋아하게 됐다든지, 그런 질문들을 받으면 어쩌려고.

나는 한숨을 쉬며 하늘을 바라봤다.

✳ ✾ ✳

다음 날.

리쿠 님의 말대로 2시를 약간 넘길 무렵, 현관문이 열리는 소리가 들렸다.

"다녀왔습니다."

이어서 리쿠 님의 목소리가 들렸다. 가슴이 덜컹거려서 나는 문득 내 옷자락을 손으로 꽉 쥐어 잡았다.

폭발할 것같이 심장이 두근거린다. 아까 섬세하게 화장을 고치긴 했지만 나는 다시 거울을 들여다봤다.

"치나미 양, 커피 3잔이래."

"……아, 네!"

나는 서둘러 거울 앞에서 떠나 커피를 준비했다.

큰 쟁반에 커피와 롤 케이크를 담고 신중히 복도를 걸어갔다. 응접실은 이 집에서 마당이 가장 아름답게 보이는 곳에 위치해 있었으며, 부엌에서는 꽤 멀었다.

마지막 모퉁이를 돌자, 즐겁게 담소를 나누는 소리가 들려왔다.

"근데 진짜 교통 불편하다. 아침 일찍 나섰는데 벌써 이 시간이야."

"하는 수 없죠. 섬이니까요. 그래도 다리가 생겨서 배를 탈 필요가 없어진 만큼 빨리 올 수 있게 됐죠."

"그래. 어릴 때 놀러 왔을 때는 배를 탔던 것 같아."

거기서 잠시 대화는 끊겼고, 미닫이문 앞에서 기회를 엿보던 나는 "실례하겠습니다."라고 말을 꺼냈다. 나 스스로 깜짝 놀랄 정도로 목소리가 떨리고 있었다.

"네, 들어오세요."라는 대답이 돌아와서 나는 일단 쟁반을 놓고 방 입구에서 정좌 자세로 앉았다.

"실례하겠습니다. 커피 가져왔습니다."

정좌한 채 깊숙이 정중하게 고개를 숙인다. 그리고 쟁반을 다시 들고 일어섰다.

리쿠 님의 맞은편에는 남녀 한 쌍이 앉아 있다. '나루세 아카시[成瀬證]' 씨랑⋯⋯ '타치바나 유코[橘柚子]' 씨. 미리 리쿠 님이 알려 주신 이름을 마음속에서 복창했다.

아카시 씨는 가볍게 끄덕일 뿐이었지만, 유코 씨 앞에 커피를 놓자 "감사합니다."라는 부드러운 목소리로 답례를 받았다.

눈이 마주치자 유코 씨는 애교 있는 미소로 싱긋 웃었다. 나는 고개를 숙여 답례했다.

"치나미 씨."

갑자기 이름을 부르는 소리에 나는 황급히 시선을 유코 씨에서 리쿠 님에게로 돌렸다.

"네? 네."

"여기, 내 옆으로 와요."

평소보다 친숙한 말투로 말하며 리쿠 님은 자신 옆의 빈자리를

97

툭툭 쳤다.

나는 긴장하며 일어서서 리쿠 님의 옆에 앉았다. 눈앞의 두 사람은 무슨 일이 일어나는지 궁금한 듯 신기한 눈초리로 우리를 보고 있다.

"이쪽은 에자키 치나미 씨. 지금 내가 사귀고 있는 사람입니다."

그 순간 아카시 씨와 유코 씨는 크게 놀란 모양이었다.

"리쿠 님과 사귀고 있는 에자키 치나미라고 합니다. 잘 부탁드립니다."

정중히 인사하고 천천히 고개를 들자, 쏘아보듯이 나를 보는 아카시 씨와 유코 씨의 시선과 마주쳤다.

"그럼 치나미 씨, 두 분 소개해 드릴게요."

자기소개에 문제가 없었을까 불안해하며 리쿠 님을 바라보니, 문제없었다는 듯 부드럽게 미소 지으며 작게 끄덕였다.

"저분이 나루세 아카시. 우리 사촌."

"나, 나루세 아카시라고 합니다. ……잘 부탁드립니다."

"잘 부탁드립니다."

"그리고 이쪽은 타치바나 유코 씨. 아카시의 약혼자이고 아카시랑은 동창이었죠."

"아, 타, 타치바나 유코입니다. 잘 부탁드립니다."

"잘 부탁드립니다."

일단 통성명을 마치자 잠시 기묘한 침묵이 흘렀다. 잠시 후 아카시 씨가 한숨 섞인 목소리로 리쿠 님에게 시선을 돌렸다.

"너, 여친 생겼다던데……. 가정부였어……?"

"네. 무슨 문제라도?"

"아니. 문제랄 것까지야 없지만……."

"아무튼 그렇게 됐습니다. 내일은 치나미 씨가 이 주변을 안내해 줄 거예요."

아직 안절부절못하는 두 사람을 아랑곳하지 않고 리쿠 님은 거기서 말을 끝내려 했다.

"그럼 치나미 씨, 근무로 돌아가 주세요."

"……아, 네."

"아, 그리고 약간 큰 재떨이도 가져다주세요. 이 친구가 골초라서요."

"알겠습니다."

이 자리에서 뜰 수 있다는 사실에 약간 안심한 나는 마지막으로 깊숙이 허리를 숙인 후 쟁반을 들고 일어섰다.

"하아, 긴장했어."

부엌으로 돌아온 나는 아무도 없음을 확인한 후 힘없이 그 자리에 주저앉았다. 역시 익숙지 않은 거짓말을 할 때의 체력 소모는 장난이 아니다. 오늘이 이 정도라면 내일은 더 힘이 들 것 같다.

다시 정신을 차리고 선반 안쪽에서 묵직한 재떨이를 꺼내 응접실로 향했다.

양손으로 그것을 품고 걸어가는데, 맞은편에서 누군가가 복도를 걸어오는 기척을 느꼈다. 걸어온 사람은 아카시 씨였다.

"……화장실은 이쪽 맞아요?"

"저쪽 모퉁이에서 오른쪽으로 돌아 복도 끝까지 가시면 있습니다."

"……고마워요."

아카시 씨가 복도 모퉁이를 도는 것을 확인하고 나서 나는 다시 응접실로 향했다.

"잘 지내시는 것 같네요……."

방 바로 앞에까지 오자 리쿠 님의 목소리가 귀에 들어왔다. 나는 무의식적으로 미닫이문 앞에서 멈춰 섰다.

"네, 덕분에요."

"다행입니다. 아카시와 싸우거나 하지 않아요?"

"이따금씩. 그래도 대체로 사이좋게 지내요."

훔쳐 듣는 듯한 죄책감을 느끼면서도 왠지 몸이 움직이지 않는다.

유코 씨에게 말을 거는 리쿠 님의 목소리는 애절한 듯, 위로하는 듯…… 사랑스러운 듯…….

"그렇군요……. 아카시랑은 잘 지내시는군요."

"……네."

주저하며 유코 씨가 대답하자 리쿠 님이 작은 한숨을 쉬는 게 들렸다.

"행복해 보여서…… 안심했습니다."

그리고 쥐어짜는 듯이 내는 목소리로 리쿠 님은 말을 이었다.

"당신이 행복하지 않으면, 나는……."

거기서 도저히 참지 못한 나는 불쑥 앞으로 나섰다.

"시, 실례하겠습니다! 재떨이 가져왔습니다!"

그러면서 문을 열고 숙인 고개를 들어 방에 들어가려 하자, 두 사람이 흠칫 시선을 내게 돌렸다.

"고맙습니다. 수고하셨습니다."

나는 옆에 놓아두었던 재떨이를 말없이 리쿠 님에게 건넸다.

그때, 잠깐 스친 그의 손끝이 살짝 차가워서 나는 입술을 깨물고 리쿠 님의 얼굴을 쳐다봤다. 상냥하게 웃는 그 표정은 평소와 다름없었고, 그래서 더욱 내 가슴을 옭아맸다.

"……실례하겠습니다."라고 말한 후, 나는 리쿠 님에게서 휙 등을 돌렸다. 그리고 재빨리 부엌으로 돌아왔다.

심한 갈증을 느껴서 냉장고에서 보리차를 꺼내 컵에 따르자마자 단숨에 들이켰다. 차가운 액체가 목을 타고 내려가니, 울렁거리던 마음이 조금씩 진정되어 간다. 그래도 아직 심장이 심하게 뛰어서 나는 가슴을 가만히 눌렀다.

금방 들었던 두 사람의 대화가 머릿속을 스친다. 오랜만에 만난 사람 사이에서 오가는 평범한 대화처럼 생각할 수도 있었다. 하지만 리쿠 님의 목소리에는, 그것만이 아닌 무언가가 담긴 것처럼 느껴졌다.

유코 씨를 향한 걱정, 그리움, 그리고 사랑스러움.

'당신이 행복하지 않으면, 나는……'

그 말이 다시 생각나서 가슴이 떨렸다.

그런 말은 단순한 친구 사이에서 나올 말이 아니었다. 분명 리쿠 님에게 유코·씨는 '특별'한 거다. 그것도, 사촌의 약혼자라서가 아닌, 리쿠 님 본인에게 특별한 존재.

이제 와서 리쿠 님이나 미사오 님의 말들이 머릿속에서 휘몰아쳤다.

리쿠 님이 결혼을 생각했던 상대란 건 유코 씨였을까? '얼마 전에 차였는걸요.' 하고 웃으며 말하던 그때 그 순간, 도대체 누구의 얼굴을 떠올리고 있었던 걸까?

아카시 씨가 유코 씨와 함께 여기로 온다고 전화했을 때, 불안하게 내 손목을 잡았던 손. 멍하니 바다를 바라보던, 어딘지 모르게 쓸쓸한 표정.

어쩌면 애인이 있다는 걸 보여 주려 했던 상대는, 아카시 씨가 아닌 유코 씨였던 게 아닐까? 리쿠 님은 유코 씨를 사랑했던 게 아닐까?

이렇게 생각하니 모든 연결고리가 이어지는 것 같아서, 나는 강하게 입술을 깨물었다. 그리고 이와 동시에 가슴에 심한 통증이 엄습했다.

미사오 님께 인사를 드린 후 아카시 씨와 유코 씨는 5시경 이가라시 저택을 나섰다. 호텔까지 바래다준다면서 리쿠 님도 두 사람과 함께 나갔다.

결국 아카시 씨 일행의 방문으로 정신없이 바빠진 나는 7시가 지나서야 모든 일을 마칠 수 있었다.

"……하아."

온몸에 피로감이 쌓인 나는 옷을 갈아입은 직후에 다다미 바닥에 주저앉았다.

너무나 긴 하루였다. 힘겹게 앞머리를 쓸어 올리며 내일 할 일을 생각하니 몹시 우울해졌다. 내일은 도대체 어떻게 저 3명과 함께 지내야 한단 말인가.

계속 주저앉아 있을 수만도 없어서 나는 느릿느릿 일어서서 오늘 오후 팀인 아츠코 씨에게 "먼저 실례하겠습니다."라는 인사를 하고 부엌문으로 나갔다.

낮에 쓸어 냈던 낙엽이 벌써 포석 깔린 바닥을 메우고 있었다. 그것을 바라보며 대문을 나선 나는 놀라며 멈춰 섰다.

"……리쿠…… 님……?" 하며 입을 열자, 대문 옆 담장에 기대 있던 리쿠 님이 천천히 몸을 세웠다. 달빛에 비친 그의 얼굴에 미소가 떠오른다.

"수고하셨어요."

그의 미소와 부드러운 목소리에 나도 모르게 눈물이 날 것만 같았다.

"거, 거기서 뭐 하세요?"

이를 악물고 눈물을 참으면서 나는 억지웃음을 지었다.

"치나미 씨를 기다리고 있었어요. 오늘 감사했다고 전하고 싶어서. ……그리고 내일 일도."

문득 나는 고개를 숙였다. 내 상태가 범상치 않음을 알아챘는지 리쿠 님이 걱정하듯 약간 고개를 기울였다.

"치나미 씨?"

내 생각이 옳다면, 원래 내가 발을 들여서는 안 되는 영역일지도 모른다. 하지만 리쿠 님이 왜, 어떤 의도로 내게 애인인 척해 달라는 부탁을 했는지 알아야 한다고 생각했다. 그것을 알아야 내가 내일 어떻게 행동해야 할지 알 수 있을 것 같았다……

불쑥 고개를 든 나를 리쿠 님은 약간 놀란 듯 쳐다보았다. 나는 결심하고 입을 열었다.

"리쿠 님이 저를 애인으로서 소개하고 싶었던 건…… 사실은 유코 씨가 아니었나요?"

그 말에 리쿠 님은 천천히 눈을 감았다. 그리고 짧게 숨을 내쉬고 항복했다는 듯 목 뒤에 손을 돌리고서는 눈을 뜨고 쓴웃음을 지었다.

"여자는 예리하군요……."

그러면서 리쿠 님은 잠깐 하늘을 올려보고 결심한 듯 나를 쳐다봤다.

그리고 "치나미 씨. ……잠깐 시간 괜찮으신가요?"라고 말했다.

함께 가고 싶은 데가 있다며 리쿠 님이 나를 데려온 곳은 해안
이었다.

지방도로에서 해안가로 이어진 계단을 내려가서 우리는 해변으
로 나갔다. 갯반디가 내는 환상적인 파란 빛이 흔들거리는 것을
보더니 불쑥 리쿠 님이 입을 열었다.

"치나미 씨, 여기서 석양을 향해 외치고 있었죠."

"그, 그 일은 제발 잊어 주세요!"

"아하하." 하고 어깨를 들썩이며 웃던 리쿠 님이, 갑자기 웃음
을 멈추고 앞쪽을 바라봤다. 규칙적인 파도 소리만이 우리들 사이
에서 울려 퍼졌다.

긴장된 분위기가 리쿠 님에게서 느껴져서 나는 파도의 움직임
만을 바라볼 수밖에 없었다.

"⋯⋯난, 유코 씨를 좋아했었어요."

파도 소리에 묻힐 것 같은 그 목소리를 나는 놀랍도록 냉정하
게 받아들였다.

역시나, 라는 생각과 애절함이, 나로 하여금 말을 잃게 했다.

"처음부터 이뤄질 수가 없는 사랑이었죠. 그런데도 멋대로 짝
사랑하고, 내 마음을 표현하고, 그녀의 마음을 휘갈기고⋯⋯ 상처
를 입히고 말았어요."

그것은 오랫동안 억누르던 하소연을 토해 내는 듯했다. 이렇게 감정적으로 말하는 리쿠 님을 처음 본 나는 심하게 동요했다. 하지만 지금은 말없이 끝까지 얘기를 듣는 게 최선이라 생각됐다.

"제가 제 마음을 드러낸 탓에, 제 마음을 받아 주지 못한 탓에 유코 씨는 자신을 책망했고…… 슬퍼했어요."

고통스럽게 말을 잇는다.

"그래서 더 이상 그녀가 괴로워하지 않도록, 헤어질 때 나는 한껏 허풍을 떨었죠. ……이제 곧 다른 사랑을 찾을 테니까, 반드시 행복해질 테니까, 라고……."

그 목소리는 울음을 참으려는 듯 떨리고 있었다.

"그래서 나는 행복해 보여야 하는 겁니다. 적어도 그녀 앞에서만이라도. 내가 행복하지 않으면 그녀는 앞으로도 자책하게 될 거예요. 괴로워하게 될 거예요. ……그건 무엇보다도 제겐 괴로운 일이니까."

리쿠 님은 여기서 말을 멈췄다. 넓은 어깨가 들썩이고 있었고 나는 참을 수 없어 시선을 돌렸다. 시야에 들어온 달이 어렴풋이 번지면서 내 눈에도 눈물이 맺혔음을 깨달았다.

아카시 씨에 대한 허풍이 아니라, 자신은 이미 새로운 사랑을 찾았으니 걱정 말라고. 걱정 말고 아카시 씨와 행복해지라고. 더 이상 자책하지 말라고. 이렇게 유코 씨에게 전하고 싶어서 내게 애인인 척해 달라고 부탁했던 것이다.

나는 눈물을 훔치고 갯반디의 파란 빛을 보면서 중얼거렸다.

"리쿠 님, 그 사랑에 후회는 없나요?"

그 말에 오랜 침묵을 깨며 리쿠 님은 천천히 고개를 들었다.

"……글쎄요. 제가 할 수 있는 건 정성껏 했고, 이렇게 할걸, 저렇게 할걸 같은 후회는 없네요."

리쿠 님은 그러면서도 자신을 비웃듯 웃었다.

"하지만 전 비겁해요."

"……비겁하다니요?"

"치나미 씨, 제가 여기로 돌아온 이유 알고 계세요?"

"……듣기로는 미사오 님의 상태가 안 좋으셔서, 곁을 지키기 위해서라고……."

그 말에 리쿠 님은 웃으며 끄덕였다.

"대외적으론 그렇죠. '이가라시 가문의 리쿠 도련님은 도쿄에서 얻은 지위를 버리고 어머니를 위해 고향으로 돌아온 효자'라고……."

그러면서 리쿠 님은 쓸쓸한 웃음을 내보였다.

"하지만 사실은 달라요. 도망친 겁니다. 난 저 두 사람에게서……. 어머니가 편찮으시다는 연락을 받았을 때, 마침 잘됐다며 여기로 도망쳐 나온 거죠."

리쿠 님의 아픔이라고 할 수 있는 이야기를 듣는 내 가슴은 찢어질 듯했다.

"두 사람이 잘돼서 다행이라고…… 맺어져서 다행이라고, 진심으로 그렇게 생각해요. 하지만 나는 웃으며 그들 모습을 바라볼 수 있을 정도로 된 사람은 아니에요."

"리쿠 님⋯⋯."

"그래서 도망친 겁니다. 핑계나 대고⋯⋯ 허풍이나 떨고."

이때 참을 수 없다는 듯이 리쿠 님은 모래사장에 무릎을 꿇고 깊게 고개를 떨어뜨렸다.

"그런데도 유코 씨는 이런 저를 보고 왕자님 같다고 해요. 어른스럽고, 상냥하고, 완벽한 사람이라면서. 내 실체는 이렇게 비겁하고 나약하고 어이없는 인간인데⋯⋯."

리쿠 님의 말을 듣던 나의 눈에서 눈물이 흘러내렸다.

아아⋯⋯ 그렇구나⋯⋯. 나도 마찬가지다. 리쿠 님의 외모나 태도, 느끼는 분위기에서 왕자님 같다고 우상화시키며 혼자 좋아했었다.

하지만 같은 눈높이에서 본 리쿠 님은 섬세하고 자신 없고 서툰 사람. 그리고 상대를 위한 거짓말을 하는 사람.

하지만, 이렇게 푸념하는 리쿠 님이 더욱 친근하게 느껴졌다.

✳❋✳

"아아, 정말! 저 좀 울리지 말아 주세요! 엄청 감정이입했잖아요!"

갑자기 큰 소리를 들은 나는 깜짝 놀랐다.

"예?"

"힘든 일에서 도망치는 게 뭐 잘못한 건가요?! 도망친다는 건 어엿한 생존 본능이라구요! 저 역시 절찬리에 도망 중이라구요!"

코를 벌렁거리며 말하는 치나미 씨를 나는 멍하니 바라봤다.

"제겐 5년간 사귀어 온 남자친구가 있어요."

"아…… 그렇군요."

"하지만 얼마 전에 그 남자친구가 바람을 피웠어요."

그러면서 치나미 씨는 쓴웃음을 지었다.

"바람…… 이라고요……?"

"미리 연락하지 않고 집에 갔더니, 침대 위에서 한창이던 그들과 정면으로 맞닥뜨렸어요."

그 말의 생생함에 나는 놀라고 얼굴이 뜨거워지는 것을 느꼈다.

"그건 참…… 큰 건 했네요……."

"거기서 끝이 아니에요. 그 후가 더 개판이었죠."

그 상황이 생각났는지 치나미 씨는 큰 한숨을 쉬었다.

"진정 믿었던 사람에게 배신당해서 너무 슬퍼서……. 그런데도 그놈은, 진심으로 좋아하는 건 너뿐이야, 딱 한 번의 잘못이니까 용서해 달라 울며 사죄하는 거예요. 아예 싫어졌다든가 싫증이 났다든가 말해 주면 납득도 가고 새롭게 나아갈 수도 있는데……. 생각날 때마다 마음은 아프고, 용서할 수는 없고……. 그런데도 5년이라는 세월 탓인지, 결단을 좀처럼 내릴 수가 없어요."

"……그렇겠죠."

5년이란 세월은 길다. 아마 두 사람 사이는 깊고 깊은 연으로 이어져 있을 것이다. 그래서, 딱 한 번의 배신으로 그것을 베어 버릴 수 없는 갈등은 나도 어렴풋이 이해할 수 있다.

"용서할 수도, 헤어질 수도 없어서…… 답을 내기가 겁나서 도망쳐 다니는 거죠. 그래서 리쿠 님의 마음 잘 이해돼요. 동일시하면 안 되겠지만."

"……아니에요."

나는 웃으며 고개를 저었다.

"리쿠 님은…… 아직도 유코 씨를 좋아해요?"

꾸밈없는 질문이 날아와 나는 조용히 눈을 감았다.

지금까지 답을 내기가 두려웠다. 하지만 진지하고 사심 없는 치나미 씨의 눈동자를 바라보며, 언제까지나 이 두려움을 직시하지 않고 있을 수만은 없겠다고 나는 강하게 생각했다.

치나미 씨는 내 얼굴을 똑바로 직시하고 있었다.

"솔직히 잘 모르겠어요. 마음이 남아 있는 채로 이쪽에 왔고, 한 번도 만나지 못한 채 반년이 지났고. 끝낸 사랑이니까 자연스럽게 마음으로는 그녀를 잊으려고 했을지 모릅니다. ……그러고 보면 요새는 유코 씨 생각이 나도 예전처럼 가슴이 찢어지는 듯한 아픔은 느끼지 못했죠. 하지만 얼굴을 보면 다시 되살아날 것 같아서…… 그래서 만나기가 정말 두려웠어요. 저 두 사람 앞에서 제대로 미소 지을 수 있을지 자신이 없었죠."

나는 솔직한 심정을 그대로 말로 옮겼다.

"하지만 오늘 신고베 역에서 두 사람을 봤을 때, 생각보다 냉정한 마음을 유지할 수 있었던 것 같아요. 마음이 복잡하게 얽힌 것도 사실이지만, 두 사람과 만나서 기쁘다는 마음이 더 컸던 것 같습니다……."

떨어뜨렸던 시선을 올리며 그녀 쪽을 보니, 고집스럽게 생긴 두 눈이 금세 눈물로 가득 찼다.

"아…… 치, 치나미 씨?"

"괜찮아요, 리쿠 님."

"네?"

"그건 분명, 앞을 향해 마음이 전진하고 있다는 증거일 거예요. 유코 씨에게 했던 말, 꼭 실현될 거예요! 리쿠 님은 새로운 사랑을 찾고, 반드시 행복해질 거예요!"

하루 종일 느꼈던 긴장감이, 치나미 씨의 말에 사르륵 사라지기 시작한다.

"고마워요, 치나미 씨. 내일 유코 씨를…… 내 마음을 똑바로 마주 보려 해요."

웃으면서 말하자 치나미 씨는 안심한 표정으로 내 얼굴을 쳐다봤다.

"저도 내일 열심히 할게요. 리쿠 님의 애인으로서 실례가 되지 않게."

"하지만…… 괜찮나요? 전 남자친구가 있는 줄 몰라서, 애인인 척해 달라는 부탁을 너무 쉽게 한 것 같아서……."

"뭐, 괜찮아요, 그 정도는."

치나미 씨는 흥분한 듯 얼굴을 붉혔다.

"내일 아카시 씨랑 유코 씨가 부러워할 정도로 사이좋고 행복한 모습 보여 주자고요. 유코 씨가 안심해서 도쿄로 돌아갈 수 있도록."

"……고마워요."

왜 이렇게 잘해 주는지 당황스러운 반면, 나는 솔직히 기뻤다.

그때, 치나미 씨가 재채기를 했다. 대화에 열중한 나머지 공기가 차가워진 것도 모르고 있었다.

"죄송합니다, 이렇게 추워질 때까지 나다니게 해서……. 이제 돌아가죠."

"괜찮아요. 저도 흥분한 탓인지 전혀 춥지 않았던걸요."

눈물 자국이 선명한 눈으로 웃는 치나미 씨를 보고 나는 묘한 기분이 들었다.

문득 보니 나는 치나미 씨의 오른손을 잡고 그녀의 손가락에 내 손가락을 얽고 있었다.

"추우니까 이렇게 해서 가죠."

"아…… 하지만 저…….."

"아, 죄송해요. ……싫으시다면…… 그냥……."

아무래도 너무 성급했던 것 같다. 하지만, 얽힌 손가락을 풀려고 하자 그것을 거절하듯 치나미 씨가 내 손을 꼭 잡았다.

"시, 싫진, 않아요."

얼굴을 붉히며 시선을 떨어뜨린 채 말하는 치나미 씨를 보니 내 입가가 나도 모르게 올라갔다.

"그럼, 가실까요?"

"……네."

약간 수줍어하듯 서로 미소 지으면서 우리는 해안가를 걷기 시작했다. 꼭 잡은 손에서 치나미 씨의 체온이 느껴져 마음까지 따스해졌다.

하지만 동시에, 치나미 씨에게 남자친구가 있다는 사실에 왠지 마음이 술렁이는 것을 느꼈다.

복잡한 감정이 북받쳐 오르면서 나는 가볍게 입술을 깨물었다.

내 머릿속을 지배하고 있는 존재가 유코 씨가 아닌 치나미 씨라는 사실을, 이때 나는 아직 모르고 있었다.

7.
마법을 풀기 위해

하룻밤이 지나고 더블 데이트 당일.

9시 반까지 리쿠 님이 마중 나오기로 되어 있어 나는 1시간 전부터 준비를 시작했다.

작년에 산 후 한 번밖에 입지 않았던 가을 원피스를 걸쳤다. 여기에 짧은 갈색 부츠를 매치해 전체적으로 차분한 분위기를 연출할 계획이었다.

그 부츠를 신은 순간, 집 앞에 차가 멈춰 선 소리가 들렸다. 현관을 나서 보니, 마침 리쿠 님이 운전석에서 내리고 있었다.

"리쿠 님, 안녕하세요."

리쿠 님에게서 어제의 심각한 분위기는 보이지 않았고 평소처럼 부드러운 미소를 띠고 있었다.

"안녕하세요, 치나미 씨. 평소 보던 모습이랑 너무 다르네요……."

"이, 이상한가요?"

불안해져서 그렇게 묻자 리쿠 님은 웃으며 고개를 저었다.

"아주 예뻐요. ……왠지 가슴 설레는걸요."

그 말을 듣고 거의 기절할 뻔했다. 설레는 건 내가 더 심할 거다.

리쿠 님이야말로, 평소 집에 있을 때는 대체로 청바지 같은 캐주얼한 복장인데, 오늘은 베이지색 면바지에 검은 테일러드 재킷을 걸쳐 심플하면서도 품위 있고 점잖다.

"오늘 하루 잘 부탁드려요."

"네? 아, 예. 저야말로 도움이 될지 모르지만……."

"그럼 가시죠."

"……네."

리쿠 님이 조수석 문을 열어 줘서 나는 황송하면서 차에 올라탔다.

아카시 씨와 유코 씨가 숙박 중인 호텔에 도착하니 이미 두 사람은 현관 앞에서 기다리고 있었다.

리쿠 님을 따라 나도 차에서 내렸다. 두 사람에게 인사할 때, 나는 유코 씨에게 약간의 질투심 같은 감정을 느껴서 나도 모르게 시선을 돌리고 말았다.

두 사람의 짐을 트렁크에 싣고 왠지 어색한 분위기 속에 우리는 차에 올라탔다.

"그러고 보니, 어디로 가기로 했죠?"

"여기저기 알아봤는데, 두 분이 약혼하셨다고 들어서 먼저 이자나기 신궁으로 가려고 합니다."

"이자나기 신궁?"

3명이 한꺼번에 되물었다.

"그게…… 일본 신화 〈고사기(古事記)〉에 나오는 유명한 신 '이자나기'와 '이자나미'를 모신 신사랍니다. 그곳에는 '부부 녹나무'라는 수명이 900년이나 되는 거목이 있는데, 인연이나 부부의 연을 좋게 해 준다고 하니 두 분에게는 안성맞춤일 거라고……."

"……음, 그러네요."

리쿠 님은 납득했다는 듯 끄덕였지만, 아카시 씨는 멍하니 앉은 유코 씨를 약간 어이없다는 듯 바라봤다.

"너, 고사기가 뭔지 전혀 모르지."

그 질문에 대답하지 못하는 유코 씨를 보며, 나는 도움을 주려는 듯 그녀에게 웃으며 말했다.

"쉽게 말하면, 이자나기와 이자나미라는 신이 있었는데, 그 두 분이 일본 열도를 낳았다는 신화가 있어요. 그때 맨 처음 생긴 섬이 아와지 섬이라는 설이 있어서, 그 두 분을 모신 신사가 있는 거랍니다."

"……아, 그렇군요……."

유코 씨는 잘 알았다는 듯 맞장구를 쳤다.

"저…… 별로 관심 없으시다면 다른 장소로 안내할게요."

"난 괜찮아. 신사나 사찰은 좋아하니까."

"저도 거기 가 보고 싶네요."

의외로 두 사람이 찬성을 해서 나는 안도의 한숨을 쉬었다.

"들으셨죠? 리쿠 님. 목적지는 이자나기 신궁입니다."

"잘 알겠습니다."라며 경쾌하게 대답하며 리쿠 님은 내비게이션을 눌렀다.

이자나기 신궁은 아와지 섬 북부의 이치노미야[一宮町]에 있어, 우리를 태운 차는 고속도로를 따라 북상했다.

그렇게 다다른 신사 근처의 주차장에 차를 세우고 걸어가다 보니 신사 입구를 나타내는 거대한 토리이[鳥居] 문이 보이기 시작했다.

"와아, 굉장해……."

토리이를 지나면서 유코 씨는 흥미롭게 위를 바라봤다. 아카시 씨도 멈춰 서서 토리이를 올려다봤다.

"근데 좀 새것 같은데?"

"예전 토리이는 대지진 때 붕괴되어서, 이건 새로 지은 거랍니다."

리쿠 님이 문득 나를 쳐다본다. 아카시 씨와 유코 씨는 그저 그런가 보다 하는 기색으로 주변을 돌아보고 있다.

"아, 맞아…… 큰 지진이 있었죠……."

"두 분은 아직 어렸을 테고 간토 쪽에 계셔서 잘 모르실 거예요."

묘한 분위기가 감도는 것을 느낀 나는 황급히 미소 지었다.

"죄송합니다, 분위기가 가라앉아 버렸네요. 가시죠."

오늘 하루는 리쿠 님의 애인 역할을 제대로 수행해서 두 분이 진심으로 즐겁게 지낼 수 있게 해야 하니, 내가 감상에 잠길 겨를은 없다. 마음을 다잡고 안내를 계속해야지.

계속 걸어가서 '오모테진몬[表神門]'을 지나자 넓은 경내가 나타났다. 중앙에는 웅장한 사전(社殿), 왼쪽에는 사무소, 그리고 오른쪽에는 녹나무 거목이 있다.

우리는 먼저 부부 녹나무 쪽으로 갔다.

"원래 두 그루였던 나무가 합쳐져서 한 그루가 됐다고 해요. 부부의 연을 좋게 해 준다고 하니 참배해 보세요."

큰 줄기에 금줄을 두른 거대한 녹나무를, 아카시 씨와 유코 씨는 흥미롭게 바라본다. 그 옆에 작은 사당이 있어서, 두 사람은 사이좋게 나란히 서서 그 사당을 향해 기도를 올렸다. 서너 걸음 뒤에서 나와 리쿠 님이 둘을 지켜보았다.

가만히 옆에 선 리쿠 님의 얼굴을 훔쳐보니, 그는 온화한 표정으로 두 사람의 뒷모습을 지켜보고 있었다. 그의 표정에서는 무슨 생각을 하는지 읽어 낼 수 없었다.

참배를 마치고 신사에서 나온 우리는 파르쉐 향기관이라는 테마파크로 향했다. 그곳에는 전 세계의 향수가 전시돼 있으며, 상쾌한 향기가 코를 기분 좋게 자극했다. 그 후, 우리는 시설 내에 있는 베를렌이라는 레스토랑에서 점심을 먹기로 했다.

"예? 4시 신칸센이시라고요?"

여기서 고베까지 자가용으로 가도 1시간 이상 걸린다. 그렇다면, 너무 느긋하게 다닐 수는 없다.

"두 분 다 내일은 회사와 학교에 가야 하니까요. 한가한 건 저뿐이군요."

자학적으로 말하면서 리쿠 님은 밝게 웃었다. 이미 식사를 마친 아카시 씨는 팔짱을 끼며 리쿠 님에게 물었다.

"너, 일 어떻게 할 거야?"

"글쎄요······. 어머니 건강도 조금씩 좋아지고 있으니 연초쯤부터 취업 활동해야죠."

"삼촌 비서를 하면 좋을 텐데. 권유받았다면서?"

"네, 일단은······. 하지만 정치 쪽은 별로 관심이 없어요. 게다가 비서 일은 어떤 분 때문에 진저리가 났고요."

"······시끄러."

리쿠 님의 농담 섞인 말에 아카시 씨는 가볍게 쓴웃음으로 답했다. 사이좋게 두 사람이 대화하는 모습을 나는 행복한 마음으로 지켜보고 있었다.

"유코 씨, 아이스크림 드실래요? 여기 라벤더 아이스크림이 유명해요."

"먹고 싶어요!"

"······아, 난 패스. 담배나 피우고 올게."

그러면서 아카시 씨는 "넌 어떡할 거야?"라는 눈치로 리쿠 님의 얼굴을 보았다.

"나도 담배 피우고 올게요. 아이스크림은 두 분이 드세요."

"알겠습니다. ······그럼 가실까요? 유코 씨."

"네."

흡연소로 가는 두 사람과 헤어져서 우리는 바로 옆의 허브 숍으로 향했다. 아이스크림을 구입하고 나란히 벤치에 앉았다. 즐거워하면서 라벤다 아이스크림을 먹는 유코 씨의 얼굴을 나는 복잡한 심정으로 옆에서 바라봤다.

아직 앳된 모습이 남아 있는 이 여성 때문에, 그렇게 고뇌할 정도로 리쿠 님은 사랑을 했던 거구나.

유코 씨와 무슨 얘기를 할까 주저하던 그때 "죄송합니다, 기다리게 해서."라는 목소리가 관광객들 너머로 들려와서 나는 고개를 들었다.

혼자 걸어오는 리쿠 님을 유코 씨는 의아해하며 쳐다본다.

"아카시는?"

"아, 아카시 씨는 커피 한 잔 하고 나서 한 개비 더 피우겠다네요. 그러니까 10분 정도 있어야 올 거예요."

나머지 10분······. 오늘, 리쿠 님과 유코 씨는 아직 단둘이서 얘기를 나누지 못했다.

어제 리쿠 님은 말했다. 내일 자신의 마음을 제대로 마주 보겠다고. 어쩌면 오지랖일지도 모른다. 하지만 단 10분이라도 두 사람이 대화할 수 있는 시간이 있다면…….

나는 손가방을 가슴에 품고 일어섰다.

"저기, 자, 잠깐 화장실에 다녀올게요."

횡설수설하면서 나는 빈자리에 앉도록 리쿠 님을 유도했다.

"네? ……저기."

"그럼 다녀올게요!"

의아한 눈으로 보는 리쿠 님을 무시한 채 꾸벅 인사를 하고 나서 나는 허겁지겁 그 자리를 떠났다.

화장실로 뛰어 들어간 나는 변기에 앉아 머리를 싸맸다.

다짜고짜 리쿠 님과 유코 씨, 단둘이서 있게 해 줬지만, 정말로 잘한 일일까? 만약 두 사람이 대화하는 모습을 아카시 씨가 목격해서 이상한 오해를 해 버린다면……. 반대로 유코 씨와 대화를 나눔으로써 리쿠 님의 덜 아문 마음의 상처가 다시 벌어지기라도 한다면…….

도대체 지금 두 사람은 어떤 대화를 나누고 있을까? 돌아갈 타이밍을 잴 수가 없다.

그렇다고 해도 계속 여기에 머무를 수는 없다. 나는 마음먹고 나갈 준비를 서둘렀다. 손을 씻고 거울에 비친 내 얼굴을 살핀다.

아이스크림을 먹은 탓에 립스틱이 거의 지워졌다. 간단하게 화장을 고치고 나서 나는 리쿠 님이 있는 곳으로 서둘러 돌아갔다.

돌아가는 도중, 그곳에 아카시 씨도 서 있는 게 보였다. 순간 뜨끔했지만 3명이 담소를 나누는 것을 보고 안심했다.

리쿠 님은 내 모습을 보자 가볍게 손을 들었다.

"치나미 씨."

그 표정은 평소와 같아 보이지만 어딘지 모르게 다른 것처럼 보이는 것 같기도 했다.

다만 한 가지 분명한 것은, 내가 이러쿵저러쿵 고민하던 건 전부 기우로 끝났다는 것이었다.

"죄, 죄송합니다. 기다리셨죠?"

"아뇨, 괜찮아요."라며 리쿠 님은 웃으며 대답했다.

"지금 이야기해 봤는데, 길이 막히면 안 되니까 슬슬 이제 고베로 가려고요."

"아, 네. 알겠습니다."

"……그럼 가시죠."

"네." 하고 끄덕이며 나는 리쿠 님과 나란히 걷기 시작했다. 그 뒤를 아카시 씨와 유코 씨가 따랐다.

걸어가면서 나는 슬쩍 리쿠 님의 얼굴을 옆에서 살폈다. 그 표정은 어제와는 사뭇 다르게 어딘지 모르게 산뜻하고 밝게 보였다.

8.
질주하는 마음

리쿠 님과 내가 연인 사이라고 믿은 채, 아카시 씨와 유코 씨는 도쿄로 돌아갔다.

약간 죄책감을 느끼긴 했지만 끝까지 즐거워 보이던 유코 씨를 생각하면서 좋은 게 좋은 거라고 자신을 납득시켰다.

두 사람을 보낸 후 고베 거리를 산책한 우리 둘은, 리쿠 님이 추천하는 초밥집에서 저녁 식사를 하기로 했다. 단둘이서만 식사를 하는 건 처음이라 긴장한 탓에 고급 초밥의 맛을 음미할 겨를은 없었지만, 내게는 이 시간 자체가 무엇보다도 행복했다.

"정말 잘 먹었습니다."

"아니에요, 오늘 수고해 주신 보답입니다."

감사의 뜻을 전하자 리쿠 님이 싱긋 웃는다.

"죄송하지만 담배 좀 피워도 될까요?"

"아, 네. 괜찮아요."

"감사합니다."

차 유리문을 열며 리쿠 님은 재킷 주머니에서 말보로의 빨간 상자를 꺼냈다. 하필이면 료헤이와 같은 담배라니……. 곁눈으로 그것을 보면서 나는 마음속으로 탄식했다.

"기다리게 해서 죄송해요. 그럼 돌아갈까요?"

"네."

대답하자마자 리쿠 님은 미소를 보이며 변속기에 손을 올렸다.

조명으로 화려하게 빛나는 아카시[明石] 해협대교에 다다를 무렵, 긴장감이 풀려 이완된 기분과 차의 부드러운 흔들림에 나는 엄청난 졸음에 시달렸다.

눈꺼풀이 무겁게 감기려 하는 것을 도저히 막을 수 없었다. 여러 번 고개를 떨어뜨렸다가 애써 다시 고개를 세우곤 했다.

"좀 자도 돼요, 치나미 씨."

"하지만……."

"앞으로 1시간은 족히 걸릴 거고, 절 신경 쓸 필요는 없어요."

"……감사합니다. 그럼……."

"네. 의자도 뒤로 넘겨서 편하게 주무세요."

꾸벅 고개를 숙이고 나서 나는 조심스럽게 조수석 의자를 눕혔다.

✱❅✱

곧 조수석 쪽에서 편안한 숨소리가 들려왔다. 나도 모르게 미소 짓게 됐다.

다음에 제대로 보답을 해야지……. 머릿속이 유코 씨에 대한 생각으로 가득 찼던 탓에 치나미 씨의 마음고생을 헤아려 줄 수 없었음을 후회했다.

치나미 씨의 집에 도착했을 때는 이미 9시를 넘기고 있었다. 깨우기가 꺼려질 정도로 그녀는 너무나 편안하게 잠들어 있었다. 내일도 오전 팀으로 출근해야 한다는 사실이 생각나서 미안한 생각이 들었다.

"치나미 씨." 하며 이름을 불러 보았다. 하지만 깊이 잠들었는지 반응은 전혀 없었다.

"도착했어요, 치나미 씨."

이번엔 어깨를 가볍게 흔들어 봤다.

"……음." 하고 작게 신음하며 그녀가 엷게 눈을 떴다.

"치나미 씨……."

그 순간, 치나미 씨가 양손을 내게 뻗었다. 그 손이 목을 휘감으면서 나를 끌어안았다. 그리고 그녀가 응석부리듯 목덜미에 뺨을 비비자 내 심장이 크게 두근거렸다.

은은한 향수 냄새. 여성 특유의 유연한 육체. 뺨에 닿는 머리카락…….

전혀 예상치 못한 갑작스러운 행위에 내 머릿속은 진공상태가 돼 버렸다. 일단 떨어져야 하는데, 어떻게 밀어내야 하는지조차도 알 수 없었다. 나는 그녀에게 끌어안긴 채 굳어 버렸다.

"저, 저기, 치나미 씨……."

치나미 씨의 숨결이 살갗에 닿고 귓가에 입술이 다가오는 것을 느낀 순간, "료헤이……."라며 튀어나온 남자 이름이 내 고막을 때렸다. 사고능력을 순식간에 빼앗겼다.

나를 남자친구로 착각하고 있다는 것을 순간적으로 깨달았다. 바보처럼 격앙되던 기분이, 마치 파도에 밀려가듯 쓰윽 식어 갔다.

나는 가만히 치나미 씨의 어깨를 잡고 떼어 냈다. 그녀의 양팔은 힘없이 풀렸다. 하지만 마치 떼어 내는 것을 거절하듯 그녀는 재킷을 움켜잡았다.

"도착했어요, 치나미 씨."

밋밋한 어조로 그렇게 말하자 치나미 씨는 느릿느릿 고개를 들었다. 매달리듯 내 재킷을 움켜잡은 자기 자신을 알아챈 그녀는 황급히 손을 놓고 후다닥 차 문에 등을 댔다.

"죄, 죄, 죄송합니다! 제, 제가 지금, 엄청난 실례를……."

"아뇨, 괜찮아요."라며 나는 억지로 웃어 보였다.

"죄송합니다! 죄송합니다! 정말 죄송합니다!"

치나미 씨는 파랗게 질려 깊숙이 고개를 숙였다.

"저는 괜찮아요. 누구나 잠결에 엉뚱한 짓을 하곤 하죠."

"하, 하지만……."

"오히려 이렇게 피곤하게 만들어서 저야말로 죄송해요."

내가 고개를 숙이자 치나미 씨는 몸 둘 바를 몰라 했다.

차에서 내린 후에도 치나미 씨는 미안해하며 연거푸 고개를 숙였지만, 나는 미소를 보이며 손을 흔들고 서둘러 차를 출발시켰다.

✽❊✽

다음 날 아침, 나는 최악의 기분으로 집을 나섰다.

어제는 어렵사리 기분 좋게 하루를 끝마쳤다고 생각했었는데, 거의 끝마무리를 하는 시점에서 엄청난 실수를 범하고 말았다. 그 때문에 즐거웠던 하루가 물거품이 돼 버렸다.

당연한 결과로 밤새도록 한숨도 자지 못한 탓에 피부 상태도 최악. 화장이 도저히 먹히질 않았다.

벌써 몇 십 번은 쉬었을 한숨을 내쉬면서 나는 이가라시 저택으로 가는 오르막을 무거운 발걸음으로 걸어갔다.

리쿠 님의 방 앞에 서서 나는 심호흡을 한 후 마음먹고 문을 노크했다.

"네, 들어오세요."

나는 입술을 깨물며 조심조심 문을 열었다.

"……안녕히 주무셨나요? 커피 가져왔습니다."

주저하면서 말을 꺼내자 PC 앞에 앉아 있던 리쿠 님이 천천히 나를 돌아봤다.

"좋은 아침이네요. 치나미 씨."

예상외로 리쿠 님은 평소와 전혀 다름없는 미소로 그렇게 대답해 주었다. 황송해하며 커피를 내려놓자, 내가 입을 열기 전에 리쿠 님이 먼저 꾸벅 고개를 숙였다.

"어제는 하루 종일 정말 고마웠습니다."

"아뇨. 아무 도움도 못 드려서 죄송합니다! 게다가 마지막에 그런 실례를 범하다니, 정말 죄송했습니다!"

"저는 신경 쓰지 않아요. 잠에 취했을 뿐이잖아요?"

"하지만……."

"정말 괜찮아요. 치나미 씨도 신경 쓰지 말아요."

부드러운 미소를 보자 나는 뭐라 형언할 수 없는 기분이 들었다.

리쿠 님은 약간 복잡한 표정으로 나를 바라보고 있었다.

"……치나미 씨."

"아, 네."

"제가 치나미 씨의 남자친구와 비슷하게 생겼나요?"

"……아. ……네?"

얼토당토않은 질문에 나는 멍하니 리쿠 님을 바라봤다.

"어제…… 저를 남자친구로 착각했죠?"

그 순간, 나는 뻣뻣이 몸이 경직됐다.

가슴에 안은 쟁반을 잡은 손에 힘이 들어갔다.

나는 한동안 조용히 고개를 숙이고 있었다. 하지만 계속 그러고 있을 수도 없어서 체념하고 조용히 입을 열었다.

"……말보로……."

"네?"

모기 울음소리같이 기어들어 가는 목소리를 못 들었는지, 리쿠 님은 이맛살을 찌푸리며 몸을 앞으로 기울였다.

"다, 담배가……. 남자친구가 피우는 담배와 리쿠 님의 담배가 똑같아요……."

리쿠 님은 옆에 놓인 붉은색 담배 상자를 힐끔 보고 나서 뭔가 생각하는 듯하더니, 어색하게 입술을 깨물며 고개를 숙인 나를 보고서 억지웃음 같은 미소를 지으며 화제를 바꿨다.

"맞다, 치나미 씨에게는 제대로 보답을 해야겠다고 생각하고 있어요."

계속 고개 숙이고 있던 나는 그제야 시선을 들었다.

"네? 저기……. 제대로라뇨……."

"언제 한번 같이 식사하러 가요. 제가 사 드릴게요."

나는 눈을 휘둥그렇게 뜨고 황급히 손을 저었다.

"아뇨……. 그러실 필요 없어요! 어제도 많이 먹었는걸요. 게다가 보답을 받을 정도로 일한 것도 아닌데요!"

나는 일언지하에 거절했다. 어제 모든 비용은 리쿠 님이 부담해 주었고, 내가 지갑을 꺼낸 건 새전을 바칠 때가 전부였으니까.

"그러니까 원래가…… 리쿠 님께 은혜를 갚고 싶어서 맡은 일이었고……. 게다가 어제는 저도 충분히 즐거웠습니다. 그래서 보답을 받는다는 것 자체가 주객전도랄까……."

그러자 리쿠 님은 갸우뚱거리며 조용히 쓴웃음을 지었다.

"사실은 이 근처에 가볍게 한잔할 수 있는 선술집 같은 게 있으면 좋겠다고 생각하는데, 혹시 좋은 가게 아시는 데 있나요?"

보답이라는 부분을 슬쩍 바꿔치는 바람에 나는 바로 거절할 이유를 생각해 낼 수 없었다. 게다가 리쿠 님과 식사하러 가는 것 자체는 싫지 않았기에 이런 식으로 질문을 받으면 대답하기가 참 곤란했다.

"……없을까요?"

나는 쓴웃음을 지으며 작게 고개를 저었다.

"제가 친구랑 평소에 가는 곳이 있긴 합니다만……."

그렇게 대답하자 리쿠 님은 안심한 듯 미소를 지었다.

"감사합니다."

"하지만 저, 정말 평범하고 자그마한 선술집이에요."

"그런 데가 좋아요."

부드러운 리쿠 님의 미소를 보자 나는 겨우 안심이 되어서 온몸의 긴장을 풀었다.

그리고 약속한 날, 근무를 마치고 나와 리쿠 님은 〈쿠니우미〉

로 향했다. 평일인데도 자리는 반 정도 차 있었다. 우리는 안쪽의 방 자리로 안내받았다.

"여기서 해안가가 보이네요."

맥주가 먼저 나오고 적당히 요리를 주문한 후, 리쿠 님은 창밖으로 눈을 돌리며 중얼거렸다.

"그러네요……."

리쿠 님의 유코 씨를 향한 마음을 처음 알게 된 그날 밤이 생각나서, 내 마음은 약간 쓰렸다.

그날 이후 리쿠 님의 태도에는 변함이 없었지만, 그날 두 사람이 무슨 대화를 주고받았는지는 물어보지 못하고 있었다.

"그날 밤엔 푸념을 해 대서 죄송했어요."

맥주를 한 모금 마시고 나서 리쿠 님이 그렇게 말하며 고개를 숙였다.

"아뇨. 죄송하다뇨……."

"치나미 씨의 말을 듣고 마음이 한결 가벼워졌어요."

"……."

"덕분에 그날 회피하지 않고 유코 씨와 마주 볼 수 있었어요. 그녀와 대화하면서, 내 마음에 이미 유코 씨가 없다는 것을 잘 알게 됐어요."

"……네?"

내가 놀란 표정을 보이자 리쿠 님은 크게 끄덕였다.

"진정한 마음으로 그 두 사람을 축복할 수 있는 내 자신이 있었습니다. 이 모든 게 치나미 씨 덕분이에요. 정말 고마워요."

그러면서 상냥하게 미소 짓는 리쿠 님을 보며 문득 눈물이 나올 것 같아서 나는 재빨리 입가에 오른손을 댔다.

반년 전, 처음 리쿠 님을 봤을 때부터 줄곧 궁금했다. 무슨 생각을 하고 있고, 무슨 생각을 하며 바다를 바라보는지.

그리고 뜻하지 않게 리쿠 님의 마음의 상처를 알게 됐고, 어떻게든 그 상처를 아물게 하고 싶다는 생각을 하게 됐다.

내가 힘이 될 수 있는지 모르지만, 리쿠 님이 과거의 사랑을 제대로 떨쳐 내고 앞으로 나아갈 수 있다면, 가짜 애인 역할을 맡기를 정말 잘했다고 진심으로 그렇게 생각했다.

"여기 계란말이 삼겹살 나왔습니다~"

주문한 요리가 나오고 대화는 여기서 끊겼다.

"우와! 맛있겠다."

리쿠 님은 기분을 전환한 듯 명랑한 목소리로 그렇게 말했다. 우리는 서로 웃으며 재차 건배를 했다.

그 후, 리쿠 님의 도쿄 생활 등 소소한 얘기들을 나누며 시간을 조용히 흘려보냈다.

✽❃✽

얘기는 끝날 줄 몰랐지만, 2시간쯤 지난 시점에서 우리는 자리를 뜨기로 했다.

가게를 나서자 치나미 씨가 내게 허리를 굽혔다.

"정말 잘 먹었습니다. 죄송해요, 항상 얻어먹기만 해서······."

"아뇨. 오늘은 제가 억지로 데리고 나온 거니까 신경 쓰지 말아요."

지갑을 주머니에 넣으면서 나는 치나미 씨에게 미소를 지어 보였다.

그때, 가게 쪽으로 걸어오는 직장인 같은 남자 3명이 내 눈에 들어왔다.

가게 입구에 서 있던 우리는 방해가 될 것 같아서 얼른 이동하려 했다.

그런데 그들을 본 치나미 씨의 얼굴이 금세 창백해졌다.

우리를 본 남자 중 한 명도 놀란 듯 눈을 크게 뜨며 걸음을 멈췄다. 함께 있던 동료로 보이는 2명이 급히 멈춰 선 그 남자를 무슨 일이냐며 돌아봤다. 하지만 그 남자는 동료는 아랑곳하지 않고 치나미 씨를 쳐다보고 있었다.

"······치나미?"

그 남자가 중얼거린 것을 듣고 나는 천천히 치나미 씨 쪽으로 눈을 돌렸다. 술기운이 돌아 혈색이 좋았던 그녀의 얼굴이, 지금은 믿기지 않을 정도로 창백했다.

"······료헤이······."

떨리는 목소리로 중얼거린 치나미 씨의 말에 나는 눈을 부릅떴다.

그 이름을 들은 적이 있다. 그날, 치나미 씨가 나를 끌어안았을 때, 귓가에 속삭인 이름. 치나미 씨의 남자친구라고 알아챈 순간, 아차 하는 생각이 내 머릿속을 스쳤다.

켕기는 구석이야 없지만, 이 상황은 매우 안 좋다.

유예기간 중이라고는 해도 다른 남자와 단둘이서 밥을 먹으러 간 사실은 치나미 씨의 입장을 곤란하게 만들 수 있었다.

멈춰 선 남자는 금세 험악한 표정을 지었다.

"이게 어떻게 된 거야, 치나미."

노여움을 품은 날카로운 목소리를 내며 그는 성큼성큼 동료 앞을 지나쳤다. 그리고 곧바로 치나미 씨 쪽으로 걸어왔다.

"너……! 거리를 두고 싶다면서, 이런 데서 남자랑 둘이서 뭘 하는 거야!"

거칠게 말하며 다가오는 그를 피하듯 치나미 씨는 내 등 뒤로 숨었다. 어느새 내 소매를 잡은 치나미 씨의 손은 덜덜 떨리고 있었다.

그런 치나미 씨를 지키려고, 나는 냉철하게 판단하기도 전에 그의 앞을 재빨리 막아섰다.

하지만 이 모습을 본 그의 얼굴은 점점 분노의 빛을 띠기 시작했다. 그는 내 멱살을 잡고 강하게 노려봤다.

"넌 뭐야! 관계없는 놈은 비켜!"

"하지 마, 료헤이! 이 사람은……."

나를 위협하는 그를 보고 앞에 나서려 한 치나미 씨를 나는 말없이 손으로 제지했다.

"관계가 없지는 않습니다. 저는 이가라시라고 합니다. 에자키 씨가 근무하는 곳의 관계자입니다."

예상외의 말이었는지 그의 얼굴에 곤혹스러움이 감돌았다. 멱살을 잡았던 손이 천천히 떨어져 나갔다.

"근무하는 곳의…… 관계자?"

"네. 한 달쯤 전부터 에자키 씨는 제 밑에서 일하고 있습니다."

그는 내 뒤에 숨은 치나미 씨에게 힐끔 시선을 보냈지만 그 시선을 피하려는 듯 그녀는 재빨리 고개를 숙였다. 나는 쉬지 않고 말을 이었다.

"사실은 며칠 전에 에자키 씨가 큰 수고를 해 주셔서 그 보답으로 오늘 제가 억지로 식사 자리에 불러낸 겁니다. 만약 이 일로 오해를 하셨다면 그것은 제 책임입니다. 그러니 부디 에자키 씨를 책망하진 말아 주십시오."

담담하게 이렇게 설명했지만 역시 이런 상황은 탐탁지 않은지, 그는 결코 온전하지 않은 시선으로 나를 노려보았다.

"에자키를 돌봐 주셔서 감사합니다. 그녀와 사귀고 있는 모리시마[森島]라고 합니다."

"저야말로 감사합니다. 에자키 씨 덕분에 많은 도움받고 있습니다."

말은 정중하지만 그 어투에는 나를 향한 분명한 적개심이 담겨 있었다.

"이가라시 씨, 죄송하지만 그녀와 단둘이서 얘기하고 싶은데요."

여전히 말은 정중하지만 태도로는 노골적으로 '관계없는 놈은 비켜라' 는 뜻을 나타내고 있었다.

하지만 그 말을 거절하려는 듯 치나미 씨가 내 재킷 소매를 꽉 움켜잡았다. 그것이 그녀가 보내는 SOS라고 알아챈 나는 한 번 눈을 감고, 심호흡을 한 후 고개를 들었다.

"죄송하지만 그녀는 제 권유를 못 이겨 억지로 식사를 하는 바람에 약간 속이 안 좋다고 합니다. 그러니까 오늘은 일단 이대로 귀가하게 해 드리면 안 되겠습니까?"

이 말을 들은 그는 또다시 격한 분노로 눈을 부라렸다. 하지만 나는 이에 굴하지 않고 말을 계속했다.

"게다가 동료분들이 기다리고 있는 것 같은데요?"

서너 걸음 떨어진 곳에 서 있는 2명을 힐끔 보면서 내가 말하자, 그새 잊고 있었다는 듯 그는 휙 돌아봤다.

갑작스런 험악한 상황에 어쩔 줄 몰라 멍하니 서 있던 그 2명은, 그와 눈이 마주친 순간 동시에 애매한 웃음을 지었다.

"……아, 그게……. 우리 먼저 들어갈까? ……그치?"

"어, 아, 응. ……얘기 끝나면 너도 얼른 와."

걱정하는 기색이 역력한 둘에게 그는 힘없이 손을 들어 보였다.

"……그래. ……미안."

그 말이 떨어지기가 무섭게 두 사람은 재빨리 가게 안으로 들어갔다. 그리고 우리 3명만이 어색한 침묵 속에 내버려졌다.

　그런 무거운 분위기를 떨쳐 내려는 듯이 그가 한 발짝 앞에 나왔다.

　"치나미, 내가 집까지 바래다줄게."

　나는 황급히 다시 그 앞을 막아섰다.

　"기다려 주세요. 그녀는 제가 책임지고 바래다 드리겠습니다."

　"속이 안 좋아질 때까지 먹이는 사람을 어떻게 믿고 맡기냐!"

　거칠게 내게 외쳐 대는 그를 본 치나미 씨는 못 참겠다는 듯 달려 나와 그의 팔을 껴안았다.

　"부탁이야! 이분에겐 아무 잘못 없어! 그러니까 이분에게 그런 말 하지 마!"

　"하지만 치나미……."

　"난 이분 밑에서 일하고 있어! 이분 기분을 상하게 해서 내 입장 곤란하게 만들지 마! 나를 더 괴롭히고 싶은 거야?!"

　그녀의 비통한 호소에 그는 더 이상 뭐라고 할 수 있는 자격은 없다고 느꼈는지 한 발짝 물러섰다.

　하지만 그 직후, 그는 치나미 씨의 뒤통수에 손을 대고 자기 품으로 끌어당겼다.

　"……미안, 치나미. 좀 흥분했어."

　"……."

"그럼 내일, 연락 기다릴게. 그때 빠짐없이 얘기해 줘. 약속했
다?"

치나미 씨는 그의 품 안에서 힘없이 끄덕거렸다.

잠시 후, 치나미 씨는 그의 가슴을 떠밀며 그에게서 떨어졌다.
멍하니 고개를 든 치나미 씨의 머리에 가볍게 손을 얹고 그는 살
며시 미소 지었다.

"그럼…… 조심해서 돌아가."

"……응."

치나미 씨는 힘없이 한 번 고개를 끄덕여 보였다.

그는 지극히 형식적으로 내게 인사했다. 나는 정중히 고개를
숙여 답례했다.

순간 긴장감이 감돌았지만, 그는 아무 말 없이 가게 쪽을 향해
걸어가기 시작했다.

✽❃✽

가게 미닫이문이 드르륵 닫히고 료헤이의 모습이 가게 안으로
사라진 것을 확인한 순간, 내 몸에서 한꺼번에 힘이 빠져나갔다.
도저히 서 있을 수가 없어서 그 자리에 주저앉았다.

"치나미 씨!"

리쿠 님이 당황하며 내 옆에 웅크렸다.

"괜찮아요?"

"죄, 죄송합니다. 이상하게······ 히, 힘이 빠져서······."

심하게 떨리는 양다리를 누르며 나는 리쿠 님의 얼굴을 쳐다봤다.

"저, 정말로, 제 남자친구가 실례를 범해서 죄송합니다. 어떻게 사과를 드려야 할지······."

울기 직전인 나를 보며 리쿠 님은 훗 하며 쓴웃음을 지었다.

"자기 여자친구가 모르는 남자랑 같이 있다면, 누구든 화낼 겁니다. 게다가 오늘은 제가 억지로 끌고 나온 거니까 잘못은 저에게 있어요. 사과해야 하는 건 저입니다."

"그런······. 그렇지 않아요."

"오히려 두 분 문제인데 오지랖 넓게 군 건 아닐까 반성 중이죠."

그 말을 들은 나는 울음을 참으며 입술을 악물었다.

"아뇨, 덕분에 살았어요. 재치 있게 대처해 주셔서 감사합니다. 솔직히 아직 남자친구랑 둘이서 대화할 수 있을 만큼 상처가 아문 게 아니라서······. 그래서 정말 살았어요."

나는 꾸벅 고개를 숙였다. 그리고 고개를 들어 보니 리쿠 님이 손을 내밀고 있었다.

"이제 돌아갈까요? 제법 추워졌어요."

"아, 네."

나는 그 손을 잡고 일어서려 했는데, 마취라도 한 것처럼 다리에 힘이 들어가지 않았다.

"혹시…… 다리가 풀려 버렸나요?"

"……."

오늘은 그토록 리쿠 님에게 민폐를 끼치지 않겠노라고 맹세했는데…….

"저, 저기……. 저는 어떻게든 집까지 갈 테니까, 리쿠 님 먼저 들어가세요……!"

"먼저 들어가라니…… 치나미 씨를 여기 두고요? 그럴 수는 없어요. 남자친구에게도 바래다준다고 말했으니까요."

"하, 하지만……."

어이없다는 말투에 나는 풀이 죽어 버렸다. 리쿠 님은 웃으며 내게 등을 돌렸다.

"업어 드릴게요. 업히세요."

"아, 안 돼요!! 전 택시라도 타고 갈게요!"

"택시보다는 걷는 게 빨라요."

"하, 하지만……. 업히다뇨……."

그러자 리쿠 님은 한숨을 쉬면서 내게 돌아섰다.

"업히는 게 싫다면, 안고 갈 거예요."

"……넷?!"

나는 놀라서 주저앉은 채 물러섰다.

"여, 여긴 도쿄가 아니에요! 그렇게 다니면 난리 나요!"

"도쿄에서도 난리 나죠. 저도 그렇게 다니는 사람 본 적 없어요."

입술을 깨물고 고개를 숙이자, 리쿠 님은 웃으면서 내 가방을 손에 들었다.

"불가항력인 만큼, 이럴 때는 솔직하게 도움을 받으세요."

더 이상 거부하면 오히려 리쿠 님의 기분을 상하게 할 것 같아서 나는 주저한 끝에 작게 끄덕였다.

"……죄송합니다. ……그럼 부탁드려요."

"옙." 하며 경쾌하게 대답한 리쿠 님은 웃으면서 다시 내게 등을 돌렸다.

✽✳✽

이미 어둠에 잠긴 해안가 지방도로를, 리쿠 님은 나를 등에 업고 조용히 걷고 있었다.

어디선가 이름 모를 풀벌레가 규칙적인 울음소리를 내고 있었다. 나지막한 제방 너머에서는 잔잔한 파도 소리가 들려왔다.

"저…… 안 무겁나요?"

조심스레 묻자 리쿠 님은 작게 고개를 저었다.

"전혀 안 무거워요."

상냥하게 리쿠 님은 대답해 줬지만 나는 자책감에 빠져 아주 우울했다.

지난번 실수에 이어 료헤이가 리쿠 님에게 범한 무례한 태도, 거기에 이 추태까지.

"······정말 죄송합니다······."

이미 수없이 말한 내 사과를 듣고 리쿠 님은 한숨 섞인 쓴웃음을 지었다.

"괜찮다니까요······. 그것보다 치나미 씨."

"······네?"

"치나미 씨, 의외로 가슴 크네요?"

"······!!"

이 말을 들은 나는 벌떡 상체를 일으켜 뒤로 젖혔다. 그리고 주먹으로 리쿠 님의 등을 퍽퍽 두들겼다.

"아무래도 제 발로 걸어야겠어요! 내려 주세요!"

"잠깐······ 그렇게 하면 위험해요."

리쿠 님은 멈춰 서서 어깨 너머로 나를 돌아봤다.

"······성추행이에요, 리쿠 님."

나는 상체를 일으킨 채 뾰로통했다.

"그런가요?"

"그럼요. 의외로 엉큼하시네요."

"말이 좀 심하네요. 보통이라 생각하는데?"라고 리쿠 님은 웃음 섞인 목소리로 말했다.

사실 나는 알고 있었다. 내가 너무 미안해하니까 더 이상 신경 쓰지 말라는 뜻에서, 일부러 이렇게 농담을 해서 분위기를 바꿔 보려고 하는 것임을.

내 눈앞에서 리쿠 님의 머리카락이 부드럽게 나부끼고 있었다.

키가 큰 그의 뒷머리를 이런 각도에서 볼 일이 없어서, 이런 사소한 것들이 묘하게 내 가슴을 조였다.

상체를 젖힌 탓에 그 틈새가 몹시 춥게 느껴져서, 나는 머뭇거리다가 결국 다시 리쿠 님의 등에 가만히 내 몸을 맡겼다. 리쿠 님은 흠칫 놀란 듯 멈춰 서서, 뒤쪽을 살피는 시늉을 했다.

"괜찮나요? 가슴을 붙여도?"

"……특별 서비스예요."

이렇게 중얼거리자 리쿠 님은 쿡쿡 웃기 시작했다.

"이거 영광이네요."

리쿠 님의 목소리를 들으면서 나는 그의 등에 천천히 볼을 갖다 댔다. 체온이 옷 너머로 느껴졌다. 천천히 눈을 감으니, 눈꺼풀 안쪽이 은근히 뜨거워진다.

가까워지고 와 닿을수록 리쿠 님은 멀리 느껴졌다. 원래 사는 세계가 다른 사람이라는 건 이미 알고 있었고, 지금 이상의 관계 따윈 전혀 바라지 않았을 텐데…….

"……리쿠 님."

사라질 듯한 작은 목소리로 이렇게 말하자 "네." 하는 리쿠 님의 대답이 돌아왔다.

잠시 침묵이 흐른 후 나는 입을 열었다.

"도쿄에서도 가을이 되면 풀벌레가 우나요?"

"……."

아무런 맥락 없는 질문에 당황했는지, 리쿠 님은 잠깐 머뭇거렸다.

"……네. 울죠."

한발 늦게 돌아온 리쿠 님의 대답, 도쿄와 이 섬이 그렇게 크게 차이가 나지 않는다는 묘한 안도감에 나는 무심코 이렇게 중얼거렸다.

"다행이다……."

예상치 못했다는 듯 리쿠 님은 발걸음을 멈추고 어깨 너머로 나를 돌아봤다.

리쿠 님이 말뜻을 이해하지 못한 듯, 뭔가 묻고 싶은 듯 나를 살피는 게 느껴졌다. 하지만 가만히 있는 내가 잠들었다고 생각했는지 천천히 자세를 돌리고 다시 걷기 시작했다.

흔들흔들, 리쿠 님의 등에서 흔들리면서 나는 눈물을 참듯이 입술을 지그시 깨물고 있었다. 더 이상 입을 열면 눈물이 쏟아질 것 같아서.

리쿠 님을 향해 곧바로 달려가고 싶어지는 마음을, 나는 힘겹게 참고 있었다. 사랑하고 싶어도 어찌할 도리가 없다. 가까이 있으면서도 먼 곳에 있는 사람이니까.

파도 소리와 풀벌레 소리……. 나는 여태껏 이 소리들 속에서 살아왔다.

상냥한 표준어로 말하는 사람. 그런 사람은 지금까지 내 세계에는 없었다. 그래서 잠시 끌렸을 뿐. 동경했을 뿐. 내일부터 나는 다시 일개 가정부로 돌아간다…….

뺨을 데우는 리쿠 님의 체온을 잊지 않도록 나는 그것을 마음에 깊이 새겼다.

 희미한 가로등 빛이, 우리 둘의 겹쳐진 그림자를 애절하게 도로 위로 비추고 있었다.

9.
생일

"뇌…… 뇌경색……?"

의사의 입에서 나온 할머니의 병명을 나는 되물었다. 눈앞의 CT영상을 가리키면서 의사는 끄덕인다.

"네. 그렇다고는 해도 에자키 씨의 경우는 진행이 느려서, 일반적으로 말하는 가벼운 치매라 생각하시면 됩니다."

"치매…… 라니……. 하지만 할머니는 아주 건강하시고 내 말도 잘 이해하시는데요."

"지금은 그럴지 모르지만, 서서히 증상이 나타날 거라 생각합니다."

"……증상?"

"예를 들어, 혀가 잘 돌지 않게 된다거나 음식을 잘 삼키지 못하게 된다거나."

"······."

"퇴원을 희망하신다고 하는데, 집에서 식사 보조 등을 필요로 하게 될 겁니다."

갑작스러운 일에 나는 넋을 잃고 말았다. 그러나 의사는 담담하게 계속 말했다.

마지막에 "질문 있으신가요?"라고 물어왔지만 뭘 질문해야 될지도 몰라서, 결국 제대로 이야기를 이해하지 못한 채 나는 진료실을 나왔다.

✻ ✺ ✻

"······하아."

걸레질을 잠시 멈추고 나는 거기서 보이는 마당을 멍하니 바라봤다.

그렇게 정정하신 할머니에게 간호가 필요한 날이 오리라고는 생각도 못 했다. 게다가 나에게 할머니를 간호할 여력이 없다는게 상상 이상으로 충격이었다.

벌써 여러 번 한숨을 쉬면서 다음 청소 장소인 응접실로 들어가니, 다이치 도련님이 탁자 위에 도화지며 크레용을 펼쳐 놓고 무언가를 열심히 그리고 있었다.

"숙제하시나요? 다이치 도련님."

옆에서 허리를 굽히며 말을 걸자, 다이치 도련님은 도화지에서 눈도 떼지 않고 고개를 저었다.

"아냐. 내일 리쿠 형 생일이라 내 그림을 선물하려고."

"내일, 리쿠 님의 생일인가요?"

"응. 아, 깜짝 놀라게 해 줄 거니까 이건 비밀이야, 누나."

다이치 도련님은 입에 손가락을 대며 씩 웃어 보였다.

맞아. 면접 때 리쿠 님이 다음 달 생일이라고 이야기한 바 있었다. 며칠인지까지는 말하지 않았지만.

내일 리쿠 님은 27번째 생일을 맞이하는구나. 하지만 내일은 일이 있어서 휴무다. 생일 선물 같은 건 송구스러워서 드리지 못하지만, 생일 당일에 축하한다는 말 한마디 정도는 하고 싶었다.

그때, 점잖게 걸어오는 소리가 들리더니, 창호지 문 너머로 다이치 도련님의 어머니인 토모미 님이 얼굴을 내밀었다.

"다이치, 여긴 손님이 오시는 방이니까 놀면 안 된다고 했지?"

"하지만 여기 탁자가 제일 크고 그림 그리기에 좋은걸."

"여기서 그리고 있으면 리쿠에게 들킬지도 모르잖니?"

어쩔 수 없다는 표정으로 토모미 님은 내게 고개를 돌렸다.

"정말 미안해, 치나미 씨. 청소하는 데 방해되지?"

"아, 아뇨. 전혀 그렇진……."

나는 황급히 양손을 저었다.

"자, 다이치. 나머지는 네 방에서 하렴."

"네에에." 하며 맥 풀린 대답을 하면서 다이치 도련님은 마지못한 표정으로 크레용을 치우기 시작했다.

"저기, 사모님……."

"네?"

"내일 리쿠 님의 생일 때 준비하시는 게 있나요?"

"그게 말인데, 어떻게 할까 고민 중인 거 있지. 그동안 다이치의 생일만 챙겨서……. 게다가 내일은 다이치 아빠도 친목회에 나가서 없고……."

"그렇군요……."

"리쿠가 여기 와서 처음 맞는 생일인데 아무것도 안 하기도 그렇고, 내일 케이크라도 사 올까 싶어."

사모님은 깊이 생각하는 듯한 몸짓으로 말했다. 그 말을 듣고 나는 불쑥 나섰다.

"저, 저기요……! 혹시 그 케이크, 제가 만들면 안 될까요?"

"응? 근데 치나미 씨는 내일 휴무 아니었어?"

"네. 하지만 제 용건은 저녁 이후라서, 아침부터 만들기 시작하면 점심쯤에는 가져다 드릴 수 있을 거예요."

그러자 내 옆에 있던 다이치 도련님의 얼굴에 희색이 돌았다.

"얏호! 난 누나가 만든 케이크 먹어 보고 싶어!"

"다이치, 네 생일이 아냐."

좋아하는 다이치 도련님을 타이르면서 사모님은 "그렇다면……." 하고 말하며 다시 고개를 갸우뚱거렸다.

"그럼 내일은 간단하게 파티라도 할까? 케이크는 치나미 씨에게 맡기고, 요리는 아츠코 씨에게 도움받아서 좀 호화롭게."

"신난다! 나도 도울래!"

만세를 부르는 다이치 도련님을 보며 쓴웃음을 지은 후 사모님은 나를 보았다.

"그럼 치나미 씨, 정말 미안하지만 내일 케이크 부탁 좀 드릴게요."

"네!"

걸레를 불끈 쥐면서 나는 최고의 미소로 회답했다.

다음 날, 나는 새벽부터 케이크 제작에 착수했다. 어떤 케이크로 할지 고민하다가, 약간 씁싸래한 초콜릿 케이크를 만들기로 했다.

"음, 너무 달지도 너무 쓰지도 않아. 완벽해."

완성된 초콜릿 조각을 한 점 먹어 보고 나는 만족스럽게 고개를 끄덕였다.

이렇게 내가 좋아하는 일에 몰두하고 있으면 생각하기 싫은 것들은 신기하게도 잊어버리게 된다. 그날 밤, 리쿠 님을 향한 마음을 필사적으로 억눌렀지만, 이렇게 감사하는 마음을 형태가 있는 물건으로 전달하는 거라면 괜찮겠지……

그 후, 나는 케이크를 들고 이가라시 저택으로 향했다.

리쿠 님에게 들키면 서프라이즈의 의미가 없어지니까 조심스레 부엌문으로 들어갔다. 부엌에는 아츠코 씨와 하츠에 씨가 있었다.

"수고 많으십니다."

"어머, 치나미 양, 어서 와."

저녁 파티 준비가 한창인 듯 테이블에는 온갖 재료가 펼쳐져 있었다.

"저, 이거. 케이크 만들어 왔어요."

"수고 많았어. 냉장 보관하는 게 좋겠지?"

"네, 부탁드려요."

케이크가 든 상자를 나는 하츠에 씨에게 건넸다.

그러고 나서 자리를 뜨려고 하자, 아츠코 씨가 말을 걸어왔다.

"치나미 씨, 오늘 볼일이 있어?"

"아, 네. 친구 결혼식이요."

"어머, 어머. 친구라면 동갑?"

"……네, 그렇죠."

"치나미 씨도 이제 결혼할 나이이긴 하지."

나는 입가를 경련시키면서 억지로 미소를 짓는다.

악의는 없겠지만, 시골에 사는 나이 지긋한 분들은 민감한 개인 문제에 왜 호기심만으로 이렇게 간섭하려 하는 걸까? 며칠 전에도 료헤이의 존재를 할머니에게 들어서 알고 있는 하츠에 씨에게 결혼하지 않느냐고 질문을 받아서 어쩔 수 없이 현재 상황을 설명해야만 하는 사태를 맞았었다.

"얼른 남자친구와 화해해서 얼른 할머니를 안심시켜 드려야지."

"그, 그러네요. 아하하……."

솔직히, 괜한 간섭이다.

✳✳✳

인사불성이 된 외삼촌을 부축하여 집에 온 건, 밤 10시가 조금
넘은 시점이었다. 문이 열리는 소리를 들은 토모미 외숙모가 슬리
퍼 소리를 내며 달려온다.

"어머, 이게 무슨 꼴이에요……. 리쿠, 미안해."

"아뇨, 괜찮습니다."

"근데 리쿠 생일을 축하하러 데리고 나갔으면서, 리쿠는 한 모
금도 안 마신 것 같네."

"네, 차를 몰고 나가서요. 원래 마실 생각도 없었어요."

웃음 띤 얼굴로 고개를 저으며 구두를 벗었다. 그대로 둘이서
외삼촌을 부축하여 침실까지 데려갔다. 침대에 외삼촌을 눕히고
숨을 고르던 중, 외숙모가 문득 내 얼굴을 보았다.

"리쿠, 시간 좀 괜찮아?"

"네? ……아, 네."

"그럼 먼저 부엌으로 가 있을래? 다이치 아빠 옷 갈아입히고
나서 나도 갈 테니까."

"알겠습니다."

나는 의아해하면서 침실을 나가, 넥타이를 풀면서 부엌으로 향
했다.

무의식중에 입에서 무거운 한숨이 흘러나왔다.

오늘 친목회에 참석 중이던 외삼촌이 "생일이니까 축하해 줄게, 당장 나와."라며 급히 연락을 해 왔다. 그런 자리는 불편한데다 예상대로 잔뜩 취한 외삼촌을 데리고 오는 역할까지 맡게 돼 나는 완전히 지쳐 있었다.

"……음?"

부엌에 들어간 나는 다이닝 테이블 위에 케이크 한 조각이 있는 것을 발견하고 살짝 눈살을 찌푸렸다. 다가가서 살펴보니, 그것은 언뜻 보기에도 손수 만든 케이크였고, 하얀 판 위에 '리쿠 님, 생일 축하드립니다.' 라는 글자가 쓰여 있었다.

"그거, 치나미 씨가 직접 만들었어."

뒤에서 소리가 들려서 돌아보니, 외숙모가 마침 부엌 커튼을 치우고 안쪽으로 들어오는 중이었다.

"사실은 오늘 리쿠 몰래 생일 파티를 하려고 다 같이 준비하고 있었어. 저 술꾼 때문에 계획은 물거품이 됐지만."

그 말에 놀라 나는 멍하니 외숙모의 얼굴을 쳐다본다.

"그랬……군요. 죄송합니다, 아무것도 몰라서……."

"괜찮아요, 리쿠가 미안해할 거 없어."

외숙모는 웃으며 어깨를 움츠렸다.

"리쿠, 케이크 한 조각 정도는 먹을 수 있지?"

"네, 물론."

"그럼 홍차 타 줄게. 앉아서 기다려."

어제 고베에서 사 온 특별한 홍차라며 토모미 외숙모는 컵 두 개를 테이블로 가져왔다.

"원래는 통째로 보여 주고 싶었는데, 다이치가 먹고 싶다고 해서 잘라 버렸어. 미안해."

"……아니에요."

나도 통째로 된 모습을 보고 싶었지만, 일단 말하지 않기로 했다. 포크로 한 입 떠먹어 보니, 달콤한 맛이 부드럽게 입안에 퍼졌다.

"……맛있다."

문득 중얼거리자, 외숙모가 왠지 기뻐하는 미소를 보인다.

"정말 맛있지? 치나미 씨는 요리도 참 잘해."

"……네." 하고 끄덕이며 나는 두 입째 먹었다. 외숙모는 그러는 내 모습을 바라보다가, 문득 입을 열었다.

"치나미 씨는 참 좋은 사람이야."

나는 멈칫하고 눈만 외숙모 쪽으로 돌렸다. 시선이 마주치자 그녀는 싱긋 웃는다.

"오늘 리쿠 생일이라는 걸 알고는 케이크를 만들어 주고 싶다고 했거든. 오늘 일이 있어서 휴무였는데 여기까지 갖다 주기까지 하고."

"예?"

나는 놀라서 움찔했다. 그러는 나를 보며 외숙모는 의미심장하게 웃었다.

"리쿠, 치나미 씨와 결혼하면 좋을 텐데."

갑작스러운 말에 나는 마시던 홍차를 뿜을 뻔했다.

"무, 무슨 말씀이세요. 갑자기!"

"어머, 잘 어울릴 것 같은데."

콜록콜록거리며 가슴을 두들기는 내 반응을 즐기듯 외숙모는 싱글벙글 웃었다.

"생각도 맞는 것 같고 나이도 같고. 무엇보다 치나미 씨에게도 그런 마음 있는 거 아닐까?"

"……없을 거예요. 그런 거."

"그래? 그런 마음이 없는 사람이 일부러 케이크를 만들어서 가져다주기까지 할까?"

"그건 그러니까……. 이곳에서 일하게 해 준 것에 대한 감사의 마음이겠죠. ……게다가 아쉽게도 치나미 씨에게는 남자친구가 있어요."

그녀의 남자친구의 얼굴을 떠올리며 나는 평온한 척 말했다.

"하지만 지금은 거리를 두고 있다지?"

"……어떻게 그런 것까지 알고 계세요?"

"하츠에 씨에게 들었어."

"……."

내 입가가 실룩거린다. 아줌마들의 강력한 네트워크에 왠지 모를 공포를 느꼈다.

"그렇다곤 해도 저랑 무관합니다. 그런 얘기는 치나미 씨에게도 민폐가 돼요."

"그럴까?"

"그렇다니까요."

강한 어조로 딱 잘라 말하자, 외숙모는 내 눈을 살피듯 쳐다봤다.

"리쿠는 치나미 씨를 좋아하지 않아?"

나는 달칵하는 큰 소리를 내며 컵을 받침대에 놓고, 그것이 가장 듣고 싶지 않던 질문이었음을 표출했다. 그리고 본심을 눌러 숨기기 위해 애써서 미소를 활짝 지어 보였다.

"좋으냐 싫으냐를 물으신다면, 물론 좋아하죠. 하지만 그건 외숙모가 기대하는 그런 '좋아하다'가 아닙니다."

"LOVE가 아니라 LIKE라는 거야?"

"바로 그겁니다."

"그렇다면 뭐 어쩔 수 없지만……."

약간 곤란해하는 표정으로 외숙모는 쓴웃음을 지었다.

"근데 여기 갓 왔을 무렵에 리쿠, 점심때만 되면 어디론가 나가곤 했지? 왠지 힘없어 보였고, 이 집에 머무는 게 답답한 게 아닐까 걱정도 했어. 하지만 치나미 씨가 여기서 일하게 되면서 곧잘 웃게 됐고, 나가는 일도 없어져서……."

"……."

"치나미라는 사람이 리쿠를 긍정적으로 만들어 주는 존재라면, 두 사람이 잘됐으면 좋겠다…… 그렇게 생각했거든. 근데 너무

오지랖이었지?"

뒤이어 외숙모는 "미안해." 하며 사과했다.

"잘 먹었습니다. 이제 그만 자야겠어요. 안녕히 주무세요."

'이야기는 여기까지!' 라고 주장하듯 나는 자리에서 일어섰다.
솔직히 더 이상 관여를 받고 싶지 않았다.

"잘 자, 리쿠."

가볍게 외숙모에게 답례를 하며 나는 부엌에서 나왔다.

옷을 갈아입고 침대에 누워 천장을 바라봤다.

토모미 외숙모의 말이 수없이 머릿속을 맴돌았고 그럴 때마다
그럴 리 없다고 부인했다. 유코 씨와의 사랑에 상처받고, 상심을
안은 채 여기로 온 건 반년쯤 전. 그때는 내 인생에서 가장 깊은
상처를 입었고 두 번 다시 사랑 따위는 못 하는 게 아닌가 하는
생각도 했다. 겁먹은 나는 유코 씨와 만나는 것조차 두려워했고,
자신의 마음을 제대로 바라보는 것조차 꺼리고 있었다. 그런 주박
에서 벗어난 지 아직 얼마 지나지도 않았는데……

아니다. 이건 사랑이 아니다. 그렇게 생각해도 가슴이 시큰거
려 나는 지그시 눈을 감았다.

그렇다. 나는 두려운 것이다. 또다시 누군가를 좋아하게 되고,
어쩔 수 없을 정도로 좋아하게 되고, 그리고 잃게 될까 봐 두려운
것이다. 그 아픔을 두 번 다시 맛보고 싶지 않다.

더군다나 치나미 씨에게는 남자친구가 있다. 그녀는 5년간의

인연을 쉽게 끊지는 못한다고 했다. 그렇다면 좋아하게 되더라도 이루어지지 않을 가능성이 훨씬 높다.

"좋아하지 않아. ……절대로 좋아하지 않겠어."

이렇게 중얼거렸다.

그런 내 자신이 한심해서, 나는 양손으로 눈가를 덮었다.

10.
때아닌 폭풍

아침, 비바람이 강하게 창문을 때리는 소리에 나는 눈을 떴다.

눈을 비비면서 상반신을 일으켜, 커튼을 열어 본다. 창밖으로 보이는 나무의 나뭇잎이 바람에 펄럭거리며 강하게 흔들리고 있었다. 시계를 보니 평소 일어나는 시간보다 약간 이른 시각이었다.

카디건을 걸치고 1층 거실로 내려왔다. TV를 켜자 마침 태풍 정보가 방송 중이었다.

"2일에 태평양상에서 발생한 21호 태풍은 강한 세력을 유지한 채 오늘 새벽 고치 현에 상륙하여……."

무릎을 끌어안고 뉴스를 경청하던 나는 힐끔 창밖으로 눈을 돌렸다. 11월이 되었는데도 대형 태풍이 일본을 직격한다면서 어제부터 TV에서는 태풍 소식 일색이었다.

태풍 진로 예상도를 보니, 마침 태풍의 중심이 아와지 섬을 온통 뒤덮은 상태로 여러 경보가 발령 중이었다. 그렇다고는 해도 학생 때처럼 자동적으로 휴무가 되는 것도 아니어서 나는 일어나서 준비를 시작하기로 했다.

그때, 강풍이 덜컥덜컥 강하게 집을 흔들었다.

'무서워……'

나는 엉겁결에 귀를 누르고 그 자리에 주저앉아 버렸다.

어릴 적 대지진을 겪고 난 이후 나는 흔들림이라는 것에 매우 민감해져 버렸다. 지진은 물론 이렇게 강풍으로 집이 흔들리는 것에서조차 공포를 느낀다.

그런데 때마침 집 전화가 요란하게 울려 나는 퍼뜩 고개를 들었다. 황급히 일어나 거실로 돌아갔다. 떨리는 손가락에 힘을 주면서 수화기를 들었다.

"여보세요, 에자키입니다."

─여보세요, 이가라시입니다.

들려온 목소리에 나는 수화기를 꽉 쥐었다. 안도감을 느끼게 하는 상냥한 목소리는 분명 리쿠 님의 것이다.

"안녕하세요."

─잘 주무셨어요? 오늘은 날씨가 좋지 않으니 쉬시는 게 어떨까 싶어서요.

"예?"

무심코 나는 크게 소리 질렀다.

"아, 저…… 괜찮아요. 저 나갈 수 있어요."

-예?

이번에는 리쿠 님이 놀라는 목소리를 냈다.

"가깝기도 하고, 그리고……."

-밖에 나가면 위험하니 오늘은 집에 계세요.

"……하지만……."

말하려다가 나는 입을 다물었다. 혼자 집에 있기가 무섭다는 말은 도저히 할 수가 없다.

"……네. ……알겠습니다."

힘없이 대답하자 수화기 너머로 리쿠 님이 의아해하면서 물어 왔다.

-무슨 일 있나요? 왠지 힘이 없는 것 같네요.

걱정을 끼쳐서는 안 되겠다는 생각에 나는 전화기 코드를 꼭 쥐며 일부러 밝은 목소리를 냈다.

"아뇨. 아무것도 아니에요! 정말 괜찮아요!!"

한 박자의 침묵 후, 리쿠 님은 염려하듯 말한다.

-그럼 내일 봬요. 밖에 나가지 말고 문단속 잘하시고.

"……네. 감사합니다."

전화를 끊고 숨을 돌린다. 리쿠 님의 목소리를 듣고 나니 불안 은 한층 가라앉았다.

아침 식사로 먹을 생각이었던 요구르트를 앞에 두고 먹을까 말까 고민하는데, 딩동, 딩동, 초인종이 연달아 울렸다.

이 시간에, 게다가 이 날씨에 방문객이라니. 나는 잠시 행동을 멈추고 현관 쪽을 바라봤다. 그러자 다시 딩동 하고 벨이 울려서 나는 허겁지겁 일어섰다.

현관에 나와 보니, 불투명한 유리문에 키가 큰 사람의 형상이 비쳐 보였다.

설마……

나는 급히 샌들을 신었다.

"누구세요?"

"이가라시입니다."

그 목소리에 놀라 얼른 문을 열었다. 금세 강한 바람과 작은 빗방울들이 얼굴을 때렸다.

"……리쿠 님……."

그곳에는 바람으로 머리카락이 헝클어지고 온몸이 흠뻑 젖은 리쿠 님이 있었다. 나는 다짜고짜 젖은 소매를 끌고 리쿠 님을 현관 안으로 들였다.

"이, 이게 대체 무슨 일이에요?"

문을 닫고 격앙된 목소리로 묻자 리쿠 님은 젖은 이마를 닦으면서 중얼거렸다.

"치나미 씨 목소리가 왠지 불안한 것 같아서…… 걱정이 돼서 와 버렸어요."

나는 말을 잃은 채 뚫어져라 리쿠 님의 얼굴을 쳐다봤다. 전화를 끊고 5분도 채 지나지 않았다는 점에서 미뤄, 그 후 바로 집을 나섰다는 것을 알 수 있다.

"이, 일단 들어오세요. 이대로 있으면 감기 걸려요."

"······아니, 하지만······. 이대로 들어가면 집을 더럽힐 거고······."

"그런 걱정을 할 때가 아니에요! 타월 가져올 테니까 거기서 기다리세요!"

강한 어조로 말을 남긴 후, 나는 욕실로 달려가 타월을 거머쥐고서 현관으로 되돌아왔다.

"죄송합니다. ······저 때문에······."

"제가 멋대로 온 것뿐이죠······. 지금 할머니도 집에 안 계시니 불안해하실 것 같고······. 전화를 끊고 나니 치나미 씨가 걱정돼서······."

타월 틈새로 보이는 옅은 갈색 눈동자가 내 가슴을 뜨겁게 달궜다. 할머니 이외에 이렇게까지 나를 걱정해 주는 사람이 있다는 게 울고 싶어질 정도로 기뻤다.

"일단 집에 들어가서 옷을 말려요. 정말 감기 걸리겠어요."

"······아니요. 아무래도 그냥 집에 돌아가는 게 좋을 거 같아요. ······얼굴, 봤으니까요."

그 말을 듣자 내 가슴은 죄어 왔다. 불안함도 겹쳐져 이대로 보내고 싶지 않다는 생각이 치밀었다.

정신을 차려 보니, 리쿠 님의 파란색 파카의 소매를 꽉 쥐고 있었다.

"······치나미 씨?"

"부, 부탁이에요. 혹시 급한 일 없으시다면······ 조금만 더 계시다 가면 안 될까요?"

애원하듯 말하자 리쿠 님의 눈동자가 당혹의 빛으로 물들었다.

"치나미 씨······."

"지금 바로 따뜻한 차 준비할게요."

내 불안감이 소매를 잡은 손에서 전해졌는지 리쿠 님은 조용히 미소를 띠었다.

"······그럼 먹고 나서 갈게요."

"아, 네! 그럼 누추한 집이지만 들어오세요!"

"······실례합니다."

리쿠 님이 현관에서 양말을 벗는 동안 나는 서둘러 거실로 돌아와 아직 꺼내지 않았던 전기난로를 벽장에서 꺼냈다. 스위치를 켜자 리쿠 님이 거실에 들어왔다.

"자, 이쪽으로 오세요."

난로 앞을 가리키자 리쿠 님은 조심스레 다다미 위에 발을 올렸다.

"그걸 입은 채로 있으면 감기 걸리겠어요."

"······네? 아아."

"저기, 바로 다림질할게요. 이리 주세요."

"아니, 하지만······."

"건조기 같은 편리한 건 없지만요."

리쿠 님은 잠시 머뭇거렸지만 이대로 있으면 확실히 감기 걸리 겠다고 생각했는지, 솔직하게 끄덕이며 겉옷 자락을 잡았다. 바로 눈앞에서 갑자기 벗기 시작하는 바람에 깜짝 놀란 나는 황급히 리쿠 님에게서 등을 돌렸다.

"타, 타월 하나 더 가져올게요. 벗은 옷은 여기 놔둬 주세요."

확실히 상기된 목소리로 말하고 나는 거실에서 나갔다.

마음을 진정시키며 거실에 돌아오니, 리쿠 님은 난로 앞에 앉 아 있었다. 파카를 벗고 어깨에 타월을 걸치고 있다.

"아, 저⋯⋯. 한 장만 걸치면 추우니까 이것도 쓰세요."

"⋯⋯감사합니다."

타월 사이에서 보이는 리쿠 님의 맨살에 당황하면서 나는 타월 을 건넸다.

"저⋯⋯ 춥지 않으세요?"

"괜찮아요. 물기는 닦아 냈으니. 게다가 난로 앞이라 따뜻하네 요."

타월을 건네받은 리쿠 님은 아직 약간 젖어 있는 머리카락을 닦으면서 미소로 답했다.

그때, 가스레인지에 올린 물이 끓는 소리가 들려왔다.

"지, 지금 바로 차 타 드릴게요."

그러면서 나는 황급히 부엌으로 향했다.

✳✳✳

"드세요"

얼마 지나지 않아 치나미 씨가 돌아왔다. 금방 우려낸 매실 다시마차를 내 앞에 놓는다.

"아, 감사합니다."

쟁반을 작은 탁자에 놓고 치나미 씨는 곁에 있는 다리미 받침대 앞에 앉았다. 스위치를 드라이에 놓고 파카에 가져다 댄다. 수분이 증발하며 엷게 증기가 피어올랐다.

"죄송합니다. 오히려 일을 늘려 버려서."

미안해하며 그렇게 말하자 치나미 씨는 웃으며 고개를 저었다.

"혼자라 불안했는데 와 주신 것만으로 정말 기뻐요."

그러면서 다리미를 옆에 놓고 치나미 씨가 일어섰다.

"이제 괜찮을 거예요."

"아, 감사합니다."

원래 자리로 돌아가는가 싶었는데, 치나미 씨는 내 옆에 조심스레 앉았다.

"치나미 씨?"

의아해하며 파카를 입으면서 말을 걸자, 치나미 씨의 얼굴이 확 달아올랐다.

"저, 저기. ……괜찮으시다면, 옆에 앉아 있어도 될까요?"

놀라면서 나는 치나미 씨의 얼굴을 쳐다봤다. 그녀는 부끄러운

지, 얼굴을 약간 상기시키며 고개를 숙이고 있었다. 그리고 집이 흔들려 덜컹거릴 때마다 몸을 흠칫 떨었다.

솔직히 이 정도로 놀라나 싶었지만, 사람마다 공포의 대상은 다르기 마련이다.

"괜찮아요."라며 부드럽게 웃자, 치나미 씨는 안심한 표정으로 나를 보며 웃었다.

"굉장한 바람이네요. 다른 때도 이렇게 태풍이 심한가요?"

"아뇨. 와카야마[和歌山] 쪽으로 비켜 나가는 경우가 많아서 이렇게 큰 건 오랜만이네요."

무심코 우리는 동시에 창밖으로 눈을 돌렸다. 여전히 집은 덜 컹덜컹 소리를 내며 흔들리고 있었다.

"이 주변의 집들은 다 오래된 집들이라서 태풍이 오면 제법 흔 들려요. 대지진 때 붕괴되지 않은 게 오히려 신기하죠."

"그렇군요……."

"그래서 어릴 때는 너무 무서워서 할머니에게 매달려 있었어 요."

수줍게 웃으며 얘기하는 치나미 씨를 보며 나는 뭐라 말할 수 없었다.

대지진으로 가족을 잃은 후, 줄곧 할머니와 둘이서 살아왔다고 들었다. 이런 태풍이 불 때 말고도, 혼자 외로이 지내는 밤이 못 견딜 정도로 힘겨울 때도 있으리라. 그럴 때일수록 아마 남자친구 에게 기대고 싶을 텐데…….

"할머니를 대신할 순 없겠지만, 저라도 괜찮다면…… 저…….”

말하면서 내 심장의 박동이 빨라진다.

"언제든지, 매달려도 돼요.”

마지막 한마디를 토해 내듯 말하자, 치나미 씨는 놀라면서 내 얼굴을 쳐다봤다. 잠시 후, 그녀의 뺨이 점점 빨개졌다.

"예? 아, 저기…… 리쿠 님?”

우스울 정도로 당황하는 치나미 씨를 보며, 오히려 나는 안정감을 되찾았다.

"만약 그렇게 해서 무서운 느낌을 덜 수 있다면, 조금이라도 마음이 진정된다면…….”

말을 잇는 내 얼굴을 빤히 쳐다보던 치나미 씨가, 얼굴을 붉힌 채 고개를 숙였다. 수줍어하며 입술을 깨물고, 눈동자를 이리저리 굴리고 있을 것이다.

문득 치나미 씨가 계속 숙이고 있던 고개를 들어 뭔가 호소하려는 듯 나를 올려다보았다.

"……리쿠 님.”

심장은 여전히 빠르게 요동쳤다. 나는 곧바로 치나미 씨의 눈동자를 바라봤다.

"네.” 하며 외마디 대답을 하자, 치나미 씨는 시선을 탁자 위로 옮겼다.

"센베이 드실래요?”

고막을 때린 예상외의 말에 나는 멍하니 치나미 씨의 입가를 바라봤다.

달콤한 분위기를 단번에 무너뜨리는 어이없는 한마디에 나는 순간적으로 냉정함을 되찾았다.

"죄송해요. 차만 내 드리고 과자를 꺼내지 않다니."

"……아뇨. ……저기……."

"매실 다시마차에 딱 맞는 센베이가 있거든요. 가져올게요!"

말이 떨어지기가 무섭게 치나미 씨는 일어서서 재빨리 부엌으로 가 버렸다. 그 뒷모습을 보자 나는 순식간에 힘이 빠지는 것을 느꼈다.

'혹시…… 너무 속보였던 건가…….'

그렇게 생각한 순간, 갑자기 부끄러움이 치밀어 올라 머리를 싸매고 꽉꽉 긁었다.

"아, 이거 위험했잖아."

달콤한 분위기가 무너진 게 안심된 듯, 낙심한 듯 복잡한 감정을 느낀 나는 고개를 숙이며 나도 모르게 혼잣말을 중얼거리고 있었다.

11.
망각화

"……그래서, 료헤이와는 어떻게 되어 가고 있는 거야?"

오랜만에 〈쿠니우미〉에서 만난 케이코는 맥주를 세 잔째 들이켜고 나서 갑자기 말을 꺼냈다.

"……별로. ……아무 일 없어."

"야. 너!" 하며 케이코는 맥주잔으로 테이블을 딱 쳤다.

"벌써 두 달이나 지났어! 아직도 결론을 못 낸 거야?"

"하지만……."

"너 다음 주 생일이잖아! 27살이 된다고!"

"……알고 있어."

"이 나이가 되면 1분 1초가 아까운데 뭘 꾸물거리는 거야."

"……."

"다시 시작하든 새로운 사랑을 찾든, 암튼 앞으로 나가야지. 이대로 가다간 생일은커녕 크리스마스도 설날도 밸런타인도 계속 솔로야!"

새로운 사랑이라는 말에 뜻밖에도 나는 뜨끔 반응하고 말았다.

"너 설마…… 이가라시 가문의 도련님에게 반한 거 아냐?"

"그, 그럴 리가!"

나는 세차게 고개를 저었다.

"정말? 아까부터 일 얘기를 하는데 틈날 때마다 리쿠 님, 리쿠 님. 새로운 사랑을 하는 건 찬성이지만 이 나이에 왕자님에게 반하고 있을 때가 아니란 말이지."

정곡을 찔린 나는 고개를 떨어뜨렸다.

그런 건 굳이 말 안 해도 안다. 그래서 필사적으로 반하지 않으려 노력 중인데.

입을 다물어 버린 나를 보고 케이코는 턱을 괴며 한심하다는 듯 깊은 한숨을 쉬었다.

✻❉✻

마당의 낙엽을 갈퀴로 쓸어 모으면서 나는 깊은 한숨을 쉬었다. 내 마음과는 정반대로 날씨는 온화하고 따스했다. 그것이 더욱 허무하게 느껴져서 우울함이 더해졌다.

새로운 사랑……. 솔직히 와 닿지 않았다. 타협해서 다른 남자랑 사귈 정도라면, 이미 서로 잘 아는 료헤이와 재결합하는 편이 훨씬 편하겠다는 생각이 들었다.

　모은 낙엽이 든 비닐봉지와 갈퀴를 들고 다음 장소로 이동하려던 나는, 약간 떨어진 곳에 리쿠 님이 있는 것을 발견하고 문득 발걸음을 멈췄다. 리쿠 님은 나무 한 그루를 올려다보며 가만히 서 있었다.

　"무슨 일 있으세요?"

　머뭇거리며 물어보자 리쿠 님은 미소를 지었다.

　"아, 치나미 씨. 수고 많으시네요. 이거 매화나무죠? 가을인데 꽃이 피더라고요."

　나무를 보니 매화꽃이 두 송이 정도 짙은 핑크색 꽃잎을 펼치고 있었다.

　"아아…….. 철 지난 꽃이네요."

　"네?"

　"요 2~3일 정도 날씨가 따뜻해서 나무가 계절을 잘못 알았나 봐요."

　내가 설명하자 리쿠 님은 신기하다는 듯 다시 매화꽃으로 시선을 옮겼다.

　"재미있네요. 식물이 착각을 하다니."

　"그러게요. 이제 점점 추워지니까 꽃도 깜짝 놀랄 것 같은데요? 그리고 어쩌면, 잊히기가 싫었을지도…….."

　그 말에 리쿠 님은 갸우뚱했다.

　"잊히기 싫다뇨?"

"네. 사람이 잊을 만할 때 핀다고 해서 '망각화' 라고도 한대요."

그러면서 리쿠 님에게 인사하고 나는 다음 장소로 청소하러 가기 위해 그 자리를 벗어났다.

✻✻✻

그날은 아침부터 매우 추웠다. 일주일 전까지는 봄 날씨처럼 따뜻했기에 찬 공기가 더욱 매섭게 느껴졌다. 그저께 온 비가 살짝 얼었는지 흙바닥을 밟으면 서걱서걱 차가운 소리를 냈다.

입김이 하얗게 피고 손끝도 시리다. 대문을 나서려 한 순간, 언덕길 밑에서 큰 트럭이 달려왔다. 우리 집 앞 도로도 이제야 포장되는 게 결정되어 3일 전부터 공사가 진행 중에 있었다. 아마 이 트럭은 공사용일 것이다.

큰 트럭이 자갈길을 지나가면서 적잖은 진동을 일으켜, 나는 흠칫 문 모서리를 붙잡았다. 가슴이 쿵쾅쿵쾅 이상하게 뛰기 시작해서 가만히 숨을 골랐다.

언덕을 올라가는 트럭을 살짝 노려보고 나서 나는 문을 나섰다.

오늘은 내 27번째 생일. 해마다 이날에는 휴가를 얻었고, 료헤이도 유급휴가를 받아서 아침부터 데이트를 즐기곤 했다. 하지만 올해는 혼자. 하루 종일 근무한 후 할머니도 안 계신 집에서 쓸쓸히 지내기로 결정했다.

휴대폰 화면을 보며 나는 한숨을 쉬었다. 친구 여러 명이 메시지를 보내왔지만 료헤이는 감감무소식이었다.

〈쿠니우미〉에서 마주친 다음 날에 전화한 이후, 료헤이와는 연락을 하지 않았다. 고대할 정도는 아니었지만 매년 날짜가 바뀌는 순간에 날아오던 축하 메시지가 없으니 허전하게 느껴지는 건 어쩔 수 없었다.

✱❄✱

"수고하셨습니다."

5시가 지나서 사복으로 갈아입은 나는 오후 팀의 하츠에 씨와 아츠코 씨에게 인사하고 부엌문으로 향했다.

문을 연 순간, 살을 에는 듯한 바람이 뺨을 찌른다. 머플러를 다시 감고 목을 움츠렸다.

집으로 가려고 한 발짝 내디딘 그때였다.

"치나미 씨!" 하며 뒤에서 이름을 부르는 소리가 들려 나는 발을 멈추고 돌아봤다.

시선 끝에는, 부엌문 사이로 얼굴을 내밀고 있는 리쿠 님이 있었다. 내가 멍하니 멈춰 서자 리쿠 님은 허겁지겁 신발을 대충 신은 채 달려왔다.

"죄송합니다. 잠깐 괜찮을까요?"

"저…… 제가 뭔가 빠뜨린 일이 있나요?"

"아뇨, 그런 게 아니라……."

거기까지 말하고 입을 다물어 버린 리쿠 님을 나는 의아한 눈빛으로 바라봤다. 그러자 리쿠 님은 약간 얼굴을 붉히며, 겸연쩍은 듯 목 뒤를 손으로 감쌌다.

"저, 치나미 씨. 오늘 생일이시죠?"

"……네. ……하지만 어떻게……."

"죄송합니다. 직권남용이라 생각하시겠지만 이력서를 보고……."

"……아아."

직권남용이라니, 원래 이가라시 가문에 제출한 이력서니까 아무런 문제는 없었다. 솔직한 리쿠 님의 말이 우스워 나는 쿡쿡 웃었다.

"그렇죠. 드디어 저도 리쿠 님과 동갑이 되는 거죠. 그런데…… 왜요?"

그러자 리쿠 님은 주저하면서 종이봉투를 내밀었다.

"제 생일 때 치나미 씨가 케이크를 만들어 줬으니까, 나도 뭔가 선물하고 싶어서……."

전혀 예상치 못한 상황에 내 머릿속은 순간적으로 공황 상태에 빠졌다.

"서, 선물이라니, 저한테요?"

"네."

"하지만 그런……. 케이크는 그냥 감사의 마음이고…… 오히려 너무 죄송해요!"

"그렇지만…… 그 마음이 기뻤으니까요."

리쿠 님은 활짝 미소를 지었다.

"그렇다면 이것도 단지 감사의 마음일 뿐이죠. 치나미 씨에게 선물하고 싶다, 그렇게 생각한 거니까요."

나는 말없이 리쿠 님이 내민 봉투에 눈을 돌렸다. 그것은 예쁘고 고급스러운 연보라색 한지로 만든 종이봉투였다.

"저, 정말 받아도 되는 거예요?"

"네. 오히려 받아 주지 않으면 곤란해요. 전 쓰지 못하는 거니까요."

농담조로 그렇게 말하며 리쿠 님은 웃었다.

"감사합니다."

"아니에요. 마음에 들지 어떨지 모르지만……."

종이봉투를 받은 순간, 울음이 터질 것만 같았다. 그 봉투에 리쿠 님의 배려나 따스함이 담겨 있는 것 같아서 나는 그것을 꼬옥 안았다.

"정말…… 정말 감사합니다. 이번 생일 때는 선물 같은 건 못 받겠구나 생각했었는데……. 리쿠 님에게 선물을 받게 되다니 너무너무 기뻐요."

넘쳐 나오는 눈물을 닦으면서 나는 리쿠 님에게 미소를 보였다.

리쿠 님은 당황하며 나를 보고 있다가, 천천히 손을 뻗어 내 뺨에 흐르는 눈물을 부드럽게 닦아 주었다. 나는 놀라서 리쿠 님의 얼굴을 쳐다보았다.

차가운 공기 속에서 우리 둘의 시선이 조용히 마주쳐, 내 심장 박동 수가 최고조에 달했던 그때였다.

쾅 하는 큰 소리를 내며 뒤에서 부엌문이 열렸다. 우리는 동시에 깜짝 놀라며 서로 떨어졌다.

"아아, 치나미 양……."

문에서 뛰쳐나온 사람은 하츠에 씨였다. 그녀는 매달리듯 내 양팔을 잡았다.

"아직 여기 있었구나!"

"……아, 네."

하츠에 씨의 박력에 압도당하여 나는 끄덕였다.

그러자 하츠에 씨는 떨리는 목소리로 말을 이었다.

"금방 병원에서 전화가 왔는데, 할머니 상태가 갑자기 악화됐으니까 얼른 와 달래."

"……네? 악화……라뇨……?"

"자세한 얘긴 못 들었지만, 병원 의사들도 치나미 양이랑 연락이 안 돼서 애가 타는 모양이야……. 얼른 병원으로 가!"

내가 멍하니 있자 리쿠 님이 서둘러 집으로 향했다.

"내가 바래다줄게요! 치나미 씨는 대문 밖에서 기다려요!"

"……예? 하지만……."

내가 주저하자 하츠에 씨는 내 손을 이끌고 대문 쪽을 향해 성큼성큼 걷기 시작했다.

"이럴 때 호의는 정중히 받아 둬! 한시를 다투는 상황이면 어쩌려고!"

한시를 다툰다는 말에 내 가슴이 덜컹 내려앉았다.

그때서야 일의 중대함을 깨달은 나는 얼굴에서 핏기가 사라지는 것을 느꼈다. 하츠에 씨에게 끌려 대문 밖으로 나올 때쯤, 리쿠 님의 차가 우리 앞에 멈춰 섰다.

"타세요!"

그의 목소리에 하츠에 씨의 부축을 받아 조수석에 올라탔다. 그리고 안전벨트를 맴과 동시에 리쿠 님이 차를 출발시켰다.

"길, 알려 줘요."

"……아 ……네."

힘없이 대답하며 나는 창백한 얼굴로 앞을 주시하고 있었다.

✻❀✻

"……저는……."

힐끔 치나미 씨에게 눈을 돌린 나는, 그 창백한 얼굴을 보고 놀라지 않을 수 없었다.

"……외톨이가 되는 걸까요……?"

그렇게 중얼거린 순간, 치나미 씨의 눈에서 눈물이 한 줄기 흘렸다. 표정은 그대로인데, 눈물만이 뺨을 타고 흘러내렸다. 이렇게 조용하고 슬픈 눈물을 본 건 처음이었다. 그것을 목격한 내 가슴은 심하게 아파 왔다.

적신호에서 차를 세운 순간, 나는 무릎 위에 올려진 치나미 씨의 손을 꽉 잡았다. 그녀의 몸이 경직됐음을 그녀의 손을 통해 알 수 있었다.

"치나미 씨는 외톨이가 아니에요."

그렇게 말하면서 왠지 나도 눈시울이 뜨거워지는 것을 느끼고 있었다.

"가족을 잃고 슬퍼하는 모습을 가장 가까운 곳에서 지켜보신 할머니가 치나미 씨를 혼자 놔두고 갈 리 없다고, 그렇게 믿어 봅시다."

나는 그녀의 손을 꼭 쥔 채 힘 있게 끄덕였다.

"오늘은 내가 계속 옆에 있어 줄게요."

그렇게 강한 어조로 말하자 치나미 씨의 눈동자에는 눈물이 고였다.

뺨을 따라 흐른 눈물이 수많은 방울이 되어 내 손등에 떨어지고는 부서졌다. 하지만 나는 그녀의 손을 쥔 채 결코 떼지 않았다.

그 후 10분 정도 차로 달리고 나서야 우리는 병원에 도착할 수 있었다.

"감사합니다, 리쿠 님."

"서둘러요. 나도 차 세우고 갈 테니까."

치나미 씨가 고개를 끄덕이고는 바로 발길을 돌려 자동문 안으로 들어갔다. 나는 그 뒷모습을 기도하는 마음으로 지켜봤다. 부디 아무 일도 없기를……

그리고 주차장에 차를 세워 두고 병동으로 향했다.

휴게실에 들어가서 1시간쯤 지났을 무렵, 복도 저쪽에서 치나미 씨가 걸어오는 게 시야에 잡혔다. 나는 허겁지겁 벤치에서 일어났다.

"치나미 씨!"

그녀를 부르자 치나미 씨는 고개를 들었다. 내 얼굴을 보고 안심한 듯 경직된 표정이 누그러졌다.

"……리쿠 님……"

치나미 씨는 천천히 휴게실을 향해 걸어왔다.

"감사합니다. 기다려 주셔서……"

"……네." 하고 끄덕이며 나는 치나미 씨의 안색을 살폈다. 그녀는 긴장이 풀린 듯 어딘지 모르게 멍했다.

나는 그녀의 손을 끌고 자동판매기 옆 벤치에 앉혔다. 그리고 나도 옆에 앉아 그녀의 얼굴을 옆에서 물끄러미 주시했지만 울었던 자국은 안 보였다.

"할머니 상태는 어떠셨나요?"

"괜찮았……어요."

그러면서 치나미 씨는 무릎 위의 손을 꼭 쥐었다.

"예전에 설명받았어요. 가벼운 뇌경색 증상이 있으니까 언젠가 연하장애가 나타날 거라고요. 오늘도 간호사님이 식사를 도와주셨는데 잘 삼키지 못하셨다고……."

말하면서 두려움을 느꼈는지, 치나미 씨의 손이 덜덜 떨리기 시작해서 나는 그녀의 손을 가만히 감쌌다.

"그리고 호흡을 못 하게 되고, 의식을 잃으셨대요. 곧바로 연락해 줬는데 제가 도착하기 조금 전에 의식도 되찾으시고……. 아까 몇 마디 대화도 나눴어요."

"……그렇군요……."

그 순간 치나미 씨의 두 눈에서 참아 왔던 눈물이 왈칵 쏟아지기 시작했다.

"다행…… 다행이야……. ……정말…… 다행……."

울먹이면서 어깨를 들썩이는 치나미 씨를 보며 나는 무심코 그녀의 머리를 내 품에 끌어안았다. 그녀의 몸이 순간적으로 굳어졌지만 곧 힘을 빼고 내 가슴에 이마를 댄다. 나는 조용히 그녀의 등에 손을 얹고 쓰다듬어 주었다.

"다행이에요. 정말 다행이에요."

울면서 몸을 떠는 치나미 씨의 등을 쓰다듬으면서 나는 마음속 깊이 안도했다.

✽❀✽

치나미 씨의 집에 도착할 쯤에는 이미 해가 떨어지고 밤의 어둠이 내려오고 있었다. 차에서 내려 나란히 걸었다. 겨울답게 동쪽 하늘에서는 시리우스가 새파란 빛을 힘차게 발하고 있었다.

차 안에서는 거의 대화도 하지 않아 왠지 무거운 분위기가 감돌고 있었다. 오늘은 무사했지만 언젠가 올 그날이 현실감 있게 치나미 씨를 덮치고 있는지도 모른다.

"죄송합니다, 리쿠 님. 늦게까지 기다리게 해서……."

"아뇨. 어차피 할 일도 없었고, 조금이나마 도움이 됐다면 다행입니다."

"조금이라니 당치도 않아요. 리쿠 님이 없었다면 저는 불안감에 억눌려서 어떻게 됐을지 몰라요. 리쿠 님의 말씀 덕분에 정말 큰 용기를 얻었고, 손을 잡아 주신 덕분에 그것만으로도 안심이 됐고……. 아까 병원에서 울음을 터뜨려 버려서 죄송해요……."

"아뇨, 저는 괜찮아요."

"게다가 생일 선물까지 준비해 주셔서 정말 기뻤어요……."

하얀 입김을 내며 볼을 붉히는 치나미 씨를 보고 나는 입을 열려고 했다. 하지만 치나미 씨의 집 앞에서 서성이는 사람의 모습이 보여서, 다시 입을 다물었다.

희미한 가로등 불빛이 밝히는 그 인물을 본 치나미 씨의 안색이 순식간에 변했다.

"……치나미?"

경계하는 목소리로 말한 사람은…… 치나미 씨의 남자친구였다.

"료…… 료헤이……."

그는 우리를 보고선 잠시 말이 없었다. 그러다가 치나미 씨에게만 시선을 고정하며 중얼거렸다.

"오늘 생일이니까 적어도 축하한다는 말은 얼굴 보며 해 주고 가려고 들렀는데……. 뭐야, 역시 그랬구나."

내던지는 듯한 비꼬는 말투. 그는 분명히 오해하고 있었다.

"역시 그랬다니…… 무슨 말이야?"

"무슨 말이긴, 결국 그 남자랑 사귀는 거 아냐!"

"아니라고! 오해야!"

"뭐가 오해야! 생일 날 사이좋게 돌아오는데 그게 사귀는 게 아니면 뭐야!"

"……아냐, 아냐……!"

치나미 씨는 세차게 고개를 저었다. 그 기세에 눌렸는지 그는 잠시 침묵했다.

무슨 말을 해야 할지 생각하던 그때, 나는 언덕 위에서 들려오는 엔진 소리에 고개를 돌렸다. 자동차 전조등이 이쪽으로 다가왔다. 가까워질수록 그것이 대형 트럭이라는 것을 인식할 수 있었다.

덜컹덜컹 큰 진동을 내며 트럭은 우리 옆을 지나쳤다. 그 상황을 멍하니 바라보던 그때였다.

"괜찮아? 치나미!"

긴박한 그의 목소리를 듣고 나는 치나미 씨를 돌아봤다.

다음 순간 눈에 들어온 광경에 아연실색했다. 거기에는 귀를 양손으로 막고 쪼그려 앉아 덜덜덜 온몸을 떨고 있는 치나미 씨의 모습이 있었다.

무슨 일이 일어났는지 이해하지 못한 채 서 있는 나를 무시하고, 그는 재빨리 치나미 씨 옆에 앉아 부드럽게 그녀의 어깨를 감쌌다.

"괜찮아, 치나미. 지진 아냐. 트럭이 지나갔을 뿐이야."

치나미 씨의 어깨를 안으며 그는 어린아이를 달래듯이 조용히 말했다. 그녀는 마치 도움을 구하려는 듯 떨리는 손가락을 허공으로 뻗는다. 그는 그 손을 꼭 잡았다.

"지진 아냐. 혼자가 아냐. 괜찮아, 치나미. 괜찮아."

그때서야 치나미 씨는 느릿느릿 공허한 얼굴로 고개를 들었다. 그 얼굴은 어둠 속에서도 알 수 있을 정도로 창백해서 나는 말을 잃고 말았다.

"······료······헤······이······."

쉰 목소리로 중얼거리며 치나미 씨는 그를 끌어안았다. 나는 심장을 쥐어짜는 듯한 고통을 느꼈다.

무슨 일이 일어났는지 전혀 알 수 없었지만, 무언가가 분명히 치나미 씨의 마음에 공포를 심어 놨고, 그런 그녀가 도움을 청한 상대는 내가 아니라 그였다.

"집 열쇠는 가방에 있어?"

그의 물음에 치나미 씨는 말없이 끄덕였다. 그는 주저 없이 가방을 뒤져 열쇠를 꺼냈다.

"일어설 수 있어? 치나미?"

그렇게 말하자마자 그는 치나미 씨의 무릎 뒤에 손을 넣고 휙 들어 올렸다.

나는 그저 가만히 그 광경을 보는 수밖에 없었다. 그리고 치나미 씨를 들어 올린 그는, 나를 완전히 무시한 채 집 안으로 들어갔다.

홀로 남겨진 나는 금방 닫힌 문을 그저 바라보면서 그 자리에 우두커니 서 있었다.

✻❀✻

2층의 내 방에 들어간 료헤이는 조심스럽게 나를 침대에 눕혀주었다.

"기분은 어때?"

"……응. 이젠…… 괜찮아."

"그렇게까지 되는 건 오랜만인 것 같아."

"……응. 여러 일이 일어나서 스트레스가 쌓였었나 봐……."

료헤이는 말없이 내 머리를 계속 쓰다듬었다.

"오늘은 계속 같이 있어 줄까?"

그 말을 들은 나는, 문득 잊고 있던 리쿠 님의 존재가 생각났다.

'오늘은 내가 계속 옆에 있어 줄게요.'

그 말이 되살아나면서 황급히 료헤이 손을 뿌리쳤다.

"……괜찮아. 혼자 있어도 괜찮으니까, 이제 가."

"하지만."

"정말 괜찮아. ……그러니까, 돌아가 줘."

료헤이는 짧은 한숨을 쉬었다. 내가 더 이상 양보하지 않을 것이라는 사실을 지난 5년간의 세월로 느끼고 있는 것 같았다.

"정말로 괜찮은 거야?"

"……응."

"알았어. 그럼 갈게."

료헤이는 일어서서, 마지막으로 나를 물끄러미 바라봤다.

"생일 축하해, 치나미."

"……"

나는 대답하지 않았지만, 료헤이는 그대로 방을 나갔다.

계단을 내려가는 발자국 소리를 들으며 나는 가만히 눈을 감았다. 하지만 리쿠 님의 얼굴이 떠오른 순간, 눈을 확 떴다.

윗몸을 일으키고 가방을 찾는다. 침대 옆에 놓인 가방을 들어 올려, 나는 급한 마음으로 선물을 꺼냈다. 그리고 예쁜 연보라색 포장지를 찢어지지 않게 신중히 풀었다. 그 안에 들어 있던 것은 비녀였다. 하얀 꽃이 모티브로 돼 있었고 진주색 광택이 너무나 아름다웠다.

나는 비녀를 달빛에 비춰 봤다. 그 꽃이 꽃무릇이라는 걸 깨달은 순간, 나도 모르게 입가를 한 손으로 가렸다.

"아름다워……"라고 중얼거린 순간, 눈에 눈물이 핑 돌았다.

이 하얀 꽃무릇은 내게는 아주 소중한 추억. 그리고 리쿠 님이 이 비녀를 선택해 줬다는 사실이 너무나도 기뻤다. 나는 비녀를 꼬옥 껴안았다. 그리고 그대로 다시 침대에 누웠다.

커튼의 틈새로 조금 전 리쿠 님과 함께 바라봤던 시리우스가 빛나는 게 보였다.

✳❋✳

두 사람이 집 안에 들어간 지 얼마나 지났을까. 돌아갈 수도 없어서 나는 문 앞에서 우두커니 서 있었다.

점점 추워지면서 뺨이 아파 왔다. 아무래도 돌아가야 할까 생각한 순간, 드르륵 현관문이 열리고 안에서 그가 나타났다. 그리고 내 모습을 보고는 놀란 듯이 발걸음을 멈췄다.

우리는 잠시 말없이 시선을 주고받았다. 그러다가 그는 트렌치코트의 호주머니에 손을 쑤셔 넣고 내게 다가왔다.

"안 갔었군."

나는 끄덕이고 주저하면서 입을 열었다.

"치나미 씨는…… 괜찮나요?"

그러자 그는 집 쪽을 힐끔 본 다음 바로 내게 시선을 돌렸다.

"괜찮아."

그것을 들은 나는 안심해서 크게 한숨을 쉬었다. 그런 내 모습을 본 그는 떠보려는 듯이 내 얼굴을 빤히 쳐다보았다.

"치나미에게 반했냐?"

갑자기 핵심을 찌르는 질문에 나는 말문이 막혔다. 그는 시선을 똑바로 내게 던지고 있었다.

긍정도 부정도 하지 않고 그저 입술을 깨무는 나를 보며 그는 짧게 한숨을 내쉬었다.

"댁은 이가라시 가문의 도련님이라며."

야유 섞인 말에 화가 난 나는 그의 얼굴을 쏘아봤다.

"왜 치나미를 상대해? 댁처럼 집안도 좋고 생긴 것도 훤칠한 사람이, 치나미 같은 촌뜨기에게 왜 집적거리는거지?"

"……"

"알겠다. 도쿄 여자는 싫증이 났으니까, 자연산 촌뜨기를 맛보고 싶어진 거구나?"

"……뭐?"

너무 품위 없는 말에 나는 그를 노려봤다.

"그런 게 아닙니다! 당신이랑은 다르단 말입니다."

비난 섞인 말을 던지자 그의 안색이 확 바뀌었다. 눈을 가늘게 뜬 후, 차가운 목소리로 내뱉었다.

"댁한테 치나미는 무리야."

딱 자르는 말투에 나는 말을 잃었다.

"치나미가 아까 왜 그랬는지 알아?"

188

나는 조용히 고개를 저었다. 그러자 그는 뭔가 기억해 내는 것처럼 먼 곳으로 시선을 던졌다.

　"치나미는 말이야, 초등학생 때 대지진으로 가족을 모두 잃었어."

　"그건 그녀에게 들었습니다. ……그때 그녀만이 구조됐다고."

　창고 옆에서 울면서 그 이야기를 하던 치나미 씨가 생각나서 나는 고개를 약간 떨어뜨렸다.

　"구조됐다고는 해도, 치나미가 건물 더미 아래에서 구출된 건 지진이 일어난 지 이틀이 지난 후였어."

　"……이틀……?"

　그 말을 듣고 나는 눈을 부릅떴다.

　"그래."라고 크게 끄덕이며 그는 무거운 한숨을 쉬었다.

　"상상이나 돼? 초등학생 여자애가 무슨 일이 일어났는지 모른 채, 그 추운 날씨 속 건물 더미 밑에서 이틀을 있었대. 구조되기 전까지 여러 번 여진도 겪고, 그때마다 죽을 거라 생각했대."

　그렇게까지 그녀가 처절한 경험을 했으리라고는 미처 생각하지 못했다.

　"PTSD…… 라고 하던가? 그 이후 치나미는 지진은 물론 흔들림에 대해 엄청난 공포심을 느끼게 돼 버렸어. 아까처럼 트럭이 지나가면서 땅이 흔들린다거나, 태풍으로 집이 흔들리는 것조차 겁내게 됐단 말이야."

　태풍이라는 말을 듣고 그날의 기억이 불현듯 되살아났다. 바람이 불어 집이 덜컹덜컹 흔들릴 때마다 치나미 씨는 몸을 떨었다. 그때는 겁이 많구나 정도로 생각했지만, 설마 그런 사정이 있었다니…….

"최근엔 많이 나아져서 저렇게 발작을 일으키진 않게 됐었는데……."

혼잣말처럼 말한 후, 그는 천천히 나를 돌아봤다.

"설득력 없을지 모르지만, 치나미를 진심으로 이해하고 지킬 수 있는 건 나밖에 없다고 생각해."

그의 강인한 시선을 보고 나는 크게 동요했다. 그것을 부추기듯이 그는 말을 이었다.

"댁 같은 외지 사람은, 무리야."

'외지 사람'이라는 말에 나는 반론하지 못한 채 지그시 입술을 깨물었다.

분명 대지진에 대해 남의 일이다, 라고 말할 순 없었지만 그렇다고 항상 뇌리에 박혀 있는 것도 아니었다. 치나미 씨가 맛본 공포, 이재민이 겪은 고통 등은 상상에 의존하는 수밖에 없었다.

하지만 이 남자의 말이 이렇게 부당하게 느껴지는 것은…….

"……그렇다면……."

주먹을 불끈 쥐고, 나는 그를 쏘아봤다.

"왜 치나미 씨를 배신했죠? 그렇게 그녀를 이해하고 지키려고 하는 사람이 왜?"

그의 표정이 일그러진다.

"나를 견제하기 이전에, 해야 할 일이 있을 텐데요?"

평소에는 결코 남에게 언성을 높이는 일이 없는데, 이때만큼은 도저히 감정을 억누를 수가 없었다. 그만큼 이 남자의 말은 이기적인 동시에 오만하게 내 마음을 도려냈던 것이다.

그는 말없이 나를 노려봤지만, 곧 마음을 진정시키려는 듯 크게 숨을 몰아쉬었다.

"댁이 걱정하지 않아도, 나는 치나미에 대해서 잘 알아."

그렇게 말한 다음 그는 입가를 실룩거리며 엷게 웃었다.

"치나미에 대해서는 전부 다. 외지 사람인 당신보다, 훨씬."

승리를 확신한 듯 말을 남기고 그는 내 옆을 지나갔다. 귀로 자갈길을 밟는 소리가 멀어지는 것을 듣고 있는데, 내 머릿속에 울리고 있는 것은 '나는 치나미에 대해서 잘 알아. 외지 사람인 당신보다, 훨씬.' 이라는 목소리뿐이었다.

찢어지는 듯한 가슴의 통증을 느껴 재킷 앞섶을 움켜쥐었다.

분통과 질투의 무게를 견디지 못해 지그시 눈을 감았다.

이런 고통을 맛보고 싶지 않아서……. 그래서 사랑 따위는 하고 싶지 않았던 거야.

❋❈❋

평소처럼 기모노를 입고 머리 모양을 정돈한 나는 마지막으로 어제 리쿠 님이 준 비녀를 머리에 꽂았다. 그리고 거울에 비친 내 모습을 각도를 바꿔 가며 여러 번 살펴보았다.

리쿠 님과 얼굴을 맞댄다는 게 묘하게 쑥스러워서, 저절로 느슨해지는 입가를 다듬었다.

부엌 커튼을 걷고 들어가자 하츠에 씨와 유코 씨가 동시에 내 앞으로 달려왔다.

"어제는 고생 많았어, 치나미 양."

"할머니 괜찮으셔? 아까 사모님에게 들었어."

어두운 표정으로 걱정하는 두 사람을 보며 나는 최대한 밝은 미소를 지었다.

"네, 괜찮았습니다. 걱정 끼쳐서 정말 죄송합니다."

"아유, 뭘. 근데 정말 아무 일 없어서 다행이야."

"네, 감사합니다."

배려의 말에 뭉클해지는 것을 느끼면서 나는 깊숙이 고개를 숙였다.

✤❅✤

리쿠 님의 방 앞에 선 나는 한 손으로 비녀를 살짝 만졌다. 비뚤어지지 않았는지 확인하고 나서 노크를 했다.

"안녕하세요? 리쿠 님. 커피 가져왔습니다."

"안녕하세요, 치나미 씨."

"좋은 아침이네요."라고 말을 걸으며 리쿠 님 앞에 커피를 내

려놓았다. "고마워요."라고 대답하며 미소 짓는 리쿠 님의 얼굴은
어딘지 모르게 지쳐 보였다.

"저, 저기……. 어제는 정말 감사했습니다."

"……예?"

"그러니까……. 병원까지 태워 주셔서."

"아아…… 아니에요."

리쿠 님은 웃으며 고개를 저었다. 그 행위도 평소보다 힘이 없
어 보여서 나는 의아해하면서도 말을 이었다.

"그리고, 저기…… 죄송합니다. 집까지 바래다주셨는데 제대로
인사도 못 드리고……."

내가 그렇게 말하자 리쿠 님의 표정이 순간 굳어졌다. 그리고
내게서 시선을 뗐다.

"저, 사실은 대지진 이후 흔들림에 엄청 공포를 느끼게 돼 버
려서……. 어제는 큰 트럭이 지나가는데 그만……."

말없이 내 말을 듣고 있던 리쿠 님은 거기서 천천히 나를 쳐다
봤다.

"이젠 괜찮으신가요?"

"아, 네. 괜찮아요."라고 애써 밝게 대답하자 리쿠 님은 엷은
미소를 띠었다.

"……다행입니다."

약간 쓸쓸해 보이는 그 미소를 보며 나는 말을 잃고 말았다. 얼
굴도 지쳐 보이고, 무슨 일이 있었던 걸까?

"아, 아…… 맞다."

나는 왼손으로 가볍게 머리카락을 만졌다.

"이 비녀, 정말 감사합니다. 너무 기뻤어요."

"……아."

나는 리쿠 님에게 잘 보이도록 약간 거리를 두고 몸을 비틀었다.

"이거 꽃무릇이죠?"

"……네."

"꽃무릇이라는 걸 알고 나니 더 기뻤어요."

가슴에 쟁반을 안고 리쿠 님에게 등을 돌린 채 중얼거렸다.

"왠지 꽃무릇 하면 리쿠 님과의 추억거리가 된 것 같아서. 어쩌면 리쿠 님도 저랑 똑같이 느껴 주셨던 걸까……. 그냥 멋대로 생각을……."

그때, 리쿠 님이 의자에서 덜컥 일어서는 소리가 나, 나는 말을 끊었다. 그리고 뒤돌아보기도 전에 이미 리쿠 님은 내 바로 뒤에 다가와 있었다.

"리쿠 님……."

"비녀, 약간 비뚤어졌어요."

작게 웃으며 리쿠 님은 살며시 내 머리에 꽂힌 비녀에 손을 댔다.

"예? 아, 죄, 죄송합니다."

나는 서둘러 문 쪽으로 몸을 돌렸다. 얼굴이 확 달아올랐다.

리쿠 님이 비녀를 제대로 꽂는 동안, 수줍음과 죄송함에 나는 입술을 지그시 깨물었다.

그때, 내 몸을 에워싸듯이 리쿠 님이 양손으로 문을 짚었다. 놀란 나는 어깨 너머로 리쿠 님을 돌아보았다. 리쿠 님의 품 안에 갇힌 꼴이 되어서 몸 전체를 돌릴 수가 없었다.

"……리쿠……님?"

"어제……."

내 말을 가로막듯 리쿠 님이 입을 열었다.

"어제, 너무 분했어."

"……."

"치나미 씨가 웅크리고 있는데, 무슨 일이 일어났는지 몰라 쩔쩔맬 뿐……. 남자친구가 치나미 씨 옆에 다가가 도와줬을 때도, 치나미 씨가 남자친구에게 도움을 청했을 때도 나는 그저 바라볼 수밖에 없었어……."

리쿠 님의 분통 섞인 말에 놀라서 나는 힘차게 고개를 저었다.

"그야 리쿠 님은 아무것도 모르셨으니까……."

"그래서, 분했던 거야."라고 말하며 리쿠 님은 눈을 애절하게 그리고 가늘게 떴다.

"치나미 씨는 내 고통을 없애 줬는데, 정작 나는 치나미 씨가 안고 있던 고통을 전혀 몰랐으니까……. 알고 있었더라면 태풍이 온 날에도 제대로 힘이 되어 줄 수 있었을 텐데……라고."

"리, 리쿠 님……."

결코 몸이 맞닿은 것도 아닌데 마치 그 열기가 전해 오는 것 같아서, 나는 리쿠 님에게서 시선을 떼고 눈앞의 문을 바라봤다.

"그날…… 와 주신 것만으로도 매우 힘이 됐어요."

"하지만…… 나는…… 싫었어."

문을 누르고 있던 리쿠 님의 손이, 분하다는 듯 불끈 주먹을 쥐었다. 내 심장이 순간적으로 들썩이기 시작했다.

"치나미 씨가 기대는 상대는, 남자친구가 아닌, 나였으면 했어……."

그렇게 말하고 리쿠 님은 천천히 내 몸을 자신 쪽으로 돌아보게 했다. 나는 눈도 깜빡이지 않고 멍하니 리쿠 님을 바라봤다. 서로 피하지 않고 똑바로 시선을 마주했다. 내 어깨를 잡은 리쿠 님의 손에 힘이 들어갔다.

그때였다.

삐리리리, 어디선가 휴대폰 호출음이 울렸다. 나는 깜짝 놀라 어깨를 떨었다. 아마도 리쿠 님의 휴대폰이 울린 것 같았다. 메일 알람 소리였던지 호출은 한 번만 울리고 뚝 끊겼다.

하지만 순간적으로 방심했는지 꿈쩍하지 않던 리쿠 님의 손에서 힘이 빠졌고, 나는 그 틈에 슬쩍 그의 품에서 빠져나갔다.

"시…… 실례하겠습니다!"

꾸벅 허리를 굽힌 나는 발길을 돌려 그대로 방에서 뛰쳐나갔다. 리쿠 님의 목소리가 들린 것 같았지만 나는 멈추지 않았다.

잡았던 나비가 사뿐히 손에서 빠져나가듯이 치나미 씨가 내 품 속에서 달아나 버린 후, 나는 잠시 동안 멍하니 눈앞의 닫힌 문을 보고 있었다.

침대 위에 놓았던 휴대폰이 울린 것이 한 박자 뒤에 생각나서 느릿느릿 침대 위에 걸터앉아 베개 쪽에 있던 휴대폰을 들어 올렸다.

메일을 열어 보니, 아카시가 보낸 메일이었다. 나는 침대에 벌렁 누워 휴대폰 화면을 보면서 쓴웃음을 지었다.

"훼방꾼 같은 놈……." 하며 중얼거린 후, 나는 쿡쿡 웃었다. 이어서 눈을 양손으로 덮고, 방 전체가 울릴 정도로 크게 웃었다.

한참을 웃은 후, 나는 호흡을 가다듬으려고 심호흡을 하며 조용히 눈을 감았다.

"안 되겠어, 나. ……완전히 반했어……."

오늘 치나미 씨를 본 순간, 답을 얻었다. 천천히 눈을 뜨고 손바닥에 남은 그녀의 체온을 확인하듯이 그것을 가만히 눈앞에 가져왔다.

"……응. ……좋아해."

이성을 날려 버리고 싶을 정도로. 독차지하고 싶다고, 진심으로 생각했다.

"나는 치나미 씨를 좋아해."

각오하듯 나는 힘 있게 중얼거렸다.

✽ ✾ ✽

"하아……."

빗자루로 낙엽을 쓸던 나는 손을 멈추고 시린 손을 입김으로
데웠다.

그날 이후 리쿠 님이 나를 대하는 태도는 전과 다를 것이 없었
다. 나이가 나이인 만큼 순진한 척할 생각도 없었다. 그런 말까지
들은 이상 나를 좋아하는 게 아닐까 하는 생각이 들 수밖에 없었
지만, 나 혼자만 의식하고 설레는 게 바보처럼 느껴질 정도로 그
의 태도는 너무나 평소와 같았다.

머리를 누르며 문득 시선을 옆으로 옮기자, 조금 떨어진 곳에
서 그 따스하던 날에 그랬던 것처럼 리쿠 님이 매화나무를 바라
보며 서 있었다. 그것만으로도 내 심장은 세차게 뛰어올랐다.

그런 내 기척을 느꼈는지 리쿠 님이 천천히 이쪽을 돌아봤다.

"수고 많으시네요, 치나미 씨."

여전히 아무 일도 없었다는 듯 활짝 웃었다. 나는 두근거리는
가슴을 억누르면서 천천히 리쿠 님이 있는 쪽으로 걸어갔다.

"뭘 하시는 건가요?"

"아……. 매화꽃이 시들어 버렸구나…… 싶어서요."

매화나무를 보니, 분명 그날 피어 있던 꽃들이 지금은 하나도

보이지 않는다.

"이렇게 추우니 꽃들이 놀라서 시들어 버렸나 봐요."

"……그렇구나. 좀 불쌍한데……."

낙담한 듯 리쿠 님은 한숨을 쉬었다.

차분히 중얼거리는 리쿠 님을 본 나는 문득 웃음이 새어 남과 동시에, 그의 상냥함은 어떤 대상이라도 해당되는구나라고 실감했다.

'……역시 리쿠 님이 나를 좋아할 리 없어…….'

그렇게 생각하면서 마음을 억지로 진정시키고 나는 싱긋 리쿠 님에게 미소를 던졌다.

"괜찮아요. 봄이 되면 흐드러지게 피니까요."

"괜찮……나요?"

리쿠 님은 약간 당황한 듯한 눈초리로 나를 봤다.

"네. 봄이 기다려지네요."라고 밝은 목소리로 대답하자 리쿠 님은 다시 한 번 매화나무를 우러러보았다.

"……그러네요."

그렇게 중얼거린 리쿠 님은 왠지 기뻐하는 것처럼 보였다.

✲✲✲

그 후 잠시 실없는 대화를 나누고 치나미 씨는 다음 장소를 청소하러 갔다.

지금은 가지만 남은 매화나무에 나는 조용히 손을 댔다. 그날, 사람 눈을 피하듯 피었던 꽃. 잊힐 즈음에 핀다고 해서 망각화라 부른다고 치나미 씨가 가르쳐 줬다.

그것이 마치 내 마음속에 싹튼 사랑과 겹쳐져, 시들어 버린 것을 너무 안타깝게 생각하며 바라보고 있었는데⋯⋯. 봄이 되면 흐드러지게 필 거라고 말해 준 게 너무나도 기뻤다.

"⋯⋯노력해야겠다."라고 매화나무에 손을 댄 채 나는 중얼거렸다.

이 사랑이 시들어 버리지 않게. 그리고 언젠가 흐드러지게 피울 수 있게.

12.
가는 해, 오는 해

달력을 넘기지 않은 것이 생각난 것은 12월에 들어서 3일째 된 날이었다.

11월의 달력을 걷자 그 아래에서는 화려하게 장식한 크리스마스트리 사진이 나타났다. 한 장만 남아 버린 달력.

올해도 이제 끝이라는 실감이 난다.

다다미에 앉은 나는 어제 료헤이에게서 받은 메일을 열어 봤다.

생일 다음 날에 전화가 왔지만 그때는 리쿠 님에 대한 생각만으로 머리가 차 있어서 도저히 료헤이와 얘기할 수 있는 상황이 아니었다. 결국 무시한 꼴이 됐고, 보름이 지난 어제 다시 메일이 왔던 것이다. 내용은 내 건강을 걱정하는 메일이었고 빨리 답신을 달라고 하는 것 같지는 않았다.

재촉하면 재촉할수록 외고집을 피우는 내 성격을 료헤이는 잘 알고 있었다.

그렇다고 해도, 이제 결단을 지어야지…….

턱을 괴면서 나는 방금 넘긴 달력을 멍하니 바라봤다.

이가라시 저택에서는 매년 1월 2일에 이 고장의 유력자를 초청한 신년회가 열린다. 가정부들은 그날부터 풀가동을 하게 되고, 하츠에 씨 같은 베테랑은 1월 1일부터 출근해서 준비를 한다고 들었다.

할머니가 12월 31일부터 일시 귀가하기로 되어 있어서 나는 1월 1일 출근은 하지 않아도 됐지만 2일에는 준비를 도와주기로 돼 있었다. 그 대신 연말은 비교적 일찍 휴가를 받는 게 이가라시 가문 가정부의 불문율이라 했다.

그리고 이제 곧 12월 31일. 오늘은 할머니가 병원에서 돌아오신다. 게다가 다카마츠[高松]에서 고모도 오신다고 하니 이 집도 오랜만에 활기가 돌 것 같았다.

참 많은 일이 있었던 한 해였지만, 내일부터는 다시 새로운 한 해가 시작된다.

어제 대청소를 다 마친 나는 아침부터 분주하게 오세치 요리 준비를 하고 있었다.

갓 만든 연근초조림을 맛보는데 집 앞에서 차가 멈춰 서는 소리가 들려왔다.

앞치마를 두른 채 부엌에서 나와 샌들을 걸쳐 신고 현관을 뛰쳐나갔다.

"치나미, 오랜만!"

"고모, 오랜만이에요. 어서 오세요."

인사하면서 옆에 있는 고모부에게도 허리를 굽혔다.

"고모부도 할머니 마중까지 나가 주셔서 감사해요."

"감사하긴. 생각보다 건강하셔서 안심했지."

그러면서 고모부는 차 뒷문을 열었다. 할머니는 고모부가 휠체어를 가져오기도 전에, 스스로 걷겠다면서 재빨리 차에서 내리셨다.

"어서 오세요, 할머니."

달려가서 몸을 받쳐 주자 할머니는 부끄러워하면서 "고마워."라고 말했다.

집에 들어온 고모 일행은 먼저 영정을 모신 불단에 합장했다. 그녀는 돌아가신 우리 아빠의 여동생으로, 다카마츠로 시집을 가 오랫동안 그곳에서 생활했다. 매년 새해 인사를 하러 오곤 했는데 올해는 할머니 일도 있고 해서 앞당겨 와 주셨다.

"치나미, 도와줄게."

차를 마시고 나서 고모가 부엌으로 들어왔다.

"괜찮아요. 고모는 느긋하게 있어요."

"그럴 수가 있나, 신세 지는 건데."

"피곤하지 않아요?"

"괜찮아, 괜찮아. 우리는 오세치 요리를 안 만들어서 파워가 남아돌아."

고모가 밝게 말해 줘서 나는 도움을 받기로 했다.

만든 요리를 오세치용 찬합에 가지런히 넣던 중, 고모가 문득 중얼거렸다.

"미안해, 치나미. 할머니를 계속 너에게만 맡겨서. 매일매일 고생 많지?"

"아니에요. 괜찮아요. 새 직장에도 익숙해졌고 생각보다 고되진 않아요."

"……할머니 걱정은 하지 말고, 결혼 좀 하렴……."

고모 얼굴을 보니, 미안한 듯 눈썹이 처져 있었다.

"치나미, 오랫동안 사귄 남자친구 있다며? 혹시 할머니 걱정 때문에 그러는 거라면……."

"……할머니는 관계없어요!"

강한 어조로 반발하자 고모는 놀란 듯 눈을 부릅떴다.

미묘한 침묵이 부엌을 감돌았다. 나는 서둘러 웃음을 지으며 젓가락을 놓고 앞치마를 벗었다.

"고모, 미안해요. 메밀국수에 곁들일 튀김 좀 사 올게요."

"……응? 아…… 그래."

"이것만 좀 채워 줄래요?"

"그래. 알았어."

그리고 나는 부엌에서 나왔다.

언덕길을 내려가 해안가 지방 도로로 나가 보니, 마침 오오나루토쿄[大鳴門橋] 대교 너머로 석양이 지고 있었다. 그것을 바라보며 슈퍼를 향해 자전거로 달렸다.

고모의 말이 뇌리를 스쳐서 나는 지그시 입술을 깨물었다. 입만 열었다 하면 결혼, 결혼이고, 오래 사귄 남자친구가 있다 하면 얼른 결혼하라며 재촉한다. 결혼하지 않는 데는 나름대로 이유가 있고 결혼하게 되면 알아서 연락을 할 텐데, 솔직히 말해서 너무 간섭하지 않았으면 좋겠다.

상한 기분을 달래려고 나는 페달을 힘차게 밟았다.

이 시간이 되니 다들 집에 돌아가 오붓한 시간을 지내는지, 슈퍼 안은 평소보다 한산했다. 품절이 되었을까 봐 걱정했던 새우튀김은 충분히 남아 있었다.

장바구니에 튀김 외에도 과자까지 넣고 나는 계산대로 향했다. 계산을 마치고 비닐봉투에 샀던 물건을 담던 그때였다.

"……치나미 씨?"

부드러운 목소리가 들려왔고, 나는 반사적으로 뒤돌아봤다.

"……아……."

그곳에는 미소를 보내며 서 있는 리쿠 님의 모습이 있었다.

"역시 치나미 씨였네요. 왠지 오랜만에 보는 것 같아요."

이가라시 저택에서 일하게 된 후로 리쿠 님의 얼굴을 일주일 이상 못 보는 날은 없었다. 이렇게 오랜만에 그의 미소를 보니 왠지 울어 버리고 싶을 정도로 가슴이 조여 왔다.

"치나미 씨?"

"네? 앗, 죄송합니다!"

의아해하며 갸우뚱하는 리쿠 님을 보고 나는 얼른 정신을 차렸다.

"그러니까, 메밀국수랑 같이 먹을 튀김이랑, 신정 때 먹을 과자랑, 이것저것……."

"아, 그렇군요."

"……리쿠 님은?"

"나는 담배 사재기."

그러면서 3보루나 든 비닐봉투를 들어 올리며 리쿠 님은 겸연쩍게 웃었다.

✲ ✳ ✲

슈퍼를 나올 무렵에는 이미 주변이 어둠에 잠겨 있었다. 너무 늦게 돌아온다고 고모가 걱정하겠지만, 조금이라도 오래 리쿠 님과 함께 있고 싶다는 마음이 더 컸다.

"올해도 다 갔군요……." 하며 문득 리쿠 님이 말했다.

그의 얼굴을 옆에서 보니, 그는 하얀 입김을 내뿜으며 하늘을 우러러보고 있었다.

"그러네요……."

"참 많은 일이 있었지만, 막상 뒤돌아보면 좋았던 한 해였어요."

평온한 미소를 보며 나는 안심했다. 리쿠 님에게 있어 올해는 실연도 하고 도쿄에서 이 섬에 오기도 하고 눈코 뜰 새 없이 바쁜 한 해였을 것이다. 하지만 한 해를 마감하면서 좋았다는 생각이 든다면 무엇보다도 다행이라는 생각이 들었다.

〈쿠니우미〉를 지나 잠시 걸어가자 해안가에 도달했다. 그곳에서 왼쪽으로 꺾어 바다를 오른쪽에 두고 제방 옆을 나란히 걸어 갔다. 이 길을 지날 때마다 리쿠 님에게 업혀 갔던 그날 밤 생각이 난다. 파도 소리와 자전거 바퀴 소리를 들으면서 가슴속에 애절함이 피어오르는 것을 느끼고 있었다.

거기서 바로 갈림길에 닿았고, 우리는 걸음을 멈춘다. 나는 자전거 다리를 세우고 리쿠 님을 바라봤다.

"리쿠 님, 제야의 종소리 들은 적 있어요?"

"그러고 보니 없네요……."

"역시. 도쿄 사람은 그런 것 잘 못 들을 것 같더군요."

그러면서 나는 가미마치[上町] 방향을 가리켰다.

"저쪽에 가메오카[龜岡]라는 신사가 있어요. 동네 사람들은 자유롭게 종을 치러 갈 수 있는데, 바람 방향이 맞으면 희미하게나마 들을 수 있을 거예요."

"오, 그런가요?"

"네. 리쿠 님 집은 언덕에 있으니까 잘 들릴지도 모르겠네요."

그렇게 말하면서 나는 바닷바람에 나부끼는 머리카락을 어루만졌다.

"그렇구나. 저도 들어 봐야겠네요. ……술 한잔하면서."

리쿠 님의 말에 우리는 서로 웃었다.

"오늘 리쿠 님과 만나서 기뻤어요."

그러자 리쿠 님은 호주머니에서 손을 꺼내, 느슨해진 내 머플러를 매 주었다.

"저도 올해 마지막으로 만난 사람이 치나미 씨여서 기뻤어요."

가슴이 뜨끔거린 것도 잠시, 리쿠 님은 곧 내 곁에서 떨어졌다.

"그럼. ……한 해 마무리 잘하기를."

"……네. ……리쿠 님도요."

사라져 가는 리쿠 님의 등을 물끄러미 바라봤다. 바람은 살을 에는 듯 차가운데 그것을 느끼지 못할 정도로 내 마음은 따스했다.

✼ ❉ ✼

"다녀왔습니다."

집에 돌아오자 고모가 뛰어왔다.

"치나미, 너무 늦어서 걱정했어."

"아아, 미안해요. 잠깐 직장 분들이랑 만나서 얘기하느라고."

"……그랬구나."

"아, 고모. 아까는 미안해요."

"아까?"

"응. 고모가 남자친구 얘기 했을 때."

"……아아."

"사실은 지금 남자친구랑 싸운 상태여서……. 좀 과민반응을 해 버린 것 같아."

손을 맞대고 빌면서 웃자, 잘 알았다며 고모는 약간 쓴웃음을 지었다.

그 후 4명이 함께 코타츠에 모여 앉아 한 해를 마무리하는 토시코시소바[年越し蕎麥]를 먹고, 연말 가요 프로가 끝날 즈음에는 고모도 고모부도 기분 좋게 취한 상태였다. 물론 할머니는 이미 주무시고 계셨다.

"그럼 고모, 나 먼저 잘게요."

"그래. 잘 자."

얼굴이 상기된 고모에게 손을 흔들어 인사한 나는 생강차를 들고 방으로 올라갔다. 창문을 여니 차가운 공기가 방 안으로 흘러 들어왔다. 그와 동시에 두웅, 하는 장엄한 종소리가 들려왔다.

의자에 앉아 머그컵을 양손으로 감쌌다. 계속 울리는 종소리를 들으면서 나는 가만히 눈을 감는다.

시골에서 평범하게 살아왔던 나, 그리고 도쿄의 대기업에 근무했던 리쿠 님. 우연한 계기로 두 사람의 길이 얽혔고 이 순간, 같은 소리를 듣고 있다고 생각하니 참 신기하다는 느낌이 밀려왔다.

"내년은 좋은 한 해가 되기를……."

날짜가 바뀌기 직전, 나는 창문에서 하늘을 우러러보며 중얼거렸다.

노도와 같던 한 해가, 조용히 끝나 가고 있었다.

13.

작년의 연초처럼

새해가 밝았다. 물론 뭔가 특별히 변하지는 않았고, 나는 버스를 타고 이자나기 신궁으로 향하고 있었다. 올해 첫 참배는 솔로 모드.

버스에서 내리자마자 신궁으로 이어지는 길이 꽤 붐비고 있는 게 보였다. 이 섬에 이렇게 많은 사람들이 있었나, 라고 생각할 정도로 매년 이날만큼은 붐빈다. 작년까지는 료헤이와 손잡고 걸었던 참배길, 올해는 액막이 부적 화살인 하마야[破魔矢]가 내 빈 손을 채울 뿐이었다.

작년에 산 하마야를 봉납하고 나서 나는 본전으로 향했다. 참배를 마치고 새 하마야를 사서 집으로 가려던 순간, "치나미." 하고 부르는 오랜만에 듣는 목소리에 나는 발걸음을 멈췄다.

목소리가 들린 쪽으로 돌아보니, 붐비는 사람들 사이에서 손을 들고 있는 료헤이의 모습이 눈에 들어왔다. 료헤이는 약간 쑥스러운 듯 웃으면서 이쪽으로 걸어오고 있었다.

"새해 복 많이 받아! 여기 오면 만날 수 있을 것 같더라."

기뻐하는 료헤이와는 반대로 나는 무심코 내심 한숨을 쉬었다.

이렇게 많은 사람들 속에서 우연히 만나다니, 이건 운명 아닐까? 라는 긍정적 마인드를 가질 수 없는 내가 한심했다. 나는 말없이 발길을 돌렸다.

"아, 기다려! 치나미."

"나 집에 갈 거야. 따라오지 마."

"나도 집에 갈 거야. 같은 방향이잖아."

나는 차락차락 자갈길을 차올리기라도 하듯 난폭한 발걸음으로 성큼성큼 나갔다.

얼굴에 빗방울이 뚝 떨어진 것 같아서, 걸으면서 하늘을 바라봤다. 새해 첫날인데도 하늘은 잔뜩 흐렸다.

걷는 속도를 더 올리려 한 순간, 코트의 후드를 잡혔다.

"야······. 뭐 하는 거야!"

목이 조이지 않게 손으로 벌리며 날카롭게 뒤돌아보자, 료헤이는 내 팔을 당겼다.

"핑스구이 사 먹자."

"뭐?"

"춥고 배고파."

내 팔을 당기며 사람들 사이를 성큼성큼 걸어가는 료헤이의 뒷모습을 나는 어이없이 바라보면서 하는 수 없이 따라갔다.

핑스구이란 호두과자처럼 생긴 아와지에서만 파는 카스테라의 일종이다. 핑스구이만의 특징인 반숙 상태의 속을 아주 좋아하는 내 취향을 료헤이는 잘 알고 있다. 달콤한 냄새와 공복을 이기지 못한 나는 한 봉지 사기로 했다.

금방 산 핑스구이는 봉지 전체가 따뜻했다. 그것을 품에 안고 곧바로 집으로 향하려던 내 팔을 료헤이가 얼른 잡아끌었다.

"좀 기다려 봐. 그렇게 서둘러 갈 필요 없잖아."

"비 올 것 같으니까."

"아직 괜찮아."

무슨 근거가 있는지 그렇게 단언한 료헤이는 옆에 있던 등롱대 쪽으로 나를 끌고 갔다.

"야, 이거 놔!"

"할 수 없잖아. 메일도 전화도 무시하니 단둘이서 얘기할 수 있는 기회가 없는데!"

"그러니까 혼자서 고민해 보겠다고! 내가 연락할 테니 기다리라고!"

"그게 벌써 3개월째야!"

긴박한 료헤이의 말투에 나는 말문이 막힌다.

"나, 나는……."

반론하려고 입을 연 순간, 옆을 지나가는 사람들 중에 누군가가 멈춰 서는 게 느껴졌다.

"어머, 당신은⋯⋯."

나는 입을 다물고 조심스럽게 목소리가 난 쪽으로 시선을 돌렸다.

"아, 역시. 가정부분이네요."

참배 인파에서 약간 벗어나서 우리를 관찰하듯 보던 사람은 가시와기 미도리였다.

"⋯⋯."

그리고 미도리 씨 옆에 말없이 서서 이쪽을 보고 있는 리쿠 님의 모습이 보였다.

가슴에 안은 봉지를 떨어뜨릴 뻔했지만 가까스로 견뎌 냈다.

왜 리쿠 님이 이곳에 있는 거지? 왜 미도리 씨와 같이 있는 거지? 왜 하필이면 이 상황에서 만난 거지⋯⋯?

수많은 '왜?'가 머릿속을 빙빙 돌았다.

"이런 우연도 있네요. 설마 이런 곳에서 만나다니."

"⋯⋯오래간만입니다."

떨리는 목소리로 말하면서 고개를 들자, 미도리 씨는 나와 료헤이를 쳐다보며 씩 웃었다.

"흐음, 그렇군요. 사귀는 사람이 계셨군요."

"⋯⋯."

"참 잘 어울리시네요. ⋯⋯그렇죠? 리쿠 씨."

발랄한 목소리로 미도리 씨는 뒤에 서 있는 리쿠 님에게 미소지었다.

리쿠 님은 그녀의 말에 아무런 대꾸도 하지 않고 말없이 이쪽으로 걸어왔다.

"새해 복 많이 받으세요, 치나미 씨."

리쿠 님의 목소리는 마치 감정을 억누르고 있는 것 같았다. 평소 같으면 미소로 인사해 주는데…….

"새…… 새해 복, 많이 받으세요…….."

그때 료헤이가 갑자기 내 손을 거머쥐었다.

"가자, 치나미."

"잠깐, 무슨 말……"

"댁들도 얼른 가시는 게 좋아요. 곧 비가 올 테니까요."

그러면서 료헤이의 손이 내 어깨를 감쌌다. 그 순간, 리쿠 님의 얼굴이 약간 굳어진 것처럼 보였다.

"그럼 우리는 이만."

말이 떨어지자마자 료헤이는 곧바로 토리이 문 쪽을 향해 걷기 시작했다. 당황한 나는 아무런 말도 못한 채 그저 료헤이에 끌려가듯 걸음을 옮겼다.

걸으면서 어깨 너머를 돌아보니, 리쿠 님은 코트 호주머니에 손을 찔러 우뚝 선 채 멀어져 가는 우리를 가만히 지켜보고 있었다.

리쿠 님과 마주쳐서 완전히 혼란 상태가 된 나는 토리이 문을 지날 즈음이 되어서야 겨우 제정신을 차렸다. 황급히 어깨를 감싼 료헤이의 손을 뿌리쳤다. 빗발은 점점 거세지고 주변에서는 우산이 하나둘 펼쳐지기 시작한다.

"바래다줄 테니 이리 와. 근처에 차 세워 뒀어."

"싫어. 버스로 갈 거야."

완강히 거부하는 나를 보고 료헤이는 크게 한숨을 쉰다. 그리고 버스 정거장을 향해 걸어가려는 내 손목을 부드럽게 잡는다.

"똥고집 부리지 마."

"……똥고집은 무슨."

"부리고 있잖아. 비도 오고, 버스도 붐빌 테니 태워 준다니까."

대꾸할 겨를도 없이 료헤이는 내 손을 잡아끌며 걷기 시작했다. 버스 정거장을 힐끔 쳐다보니, 아니나 다를까 거기에는 장사진이 만들어져 있었고 이 날씨 속에서 버스를 기다리는 게 꺼려지기도 했었다.

결국 끌려가는 대로 나는 료헤이 차에 올라탔다. 오랜만에 타보는 료헤이의 자가용. 그의 아버지에게 물려받은 검은색 구형 혼다 어코드. 탄 순간부터 담배 냄새가 진동하는 것도 여전하다.

안전띠를 매면서, 내 뇌리에는 방금 목격한 광경이 되살아났다.

왜? 왜 미도리 씨와 함께 참배를……

차 안에서 우리는 줄곧 말이 없었다. 나는 창밖을 멍하니 바라보았다. 차가 흔들릴 때마다 하마야에 달린 방울만이 딸랑딸랑 작게 울렸다.

얼마 가지 않아 차는 우리 집에 도착했다. 나는 말없이 안전띠를 풀었다. 료헤이는 사이드 브레이크를 잡아당김과 동시에 나를 돌아봤다.

"잠깐 얘기 좀 하자."

나는 곧바로 고개를 저었다.

"미안하지만 지금 그럴 기분 아냐."

"그럼 언제 얘기할 수 있는데! 나랑 전혀 마주치려 하지 않으면서!"

큰 소리에 기가 눌려 무의식중에 몸을 움츠리는데, 현관에서 고모와 고모부가 나오는 게 보였다. 어디론가 외출하려는 듯 코트를 입고 있었다. 나는 서둘러 뒷좌석에 놨던 짐을 거머쥐었다. 이런 모습을 보이면 또 쓸데없이 걱정만 끼치게 된다.

"미안해, 료헤이. ……나 그만 갈게. 조만간 연락할게."

료헤이는 납득이 안 가는 것 같았지만, 체념했는지 마지못해 끄덕였다.

"그럼…… 또 봐."

"……응."

짧게 인사를 나누고 문을 닫자마자 료헤이는 차를 출발시켰다.

"어머, 치나미, 왔니?"

나는 애써 아무렇지도 않은 척하며 고모에게 보란 듯이 미소를 지었다.

"다녀왔어요. 고모 어디 가요?"

"응. 쇼핑 좀 가려고. 그리고 요 위의 절간에도 새해 참배하려고."

"그래요…… 잘 다녀와요."

"갔다 올게."

당황스러움을 숨기고 있다는 걸 눈치채지 못한 채 고모는 웃으며 차에 올라탔다. 갓 포장된 도로를 달려가는 차를 보낸 후, 나는 현관 미닫이문을 열었다. 그 순간 온몸의 힘이 빠져서 힘없이 그 자리에 주저앉았다.

신궁에서 우연히 료헤이와 만난 후, 설마 리쿠 님까지 만나게 되다니……. 리쿠 님과는 한마디밖에 말을 나누지 못했다. 료헤이와 함께 있는 모습을 목격당한 것, 그리고 어째서인지 리쿠 님이 미도리 씨와 함께 있었다는 것. 그것에 당황해서 미소 한 번 짓지 못했다. 제대로 새해 인사를 했어야 했는데.

현관 귀퉁이에 앉아서 나는 멍하니 발밑을 바라봤다. 빗발은 약해졌지만 마음속도 지금 날씨처럼 개운치가 않았다.

오랜만에 마주친 료헤이보다도, 왜 리쿠 님이 미도리 씨와 함께 있었는지, 그것만을 생각하고 있었다.

✳⁂✳

"새해 복 많이 받으십시오."

1월 2일. 오늘은 이가라시 저택에서 이 섬의 유력자들을 초청한 신년회가 개최된다. 최소 30명 이상은 참석하는 큰 연회 모임으로, 오늘은 고용인 전원이 출근해서 일을 한다.

아침 일찍, 부엌에 종업원 4명과 사모님이 모였다. 새해 인사를 나누자마자 기모노를 입은 사모님이 종업원 전원을 슥 둘러봤다.

"여러분, 오늘 하루 잘 부탁드립니다."

"네."

"그럼 각자 자기 담당 장소로 이동하세요."

"알겠습니다."

일제히 대답하고 모두가 각각 담당하는 장소로 흩어져 갔다.

11시가 약간 넘을 무렵, 주인어른의 새해 인사를 시작으로 연회가 열렸다. 요리를 나르고 술을 나르고, 말 그대로 눈이 돌아갈 정도로 바쁘게 나는 연회장과 부엌을 왕복했다. 모든 손님의 자리를 살펴보며 술이 모자라지 않는지 항시 확인해야 했다.

연회가 시작된 지 2시간 정도가 지나, 너무 바쁜 나머지 리쿠 님에 대한 어색한 감정도 완전히 잊어버리던 그때였다.

"치나미 씨."라고 불려 돌아보니, 주인어른이 내게 손짓하고 있다. 그때서야 주인어른 옆에 앉아 있었던 리쿠 님의 모습이 안 보인다는 사실을 알았다.

"치나미 씨, 미안한데 리쿠 상태 좀 봐줘."

"네?"

"좀 어지럽다면서 갔는데, 지금껏 안 돌아와."

내가 놀라서 눈을 부릅뜨자 주인어른은 작게 끄덕였다.

"어제 미도리 씨가 억지로 참배에 끌고 가더니, 그 이후로 애가 힘이 없어."

그렇구나……. 억지로 끌려갔었구나…….

"그 탓인진 몰라도 오늘도 꽤 빠른 속도로 마시더라고. 아까 파랗게 질려서 나가 버렸지. 그래서 그런데 잠깐 상태 좀 봐줄래?"

"하, 하지만 여기는……."

"이젠 다들 잔뜩 취했으니 그리 바쁜 일은 없을 거야. 하츠에 씨나 다른 종업원들한텐 내가 얘기해 둘 테니까."

"……."

주저하는 나를 향해 주인어른은 부드럽게 미소 지었다.

"그럼 잘 부탁해, 치나미 씨."

"알겠습니다!"

힘차게 대답한 나는 일어서서 연회장을 뒤로했다.

✳❊✳

자기 방에서 쉬고 있을 줄 알고 문에 노크를 해 봤지만 대답은 없었다.

리쿠 님의 방 앞에서 난처해진 나는 턱을 괴고 잠시 생각에 빠졌다.

'앗…….'

하나 떠오른 게 있어서 나는 별채로 향했다. 날씨가 좋을 때면 일광욕을 하기 위해 종종 찾는, 리쿠 님이 좋아하는 장소. 어제와

달리 오늘은 날씨도 화창하니, 어쩌면…….

복도를 돌아서자 툇마루에 앉은 리쿠 님을 발견한 나는 안도의 한숨을 쉬었다. 재킷을 벗어 던지고 나른한 듯 기둥에 기대고 있는 모습은 멀리서 봐도 상태가 좋지 않은 것 같았다.

"……리쿠 님."

조용히 다가가 말을 걸자 리쿠 님은 꿈틀거리며 반응했다. 그리고 멍하니 나를 올려다봤다.

"……아아, 치나미 씨."

"괜찮으세요?"

복도에 무릎을 꿇고 나는 리쿠 님의 얼굴을 쳐다봤다. 하지만 리쿠 님은 곧 시선을 떨어뜨리고 말았다.

리쿠 님과는 여러 번 술자리를 함께했지만, 한 번도 흐트러진 모습을 보이지 않았는데.

"저, 일단 냉수 가져다 드릴게요."

걱정하는 목소리로 말을 건 후 일어서려 하자, 리쿠 님이 손을 스윽 뻗고 내 손목을 잡았다.

"……리쿠 님?"

당황하는 나를 아랑곳하지 않고 리쿠 님은 열에 들뜬 눈동자로 내 얼굴을 빤히 쳐다봤다.

"어제 왜, 남자친구랑 있었어?"

평소에는 존댓말을 쓰는데 취기 탓인지 반말을 쓰고 있어서 놀랐다.

"……저, 저기……."

"남자친구랑 재결합했어?"

손목을 잡은 채 리쿠 님은 똑바로 내 눈을 쏘아봤다.

"어, 어제는 그냥 우연히 만났을 뿐이에요."

그때서야 손에서 힘이 빠져나갔다. 하지만 손목을 놓으려 하지는 않았다.

"그 후, 어디 갔어?"

"아뇨, 아무 데도……. 곧바로 집으로 갔어요."

그렇게 답하자 리쿠 님은 안도의 표정을 보였다.

"그렇……군요."

"네."

"버스는 곧바로 오던가요? 비가 와서 붐볐을 텐데……."

"아아, 아뇨……. 남자친구가 집까지 바래다줬어요."

그 말을 들은 리쿠 님의 안색이 바뀌었다. 그의 눈동자에 분명한 노여움의 빛이 보였다.

"바래다줬다고요……? 남자친구의 차에 탔단 말입니까?"

무거운 목소리에 겁먹은 다음 순간, 리쿠 님은 기둥에 손을 대고 일어섰다. 놀라며 리쿠 님을 바라보는데 이번에는 난폭하게 팔을 잡아끌어 억지로 일으켜 세웠다.

"……꺅."

작은 비명을 질렀지만 리쿠 님은 뒤쪽 방의 미닫이문을 열고, 끌고 가듯이 나를 그 방에 끌어들였다.

리쿠 님은 오른손으로 내 손목을 잡은 채, 왼손으로 미닫이문을 딱 닫았다. 그 순간 방 안은 어둑해졌다. 거의 사용하지 않는 4평짜리 방은 싸늘한 공기로 채워져 있었다.

"리…… 리쿠 님……?"

갑작스러운 상황에 나는 심하게 당황했다. 다음 순간, 리쿠 님은 나를 강하게 끌어안았다.

나는 반사적으로 그 품에서 벗어나려 했지만 리쿠 님의 팔 힘은 더욱 강해져만 갔다. 뺨을 누르는 와이셔츠에서 말보로 냄새와 술 냄새가 은근히 풍기고 있었다.

"놔, 놔주세요……."

"치나미 씨가 나빠요. ……전부, 치나미 씨가."

리쿠 님은 나를 끌어안은 채 마치 아이가 떼를 쓰듯 고개를 저었다.

"……제, 제가…… 뭐가…… 나쁘다는 거예요……."

자꾸 끊어지면서도 말을 잇자, 리쿠 님은 귓가에서 작게 속삭였다.

"무방비하다는 점이요."

귀를 누르면서 리쿠 님을 보니, 그의 눈동자가 애타게 흔들리며 나를 빤히 쳐다보고 있었다.

"지금도 이렇게 쉽게 내게 당하고……. 정말 짜증 나……."

"……예?"

너무나 어이가 없어서 나는 리쿠 님을 쏘아봤다.

"갑자기 이렇게 억지로 하시는데, 어떻게 저항하라는 거예요!"

"……빈틈투성이네요."

"네?!"

곤혹해하면서 리쿠 님의 얼굴을 살펴보니, 술기운이 점점 사라져 가는 듯 좀 전까지 상기돼 있던 얼굴이 원래의 색으로 돌아가는 중이었다.

빤히 그 얼굴을 살펴보는 내 시선을 알아챈 리쿠 님은 지쳤다는 듯이 하아, 한숨을 쉬면서 앞머리를 쓸어 올렸다.

"왜 그렇게 틈을 보여요? 왜 쉽사리 남자친구 차에 타 버리나요?"

"저, 저는 그저……."

반론하려고 입을 연 순간, 리쿠 님의 양팔에 힘이 들어갔다.

시야가 휙 돌아가더니 다음 순간엔 내 등이 방바닥에 맞닿아 있었다.

어리둥절해하는 사이에 양쪽 손목은 바닥에 눌리고, 바로 위에서 리쿠 님이 내 얼굴을 들여다보고 있다. 그리고 늘어진 넥타이가 내 뺨을 스친다.

"……아아, 거슬려!"

그러면서 리쿠 님은 넥타이 매듭을 잡고 순식간에 그것을 풀어헤쳤다. 그 행동에 심장이 크게 뛰어올랐다.

온몸의 모공이 한꺼번에 열린 것처럼 화악 달궈졌다.

"리…… 리쿠 님……."

내가 속삭이자 리쿠 님은 애잔한 눈빛으로 나를 내려다보았다. 시선이 겹쳐 긴장감은 최고조에 달했다. 리쿠 님은 내 손목을 누르던 손을 놓고, 손가락을 얽기 시작했다.

리쿠 님의 얼굴이 점점 다가와서 나는 지그시 눈을 감았다.

하지만, 숨결까지 느껴질 정도로 다가온 시점에서, 리쿠 님은 움직임을 멈추고 말았다.

조심조심 내가 눈을 뜨자 리쿠 님은 바로 눈앞에서 애틋한 눈으로 보고 있었다.

"지금 여기서 당신에게 키스하면, 바람을 피운 전과를 만드는 게 될까요?"

그러면서 리쿠 님은 바닥에 떨어진 넥타이를 주워 그것으로 내 입술을 덮었다. 그리고 느슨했던 손가락에 힘이 들어가더니, 천천히 넥타이 너머로 입술이 겹쳐졌다.

넥타이를 끼고 있다고는 해도, 입술의 따스함과 감촉까지 모두 느껴지는 듯했다. 마치 첫 키스 같은 두근거림과 긴장감에 몸 깊숙이 뜨겁게 도취됐다.

나는 저항하려고 온 힘으로 리쿠 님을 쳐 냈다.

뜻밖의 반응에 리쿠 님은 엉덩방아를 찧었고 나는 그 틈을 타서 윗몸을 일으켜, 옷맵시를 서둘러 다듬었다.

"리, 리쿠 님. ……정말 너무 취하셨어요."

리쿠 님은 공허한 눈동자로 나를 쳐다봤다. 눈 주변이 붉어진 것처럼 보였다.

"냉수 가져올게요."

나는 옷깃을 여미면서 도망치듯 방에서 나갔다.

✻ ✸ ✻

창호지 너머로 보이는 치나미 씨의 그림자가 멀어지는 것을 보면서 나는 벽에 등을 붙였다. 그리고 한쪽 무릎을 세우고 앉아 그대로 푹 얼굴을 숙였다.

"……리쿠 님."

언제 돌아왔는지 바로 옆에서 치나미 씨 목소리가 들려 숙였던 고개를 멍하니 들어 올리니, 걱정스럽게 나를 보는 그녀가 보였다.

"괜찮으세요? 냉수 가져왔습니다."

그러면서 작은 페트병을 내민 치나미 씨는, 걱정스럽게 내 얼굴을 들여다보고 있다. 화를 내는 것 같지 않아서 약간 안심한 나는 페트병을 받았다.

"……고맙습니다."

물은 적당히 차가웠고, 달궈진 몸과 격앙된 기분을 가라앉히기에는 충분했다.

물을 마시는 동안, 치나미 씨는 계속 나를 걱정하듯 옆에서 지켜보고 있었다. 물을 반쯤 단숨에 들이켜고 뚜껑을 닫으면서 치나미 씨의 얼굴을 힐끔 훔쳐봤다.

"화, 안 내세요?"

"네?"

"그러니까…… 취한 김에 이런 짓을 해서."

그러자 치나미 씨는 약간 얼굴을 붉혔다.

"화났다…… 라기보다는, 그저 놀랍기만 해서……. 뭐가 뭔지 지금도 솔직히 잘 모르겠어요……."

더 이상 버틸 수 없어서 나는 깊이 고개를 숙였다.

"정말 미안합니다. ……뭐라고 사과해야 할지……."

그러자 치나미 씨는 빤히 내 얼굴을 들여다보았다.

"저…… 한 가지 물어봐도 될까요?"

"네?"

"아, 아까 그게……."

여기서 치나미 씨는 크게 한 번 심호흡을 했다.

"그러니까…… 취한 탓에 한 거, 맞죠?"

그 질문에 나는 뜨끔해서 긴장했다. 치나미 씨는 얼굴을 붉힌 채 입술을 깨물고 긴장된 표정으로 내 표정을 살피고 있다. 아무리 취했다고는 해도, 그런 짓을 당했으니 당연히 질문할 만하다.

"……정말, 미안합니다."

은근슬쩍 긍정하는 듯한 뉘앙스로 말하자, 치나미 씨의 얼굴에서 긴장감이 사르르 사라져 갔다. 그와 동시에, 그 눈동자에 순간적으로 실망감 같은 빛이 감돈 것처럼 보이기도 했다.

하지만 곧 치나미 씨는 웃음을 되찾았다. 그리고 장난기 섞인 시선을 내게 던졌다.

"그렇다면 이제 리쿠 님은 술을 끊으셔야겠네요. 정말이지 너무 심했어요."

"……네, 미안합니다." 하며 나는 그저 치나미 씨에게 고개를 숙일 뿐이었다.

"주먹으로 때려도 돼요."

"네?"

"성추행으로 고소를 당해도 어쩔 수 없을 정도였고, 아무리 취한 상태라지만 용서받을 수 있는 일은 아니니까."

머리 가마가 보이도록 깊숙이 고개를 숙여 사과하자, 치나미 씨는 안심이 된 것 같았다. 아마 평소의 내 모습으로 되돌아와서 안심한 것이리라.

"사과도 해 주셨으니 이젠 괜찮아요."

"……하지만."

"물론, 예전 직장의 점장에게 같은 짓을 당하면 곧바로 고발했겠지만요."

"……네?"

"성추행이란 건, 추행을 당한 사람이 불쾌감을 느낀 시점에서 성립한다고 생각해요. 하지만 아까는 싫지 않았으니까요."

그 말에 나는 심하게 당황했다.

"치나미 씨는 내 응석을 너무 잘 받아 줘요."

"네? ……그런가요?"

"그럼요. 난 영락없이 미운털 박혔겠다 싶었는데……."

"설마. 미워하지 않아요."

웃으면서 부정해 줘서 나는 어깨에 힘을 뺐다. 진심으로 안도한 나는 세우고 있던 무릎에 이마를 대고 작게 중얼거렸다.

"……다행이다……."

여기서 나는 계속 궁금했던 질문을 던지려고 고개를 들었다.

"저기…… 치나미 씨."

"네?"

"남자친구랑 그…… 재결합했나요?"

"……네?"

"아, 아니다. 헤어지지도 않았는데 재결합이라고 하지 않겠지."

곤란한 듯 머리를 긁는 나를 보며 치나미 씨는 쓴웃음을 지었다. 그 직후, 정좌해서 앉아 내 정면에 마주 앉았다.

"항상 걱정해 주셔서, 정말 감사합니다."

"……."

"저도 이제 제대로 결단 짓기로 했어요!"

산뜻한 치나미 씨의 표정을 보고 나는 흠칫했다.

"더 이상 남자친구를 기다리게 하는 것도 좀 그렇고, 저는 이미 답을 냈으니까요."

그것이 이별인지, 아니면 다시 함께할 길을 고를지. 치나미 씨가 어느 쪽을 선택해서 이런 표정을 짓는지 나는 헤아릴 수가 없었다. 그렇다고 물어볼 수도 없는 노릇이었다.

"그렇……군요."

"네."

"……."

나는 머뭇거린 후 결심해서 입을 열었다.

"결단 지으면 그때는…… 알려 주시겠습니까?"

치나미 씨는 순간 눈을 크게 떴지만, 곧바로 밝은 미소를 지었다.

"네. 보고드리도록 하겠습니다."

꾸벅 고개를 숙이고 치나미 씨는 방에서 나갔다. 그녀를 내보낸 후 내 몸에서 한꺼번에 힘이 빠져나갔다.

✻ ✽ ✻

다음 날은 할머니가 병원으로 돌아가는 날이어서 나는 휴가를 얻었다. 고모와 고모부도 오늘 다카마츠로 돌아간다.

활기찼던 연말연시를 생각하니, 약간 쓸쓸하게 느껴졌다. 나는 준비해 두었던 선물을 고모에게 건넸다.

"조심해서 가요. 여름에도 꼭 놀러 오고요."

"응, 고마워. 신세 많이 졌어."

종이봉투를 받은 고모가 약간 미안하다는 듯 눈썹꼬리를 내렸다.

"치나미, 저기 말이야. 지금 당장 이래저래 하라는 건 아니니까

화내지 말고 들어 줘, 응?"

"……?"

"치나미가 결혼하게 되면, 할머니는 다카마츠에서 모실까 생각 중이야."

나는 놀라 말문이 막혔다.

"고모……."

"애들도 다 독립했고 우리는 부담이 없어. 그러니까, 할머니 걱 정돼서 결혼 못 하겠다는 그런 생각은 하지 마."

"……."

"이 사람이다 싶으면, 망설이지 말고 그 사람에게 가."

따뜻한 고모의 말에 눈물이 쏟아질 뻔한 나는 애써 그것을 감 추려고 미소를 지었다.

"……걱정하지 않아도, 당분간은 없을 거예요."

그렇게 자조 섞인 말을 하자 고모는 밝게 웃으며 내 어깨를 툭 툭 쳤다.

"그럼 잘 있어, 치나미."

이 말을 남기고 고모는 손을 흔들며 차에 올라탔다. 나는 문 밖 까지 나가서 차가 보이지 않을 때까지 쭉 지켜봤다.

14.

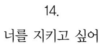

너를 지키고 싶어

격동의 신년회로부터 보름이 지난 어느 날, 아와지 섬에 모처럼 눈이 쌓였다.

도쿄에서도 눈 구경을 거의 못 했던 터라 신기해서 나는 툇마루로 나갔다. 평소 자주 찾는 자리에 앉아 보니, 눈에 익은 마당이 전혀 다른 모습을 보이고 있었다. 몹시 조용했지만, 그 정적감이 마음에 들었다.

스며드는 추위를 느끼며 나는 멍하니 마당을 바라보고 있었다.

"감기 드시겠어요, 리쿠 도련님." 하며 복도를 지나가던 하츠에 씨가 걱정스럽게 말을 걸었다.

"눈 구경 할 일이 드물어서요……."

"정말 드물죠……. 하필이면 이런 날에 오다니."

"네?"

"오늘은 치나미 양 부모님이 돌아가신 날이라서 절간에 제사 지내러 가잖아요."

오늘은 1월 17일. 그 대지진이 일어난 날이다. 그렇구나, 그래서 오늘 치나미 씨는 결근이구나…….

하츠에 씨에게 그 이야기를 듣기 전까지, 결근에 대한 아무런 의문도 갖지 못했다.

"그 절간까지 올라가는 길은 꽤 가파른데. 치나미 양, 넘어지지 않을까 걱정이네."

혼잣말인지, 아니면 내게 들으라고 한 이야기인지, 하츠에 씨는 중얼거리며 자리를 떠났다.

그 말이 계속 마음에 걸려서 한참 고민한 끝에 나는 집을 나섰다. 치나미 씨가 몇 시에 절간으로 가는지도 모르면서 말이다.

미끄러지지 않게 조심하면서 언덕길을 내려갔다. 일반 도로로 가기 전까지는 사설 도로여서 아직 길에 쌓인 눈은 아무도 밟지 않았고, 그 위를 서걱서걱 소리를 내며 걷는 것은 기분 좋은 일이었다.

하츠에 씨가 이야기하기 전까지는 오늘이 대지진이 있던 날이라는 것을 완전히 잊고 있었다. 하지만 이곳에 사는 사람들……즉, 대지진을 겪은 사람들은 결코 잊지 않을 것이다. 나는 역시 외지 사람이라는 생각을 하지 않을 수 없었다.

그 남자가 말한 "너는 무리야."라는 말이, 이제 와서 무겁게 나를 덮쳤다.

그냥 내키는 대로 걸어가던 나는, 갈림길에 들어서자 고민에 빠졌다. 자그마한 절이라 아무런 표시도 없다.

어느 쪽으로 갈까 망설이던 그때, 한쪽 언덕길에서 서걱서걱 눈을 밟는 소리가 들려왔다.

"……어머, ……리쿠 님?"

그것은 추위로 뺨이 빨개진 치나미 씨였다. 내 모습을 보고 사뭇 놀란 듯 눈을 휘둥그레 뜨고 발걸음을 멈춘 치나미 씨를 본 나는 저도 모르게 웃음을 지었다.

"안녕하세요."

"아, 안녕하세요."라고 대꾸하며 치나미 씨는 천천히 내게 걸어왔다. 불안한 발걸음이 걱정돼서 나는 손을 뻗어 그녀의 손목을 잡았다. 눈에 익숙지 않은 건 피차일반인 모양이었다.

"고, 고맙습니다……."

"아니에요."

"그나저나…… 리쿠 님은 이런 곳에서 뭘 하시는 거예요?"

당신을 만나러 왔다고 말하려다가, 순간 머뭇거렸다.

"그게, 그러니까……. 사, 산책하러……."

"……산책이요?"

치나미 씨는 의아한 표정을 지었다.

"아니, 그게…… 눈이 신기해서 바깥에 나와 보고 싶어지더라고요."

"아아, 이해돼요."

그러면서 치나미 씨는 미소 지었다.

"어릴 때 눈이 쌓이면 아주 신났죠. 밭이랑 밭두렁 경계가 안 보여서, 도랑에 빠지고 흠뻑 젖어서 할머니에게 야단맞고……."

나란히 걸으면서 치나미 씨는 쿡쿡 웃으며 옛날이야기를 들려주었다. 하지만 나는 치나미 씨의 양 뺨에 나 있는 눈물 자국을 발견했다.

점심때가 지나고 구름 사이로 햇빛이 내려와, 쌓인 눈의 표면을 녹이기 시작했다. 그것이 햇빛을 반짝반짝 반사하는 게 눈부셔서 나는 눈을 가볍게 감았다.

"아름답네요."

평소에는 한가로운 전원 풍경이 온통 하얗게 눈으로 뒤덮인 광경은 압권이었다. 치나미 씨가 작게 끄덕이는 것을 보면서 나는 조심스레 말을 이었다.

"절에도 눈이 쌓였던가요?"

"네?"

놀란 목소리를 내며 치나미 씨는 나를 바라봤다.

"알고 있었어요? 절에 간다는 거……."

"하츠에 씨가 걱정했었어요. 길이 가파르니 넘어지지나 않을까 하고."

"……아아. 그랬었군요."

치나미 씨는 약간 쓸쓸한 미소를 보이며 앞을 응시하고 있었다.

"오늘은…… 돌아가신 날이니까……."

중얼거리며 새어 나온 입김이 새하얗다. 화장기 없는 새빨간 뺨에 비해 입술의 혈색은 좋지 않았다. 얼마나 오랫동안 절에 있었는지 걱정이 됐다.

"절에서 추웠죠?"

부드럽게 말을 걸자 치나미 씨는 양손을 비비면서 애써 밝게 웃어 보였다.

"물론 추웠죠. 다른 때 같으면 눈이 쌓이면 신나는데, 오늘만큼은 밉더라고요."

치나미 씨는 이렇게 밝게 말했지만, 그 후의 시선은 먼 곳을 바라보고 있었다.

"그날도, 추웠죠……."

내게 말했다기보다는, 자기도 모르게 혼잣말이 새어 나온 듯했다. '그날'이라는 게 대지진이 일어난 날이라는 건 명백해, 내 가슴은 쥐어짜듯 아팠다.

대지진을 겪어 보지 못한 내가, 지금도 가족의 영정 앞에서 눈물을 흘리는 그녀 마음의 상처를 어루만져 줄 수 있을까?

"그럼 실례하겠습니다."

갈림길까지 와서 치나미 씨는 꾸벅 허리를 굽혔다.

"내일 만나요. 미끄러우니까 조심해서 가세요."

"네, 고맙습니다."

싱긋 웃어 보이며 치나미 씨는 등을 돌려 언덕길을 올라가기 시작했다.

신년회 이후, 우리들 사이에는 어색한 공기가 적잖이 감돌고 있어서, 이렇게 오래 대화를 나눈 것은 오랜만이었다.

치나미 씨의 뒷모습을 잠시 지켜보다가, 나는 한숨을 쉬고 발길을 돌렸다.

✽❀✽

일주일 후.

눈은 완전히 녹아 버렸고, 아와지 섬은 평소의 풍경을 되찾았다. 새해를 맞이하는 들뜬 기분도 가시고 곧 2월이 되려 하는데, 추위는 아직도 매섭고 봄은 멀게만 느껴졌다.

커피를 마시려고 부엌에 들어가자, 다이닝 테이블에 앉아 뭔가를 쓰고 있는 토모미 외숙모와 마주쳤다.

"어머, 리쿠. 커피?"

"네." 하며 고개를 끄덕이고 커피 준비를 하려던 순간, 끼긱…… 뭔가가 삐걱거리는 소리가 나고, 우리는 동시에 움직임을 멈췄다. 다음 순간, 선반 안의 식기가 작게 마찰음을 내는가 싶더니, 곧 땅이 덜컹거리며 흔들리기 시작했다.

"어머나, 지진?!"

테이블을 붙잡고 있던 토모미 외숙모는 불안해하며 천장을 바라봤다. 나는 재빨리 옆에 있던 냉장고를 지탱했지만, 흔들림은 곧 멈췄다. 우리는 서로 마주 보고 동시에 안도의 한숨을 쉬었다.

"제법 컸네……. 작은 지진이라 해도 여전히 깜짝 놀라게 되네……."

가슴을 누르며 말하는 토모미 외숙모를 보며 나는 흠칫했다.

"치나미 씨는?"

"응?"

"치나미 씨는 지금 어디 있어요?"

"……아. ……지금은 창고에……."

토모미 외숙모의 말이 끝나기가 무섭게 나는 부엌에서 뛰쳐나갔다.

신발을 대충 신고 창고를 향해 달렸다. 트럭이 지나가기만 해도 얼굴이 파래지며 웅크리던 치나미 씨의 모습이 뇌리를 스쳤다. 금방 일어난 지진 자체는 크지 않았지만, PTSD까지 앓은 그녀가 얼마나 공포를 느꼈을지 상상하니, 저절로 달리는 속도가 빨라졌다.

"치나미 씨……!"

창고 문이 열려 있어 나는 안으로 뛰어 들어갔다. 인기척도 못 느낄 정도로 창고 안은 조용했다. 지진 탓인지 채광창에서 들어오는 희미한 빛에 먼지가 날리는 게 보였다.

"치나미 씨, 어디 계세요?"

그녀를 부르면서 안쪽으로 들어가니, 흩어진 헌책 한가운데에서 치나미 씨가 머리를 싸매고 웅크리고 있었다.

"치나미 씨!!"

다급하게 달려가 그녀의 몸을 안아 일으켜 보니, 작은 어깨는 약하게 떨고 있었고 숙여진 얼굴은 창백했다.

"괜찮으세요? 치나미 씨!"

치나미 씨는 겨우 내 존재를 알아차렸는지, 천천히 고개를 들었다. 시선이 마주친 순간, 그녀의 눈동자가 눈물에 잠겼다.

"……리쿠 님."

"이제 멈췄으니 괜찮아요."

그렇게 말하자 치나미 씨는 떨리는 손으로 내 가슴을 거머쥐었다. 그리고 온몸을 덜덜거리면서 희미한 목소리로 입을 열었다.

"저는…… 평생 이래야 할까요? ……지진이 올 때마다 이렇게……."

"……."

"조금씩, 나아지고 있긴 해요. ……하지만 요즘엔 정서불안정으로 또 예전 같은 증상이 나타나기 시작해서……."

울먹이며 말하는 치나미 씨를 나는 꼭 껴안았다.

뭐라고 말을 해 줘야 할지 몰라, 나는 그저 말없이 그녀의 어깨를 계속 쓰다듬었다. 그게 효과가 있었는지 그녀의 떨림은 점점 사라져 갔고, 창고 안에 울려 퍼지던 오열도 작아지고 있었다.

"……저."

잠시 후 치나미 씨가 내 옷을 양손으로 거머쥔 채 더듬더듬 말하기 시작해서, 나는 천천히 몸을 뗐다.

"발작이 나타날 때마다 생각해요. 이건 혼자만 살아남은 제게 내려진 천벌⋯⋯이라고."

"치나미 씨?"

"그날 이후 줄곧, 줄곧 생각했어요. ⋯⋯왜 다 같이 죽지 못했을까라고."

안정된 것 같았던 치나미 씨가 다시 눈물을 쏟아 냈다.

"왜 나만 살아남았을까 하고. ⋯⋯다들 그렇게 생각할 테니까, 그러니까⋯⋯."

"치나미 씨!"

더 이상 참을 수 없어서 나는 도중에 치나미 씨의 말을 끊었다.

"진심으로 그렇게 생각한다면, 당신은 바보예요."

약간의 분노가 섞인 어투와 '바보'라는 강한 말에 치나미 씨는 눈을 크게 떴다.

"당신이 그런 생각을 하고 있다는 걸 아셨다면, 할머니도 슬퍼하실 거예요. 그리고 돌아가신 부모님도 동생분도⋯⋯."

"⋯⋯."

"치나미 씨만이라도 살아남아서, 다들 당연히 기뻐할 겁니다. 그 정도는 나도 알 수 있어요."

대지진 이후, 치나미 씨가 계속 그런 생각을 안고 살아왔을 거라고 생각하니 마음이 아팠다. 만약 그 가책이 발작의 원인이라면 너무나 안타까운 일이다⋯⋯.

나는 치나미 씨의 어깨를 꽉 잡고 그 눈동자를 똑바로 쳐다봤다.

"죽고 싶었다는 말, 농담이라도 하지 말아요. 생각조차 하지 말아요. 적어도, 나는 치나미 씨와 만난 덕분에 인생이 바뀌었으니까."

그렇게 말하자, 경직돼 있던 치나미 씨의 어깨에서 힘이 빠져나갔다.

"치나미 씨와 못 만났다면, 나는 여전히 여기서 내 안에 갇혀 살았을 겁니다. 치나미 씨와 만나서 정말 다행이라고 진심으로 생각해요."

"⋯⋯리쿠⋯⋯ 님."

"그러니까, 그런 말만은⋯⋯."

거기서 결국 말이 막혀서 나는 깊이 고개를 숙였다. 더 이상 말하면 눈물이 넘쳐날 것 같아서. 하지만, 어떻게든 치나미 씨의 그런 생각은 고쳐 주고 싶다고 생각했다.

이 사람을 지켜 주고 싶다⋯⋯. 나는 지금, 강하게 그렇게 생각했다.

그녀 자신도 건물 더미 아래 이틀 동안이나 갇혀 큰 부상을 입었다. 그리고 정든 동네를 떠날 수밖에 없었고, 그녀가 그때까지 누려 왔던 모든 생활은 파괴되었다. 고독과 깊은 마음의 상처를 입은 채 혼자 살아남은 데에 대한 죄책감까지 짊어지고 살아가야 한다면, 너무나 잔혹하다.

이 깊은 상처를 조금이라도 아물게 해 주고 싶다. 받쳐 주고 싶다고 생각하는 것은 내가 외지 사람이든 지진을 경험해 보지 못한 사람이든 상관없을 것이다.

실제로 나는 지금 이렇게, 그녀와 함께 있으니까.

✳❅✳

"부모님은 치나미 씨만이라도 살아남아서, 분명 기뻐하고 계실 겁니다. 그것을 입 밖으로 내어 전할 수는 없지만……."

"……."

"지금 이렇게 치나미 씨가 살아 숨 쉰다는 것이, 부모님이나 동생분이 분명히 이 세상에 존재했었다는 '증거'가 아닐까요?"

리쿠 님의 말을 듣고 나는 양손으로 입을 덮었다. 밀려오는 오열이 방해가 되어 말이 잘 나오지 않았다.

"……저…… 저는……!"

"네."

"제 자신의 행복을…… 바라도 되는 건가요? ……즐거울 때는 웃고. ……행복할 때는 그것을 한껏 느끼고……."

리쿠 님이 말없이 끄덕이는 것을 보고, 나는 무심코 그의 품에 기댔다.

이런 생각을 품고 있다는 것을 알게 되면 모두가 슬퍼할 것이 뻔했기 때문에, 할머니에게도 료헤이에게도, 그 누구에게도 말할 수 없었다. 겉치레 위안 따위는 받고 싶지 않아서 오랫동안 내 안에 봉인해 온 생각.

하지만, 이상하게 리쿠 님에게만은 솔직하게 품어 왔던 생각을 토로할 수 있었다. 그리고 이 사람은 겉치레 위안 따위는 하지 않았다. 그렇게 생각하는 건 '바보' 라고 말해 줬다.

어쩌면, 누군가가 그렇게 말해 주기를 계속 기다렸었는지도 모른다. 그렇게 질타를 받음으로써, 내가 살아 있는 의미를 알고 싶었던 건지도 모르겠다.

"……리쿠…… 님, 리쿠 님…….'

리쿠 님의 가슴을 붙잡은 채 나는 목청껏 울었다. 리쿠 님은 말없이 등을 쓰다듬어 주었다. 먼지와 곰팡이 냄새가 나는 이 창고 안에서, 그의 품속만이 지금의 내가 머무를 수 있는 장소로 여겨졌다.

할머니가 쓰러지시고, 료헤이가 바람을 피우고, 그리고 직장에서 해고되고. 이렇게 안 좋은 일이 한꺼번에 일어난 건, 결혼을 의식해서 새 삶을 바라기 시작한 데 대한 벌이 아닐까라고 생각한 적이 있었다. 혼자 살아남은 내가 행복해지는 것을, 누군가가 허락하지 않는 게 아닐까라고.

하지만, 내가 살아가는 것이야말로, 부모님과 동생이 살아 있었다는 증거가 된다는 말에, 내 마음은 놀라울 정도로 가벼워졌다.

행복을 바라도 된다고, 리쿠 님이 말해 줬으니까…….

무아지경이 되어 리쿠 님의 가슴에 안겨 버렸지만, 조금씩 마음이 진정될수록 나는 고개를 들 타이밍을 완전히 놓치고 말았다.

"좀 진정됐나요?"

"⋯⋯네."

작게 대답하고, 나는 천천히 리쿠 님의 몸에서 떨어졌다. 부끄러움과 눈물범벅의 얼굴을 보여 주고 싶지 않다는 생각에 고개를 들 수 없었다. 그러자 리쿠 님은 내게 주의를 주지 않으려는 듯 바닥에 널린 헌책을 줍기 시작했다.

"아, 죄송합니다. 제가 할게요!"

"아뇨, 도와 드릴게요. 근데 이거, 지진 때문에 이렇게 됐나요?"

"⋯⋯모르겠어요. 일단 바닥에 쌓아 뒀었는데, 어쩌면 패닉 상태가 돼서 제가 쓰러뜨렸을지도⋯⋯."

나는 리쿠 님과 함께 헌책들을 주워 모았다. 두근두근 심박이 달콤하게 거세지기 시작했다.

바로 옆에 있는 리쿠 님의 체온을 느끼면서, 그를 향한 사랑을 나는 뚜렷이 자각하기 시작했다.

15.
적령기의 선택

6시 50분. 약속 시간 10분 전.

나는 느릿느릿 다다미 바닥에서 일어났다. 오늘은 근무를 마친 후 료헤이와 만나기로 돼 있었다. 료헤이가 바빠서 좀처럼 만날 수 없었고, 5년이나 사귀었는데 전화상으로 이별을 통지하는 것도 꺼림칙해서, 만날 수 있을 때까지 기다린다고 전했다.

그렇게 해서 연락을 기다리다가 어느새 2월이 돼 있었다.

벌써부터 료헤이에게 이별을 선언해야 한다는 생각에 긴장감이 몰려왔다.

현관을 나서면서 크게 심호흡하고, 무심코 하늘을 바라봤다. 그리고 지정된 약속 장소인 공원으로 향했다. 걸어가는 내 마음은 우울했다.

공원에 도착해 보니 료헤이는 이미 벤치에 앉아 있었다.

"치나미…… 오랜만이야."

내가 헤어지자고 말하려 한다는 걸 뻔히 알 텐데, 료헤이는 이상하게 침착해 보였다.

"……응."

나는 약간 떨어져서 료헤이 옆에 앉았다.

우리는 잠시 말없이 눈앞에 있는 모래밭을 물끄러미 바라보고 있었다. 잠시 후, 료헤이가 조용히 입을 열었다.

"여기서 치나미에게 사귀자고 고백했었지……."

그렇다. 이곳은 료헤이에게 고백을 받은 장소. 우리가 연애를 시작한 추억의 공원이었다.

"그때 난 엄청 긴장해서…… 짧은 말인데 혀가 꼬여 가지고…… 그래도 치나미는 받아 줘서 엄청 기뻤지……."

하필이면 이런 때에 가장 행복했던 순간의 얘기를 꺼내다니…….

더 이상 추억 얘기를 늘어뜨리기 전에 결단 지으려고, 나는 결심하고 료헤이를 똑바로 바라봤다.

"있잖아, 료헤이. 나……."

"잠깐."

결의에 찬 내 말은 쉽게 제지당하고 말았다.

"……먼저 말할게."

그러면서 료헤이는 코트 호주머니에서 작은 상자를 꺼냈다.

"결혼하자, 치나미."

그렇게 말하면서 료헤이가 연 상자 안에는, 가로등의 희미한

246

불빛조차 눈부시게 반사하는 반지가 담겨 있었다.

말을 잃은 나는 그저 노려보듯이 그것에 시선을 쏟았다.

상상조차 못 했던 갑작스러운 프러포즈. 그날까지는, 그렇게 기다리던 말이었는데…….

아무 답이 없자, 료헤이는 조용히 내 손바닥에 반지 상자를 올리고 양손으로 내 손을 꼭 감쌌다.

"나랑 결혼해 줘. 치나미."

료헤이는 다시 한 번 분명하게 말했다. 내 머리가 겨우 돌아가기 시작했다.

"……나, 난…… 헤어지자고 말하려고, 오늘은…….".

"응. 알아. 그래서 이건 내 마지막 발악이야."

그러면서 료헤이는 내 손을 꼭 감싼 채 애틋한 미소를 지었다.

그 표정을 본 내 마음은 크게 동요했다.

"나는 평생 속죄하며 살 거야. 평생 곁에서 치나미를 지킬게. 반드시 행복하게 만들겠다고 맹세해."

"……."

"난 치나미가 좋아. ……평생 나랑 같이 있어 줘."

다음 순간, 나는 료헤이에게 안겼다.

"사랑해, 치나미."

사랑스럽게 머리카락에 얼굴을 파묻는 료헤이 때문에 움직일 수 없었다. 료헤이를 상대로 설레는 일은 오랫동안 없었는데, 지금만큼은 심장이 달콤하게 뛸 수밖에 없었다.

5년 동안 사귀면서, 아니, 27년간 살아오면서, 사랑한다는 말을 들은 건 처음이었다.

료헤이의 어깨 너머로 어둠에 잠기는 바다가 보였다. 배 등불이 깜빡거리고, 평소 봐 왔던 풍경에도 눈물이 날 것 같았다. 료헤이와 지내왔던 나날이 파도처럼 가슴에 밀려왔다.

잠시 후, 료헤이는 내게서 떨어져서 상냥하게 미소 지었다.

"내 말은 이게 전부야. 마지막의 마지막으로, 내 응석 받아 줘."

그러면서 료헤이는 벤치에서 일어섰다.

"이걸로 발악하는 건 진짜 마지막이야. 다음에 치나미가 낼 대답을 나는 진심으로 받아들일게."

산뜻한 표정으로 료헤이는 싱긋 웃었다.

이것은 료헤이의 마지막 도박. 내 마음이 자신에게서 멀어지고 있음을 느꼈고, 심사숙고한 끝에 생각해 낸 행동일 거다. 그래서 나는 그의 행동에 진지하게 대응할 의무가 있었다.

"……알았어. ……진지하게 생각해 볼게."

그러자 안심한 듯 료헤이의 표정이 누그러졌다. 호흡을 다듬으면서 나는 천천히 일어섰다.

"그럼 답이 나오면 연락할게."

"……응."

진지한 표정으로 료헤이가 끄덕이는 것을 보고 나는 뿌리치듯이 발길을 돌려 걷기 시작했다.

✱ ❋ ✱

"……씨. ……치나미 씨."

멍하니 생각에 잠겨 있던 나는, 여러 번 이름을 불리고 나서야 제정신을 차렸다. 하지만 깜짝 놀라는 바람에 야생동백의 줄기를 가위로 잘라 버렸다.

"……아……."

짧아져 버린 꽃을 바라보는 내게 미사오 님이 다급하게 다가왔다.

"괜찮아? 손 다치지 않았어?"

"……아, 네. ……죄송합니다."

걱정해 주시는 게 죄송해서 나는 고개를 숙였다.

"왠지 오늘 이상하네? 고민거리라도 있니?"

"……네?"

고개를 들자, 미사오 님이 싱긋 웃어 보였다. 리쿠 님과 꼭 닮은 상냥한 눈동자를 보고 나는 가슴이 뭉클해졌다. 엄마를 일찍 여읜 나는 미사오 님에게 어머니의 모습을 보곤 했다. 이번 일도, 엄마가 살아 계셨다면 제일 먼저 상의했을 것이다.

"……아, 저기."

가위를 꼭 쥐며 나는 엿보듯이 미사오 님의 얼굴을 힐끔 봤다.

"응?"

"사실은 저기…… 어제 프러포즈를 받았어요……."

"……어머, 그랬구나. 그래서 좀 멍했구나……."

"……죄송합니다."

"혹시 그 남자친구……?"

"……네."

"근데 그…… 남자친구란 사람은……."

거기서 미사오 님은 말을 흐렸다. 료헤이에 대해 자주 상의했기 때문에 사정은 잘 알고 계셨다.

"네. 사실은 어제 헤어지자고 말할 생각으로 만났는데…… 뜻밖의 프러포즈를 받고……. 반지까지 받으면서 프러포즈받으니까, 마음이 막 흔들리는 거예요. 저 못됐죠? 결혼적령기의 여자는 너무 타산적으로 변하는 것 같아요."

자조를 섞으며 그렇게 말하자 미사오 님은 묘한 표정으로 고개를 저었다.

"그렇게 생각하지 않아. 결혼은 일생일대의 문제고, 오랫동안 사귄 상대라 서로 잘 알고 편할 거라는 생각도 들겠고……."

"……네."

어젯밤의 일을 생각하면서 나는 끄덕였다.

흔들리지 않을 거라 생각했던 이별의 결심을 뒤흔든 건, 료헤이의 진지한 말 한마디였다. 그로부터 나는 료헤이의 프러포즈와 리쿠 님을 향한 마음 사이에서 심하게 갈등하며 명백한 답을 내지 못하고 있었다.

생각에 잠겼던 나는, 복잡한 표정의 미사오 님이 보고 있음을 깨닫고 얼른 자세를 가다듬었다.

"앗, 죄송합니다. 또 멍하게 있어서……."

"……아니, 그건 괜찮은데……."

그렇게 말하면서도 미사오 님의 표정은 왠지 쓸쓸해 보였다.

"일생이 달린 문제니까 잘 생각하렴. 나는 치나미 씨가 행복해졌으면 하니까."

아직 근무한 지 5개월밖에 되지 않는 나를 이렇게 친밀하게 생각해 주는 미사오 님의 배려에 나도 모르게 눈물이 나올 뻔했다.

"……네, 감사합니다."

쏟아지려는 눈물을 참으며 나는 깊이 고개를 숙였다.

✳❋✳

그날 저녁, 미사오의 방에 리쿠가 찾아왔다. 자리에 누워 있던 미사오는 리쿠가 들어오는 것과 동시에 윗몸을 일으켰다.

"어디 아파?"

"……그런 건 아니에요. 생각할 게 있어서 집중했더니 어지러워져서……."

"괜찮아?"

아무래도 리쿠는 아무것도 모르는 모양이었다. 그게 안타까워서 미사오는 한숨을 쉬었다.

"네가 좀 더 적극적인 애라면 좋았으련만……."

"응?"

가엾어하는 말투에 리쿠는 눈살을 찌푸렸다.

"뭐예요, 갑자기."

기분이 상한 말투로 대답한 리쿠에게 미사오는 힐끔 시선을 던졌다.

"너, 치나미 씨를 좋아하는 거 아니니?"

갑작스러운 미사오의 말에 리쿠는 어안이 벙벙했다. 그리고 그의 얼굴은 금세 빨갛게 달아올랐다.

"……도, 도대체 뭐, 뭐예요. 갑자기!"

"갑자기가 아냐. 예전부터 알고 있었어."

"그, 그렇다 쳐도…… 왜 지금 그걸……."

중학생같이 반응하며 목소리 톤을 높이는 리쿠를 보며 미사오는 약간 짜증이 난 듯이 입을 열었다.

"치나미 씨, 어제 남자친구한테 프러포즈받았단다!"

"……네?"

"반지까지 받고, 지금 너무 혼란스럽다고……."

미사오는 여기서 말을 멈췄다. 말을 끝내기 전에 리쿠가 일어섰기 때문이다.

"리, 리쿠……?"

미사오가 불렀을 때, 이미 리쿠는 방에서 뛰쳐나간 후였다.

리쿠의 이렇게 적극적인 모습은 이제껏 본 적이 없었다. 미사오는 리쿠가 얼마나 깊이 치나미를 사랑하는지를 깨달았다.

"파이팅, 리쿠!"

미사오는 기도하듯 양손을 마주 잡고 활짝 열린 미닫이문을 향해 외쳤다.

✳❄✳

근무를 마치고 이가라시 저택의 대문을 나선 나는 새빨갛게 물든 하늘을 보며 눈을 가늘게 떴다. 태양은 금세 바다에 잠길 것 같았고, 바다도 주홍색으로 빛났다. 날이 길어졌다는 건 봄이 가까워졌다는 증거다.

언덕길을 내려가면서 나는 1년 전의 일을 생각했다. 겨우 1년 동안에 내 환경은 크게 변했다. 그때는 그저 희미한 동경심 같았던 그 사람에 대한 마음도…….

"치나미 씨!"

뒤에서 크게 부르는 소리에 놀라 돌아보니, 리쿠 님이 언덕길을 달려오는 게 보였다.

마침 리쿠 님을 생각하던 차라 나는 적잖이 당황했다. 리쿠 님은 금세 내 앞까지 다가왔다. 그리고 마치 놓치지 않겠다는 듯이 내 손목을 꽉 잡았다.

"……하아 ……하아."

얼마나 전속력으로 달렸는지, 리쿠 님의 호흡이 가빴다. 무릎에 손을 댄 채 허리를 굽히고, 고개를 숙여 호흡을 고르고 있었다.

잠시 후, 리쿠 님은 천천히 고개를 들어 내 얼굴을 쳐다봤다.

"……프러포즈받았다는 게, 정말인가요?"

그 순간, 어떻게 알고 있나 싶었지만, 곧 미사오 님의 얼굴이 떠올랐다. 굳이 당부하지 않아도 리쿠 님에게 이야기할 리는 없다고 생각했었는데…….

"정말인가요?"

손목을 잡은 손을 놓고 리쿠 님은 내 어깨에 양손을 올렸다. 바로 눈앞에서 옅은 갈색의 눈동자와 마주쳐, 나는 순간 숨이 멎었다.

"그, 그게……."

"혼란스럽다니 무슨 말이에요? 결단 지을 거라고 했잖아요!"

처음에는 놀라서 어리둥절했지만, 책망하는 듯한 말에 분노를 느꼈다.

신년회 때도 료헤이와 함께하던 걸 추궁당하며, 도저히 이해할 수 없는 짓을 당했다. 이런 일이 거듭되면, 혹시라도 나를 좋아하는 게 아닐까 하는 착각을 하게 돼 버린다.

심하게 짜증이 난 나는 리쿠 님을 쏘아봤다.

"저는, 리쿠 님에게 무슨 존재인가요?!"

강하게 말하자 리쿠 님의 말문이 막혔다.

"리쿠 님은, 30대 직전의 여자의 심정이 얼마나 복잡한 건지 모를 거예요!"

"······."

"다른 친구들은 모두 결혼해 버리고, 혼자 남겨지는 듯한 이 심정, 이해되시나요?"

"그렇다고, 남자친구를 용서할 건가요? 배신당하고, 정서불안이 될 정도로 당신을 상처를 입혔잖아요!"

가장 언급하지 말았으면 했던 부분을 규탄당해서, 나는 할 말을 잃었다.

그런 건 리쿠 님이 말하지 않아도 잘 알고 있다. 그래도 미처 버리지 못한 정이 있으니까 지금껏 고뇌해 왔던 것이다.

"단 한 번의 배신만으로 모든 것을 끊겠다고 결단하는 건 쉽지 않다구요!"

서서히 흥분하며 눈물을 글썽이는 나를 보자, 진정시키려는 건지 내 어깨를 잡은 리쿠 님의 손에 힘이 들어갔다.

"진정해요, 치나미 씨."

"······싫어!"

"치나미 씨······."

리쿠 님의 양손으로 힘껏 밀려 나는 뒤에 있던 담벼락에 세차게 등을 맞붙였다. 놀라서 고개를 든 순간, 내 입술은 리쿠 님의 입술로 세게 덮였다.

넥타이 너머로만 느꼈던 그 입술이 직접 닿아서 나의 사고능력은 완전히 정지해 버렸다.

키스만으로 이렇게 머릿속이 짜릿해질 수 있다는 건 미처 몰랐다. 몸도 마음도 영혼까지도, 전부 리쿠 님에게 빼앗기는 것 같아서, 나는 다리에 힘을 주며 리쿠 님을 밀어냈다.

"……!"

허를 찔렸는지 리쿠 님은 뒷걸음질 쳤다.

정신을 차려 보니, 내 눈에서는 눈물이 방울방울 떨어지고 있었다.

"치, 치나……."

"촌뜨기라고 갖고 놀지 말아요!"

내던지듯 그렇게 말하고 나는 어느새 떨어졌던 가방을 낚아채고 도망치듯이 달려갔다.

리쿠 님이 쫓아오는 낌새를 느껴서 나는 달리면서 뒤돌아봤다.

"따라오지 말아요!"

거센 거절의 말을 던지자 리쿠 님은 문득 멈춰 섰다.

"치나미 씨……!"라고 부르는 소리가 들렸지만 나는 멈추지 않고 그대로 전속력으로 언덕길을 내려갔다.

✳❊✳

"그렇군……."

턱을 괴며 케이코는 한숨 섞인 목소리를 냈다.

내가 울먹이며 전화하자 황급히 〈쿠니우미〉까지 달려와 준 것

256

이다.

"프러포즈…… 라. 료헤이도 비장의 카드를 꺼내 드셨구먼?"

"……응."

"그리고, 그걸 안 리쿠 님이 무슨 이유인지 치나미에게 키스를 했다, 라……."

"……."

나는 거기서 입을 다물었지만, 케이코는 흐음 하며 긴 맞장구를 쳤다.

"왠지 연애 드라마 같아."

"장난하지 마."

내가 가볍게 노려보자 케이코는 장난스럽게 어깨를 움츠렸다.

잠시 침묵이 흐르고, 주변 손님들의 화기애애한 대화들이 귀에 들어온다. 그러다가 케이코가 문득 입을 열었다.

"그래서 어떻게 할 거야? 나는 듣기만 할 뿐, 답을 내는 건 치나미의 몫이야."

"……응, 알고 있어……."

나는 맥주잔을 바라봤다. 케이코도 입을 다물었고 또다시 긴 침묵이 흘렀다.

"프러포즈, 거절할래."

침묵을 깬 그 말에 케이코는 흠칫 놀라며 나를 봤다. 나는 고개를 숙인 채 눈물을 참으려고 입술을 깨물었다.

"그래. ……그렇군."

"머릿속으로는 알고 있어. 료헤이랑 이대로 결혼하면 편할 거라고. 하지만……."

거기서 내 뺨에 눈물이 흘렀다. 케이코는 말없이 나를 바라봤다.

"리쿠 님이 좋아……."

쥐어짜듯이 말하고 나서 나는 덥석 양손으로 얼굴을 감쌌다.

"왜 그렇게 고민했을까 하는 생각이 들 정도로, 한 번 키스했을 뿐인데 리쿠 님 생각으로 가득 찼고…… 리쿠 님이 너무 좋아서 어쩔 줄 모르겠어. 이런 마음을 품은 채로 료헤이랑 결혼할 수는 없어……."

잠깐 멈추려던 눈물이, 다시 끝없이 쏟아져 나왔다.

"이루어질 리 없다고 생각하는데도, 이젠 나도 어떻게 할 수 없을 정도로 리쿠 님이 좋으니까……."

"……응."

"료헤이의 프러포즈를 거절하는 것보다, 내 마음을 속이는 게 나중에 반드시 후회할 일이 될 거라고 생각하니까……."

"잘 생각했어. ……장하다, 치나미."

격려하는 케이코의 말에 내 눈물샘은 완전히 붕괴돼 버렸다.

그로부터 눈물이 멈출 때까지, 케이코는 말없이 내 머리를 계속 쓰다듬어 주었다.

✳❅✳

9시가 조금 지나서 우리는 〈쿠니우미〉에서 나왔다.

"내일 료헤이에게 반지 돌려줄래."

"뭐?! 너무 서두르는 거 아냐?"

"얼른 결단 짓고 싶고, 게다가 시간을 두면 또 여러 생각이 날 것 같으니까."

"그렇구나……. 정 힘들면 언제든 전화해 줘."

"고마워……."

"그럼 조심해서 들어가."

"응. 케이도 얘기 들어 줘서 고마워."

마지막에 미소를 보이자 케이코는 안도의 표정을 지었다. 그리고 기합을 주려는 듯 내 허리를 딱 치고는 웃으며 손을 흔들었다. 자전거를 밀며 돌아가는 그 뒷모습을 나는 말없이 지켜봤다.

케이코의 모습이 사라진 후, 나도 집에 가기 위해 발을 내디뎠다. 그때 귓가에 들린 파도 소리에 발걸음을 멈췄다. 파도 소리를 들으니 갑자기 바다를 보고 싶은 기분이 들어서 나는 해안가로 향했다.

약간 취해 있어서, 나는 조심스럽게 계단을 한 칸씩 내려갔다. 봄이 가까워졌다고는 하지만 아직 차가운 바닷바람이 거침없이 피부를 쏘아 댔다.

모래사장까지 내려오자 약간 떨어진 곳에 사람이 앉아 있는 게 보여서 나는 흠칫 멈췄다. 그 모습은 남성처럼 보였고, 무릎을 끌어안고 멍하니 도쿠시마 방향을 바라보고 있었다. 돌아갈까 망설이는데, 내 인기척을 느꼈는지 그 사람이 나를 돌아봤다.

"앗."

얼굴을 본 순간, 우리는 동시에 소리를 질렀다. 그 사람이 느릿느릿 일어섰다.

"……치나미 씨."

그 목소리는 분명히 리쿠 님의 목소리였다. 너무 놀라 나는 손에 든 가방을 떨어뜨렸다.

"리…… 리쿠 님……."

우리는 말없이 그저 서로를 바라보았다. 파도 소리와 바람 소리가 교차하며 시선을 마주치는 우리 사이에서 울려 퍼졌다.

설마 이런 곳에서 마주칠 거라 생각도 못 했기에 나는 크게 당황했다.

그렇지만 아까처럼 도망칠 수는 없다. 그럼에도 지금은 도저히 침착하게 얘기할 수 있는 상태가 아니었다. 리쿠 님도 상당히 놀란 듯, 눈에 보이게 당황하며 서 있었다.

잠시 서로 마주 보고 있었는데, 곧 리쿠 님이 세차게 꾸벅 고개를 숙였다.

"죄송합니다!"

갑작스러운 사과의 말에 나는 눈을 크게 떴다. 리쿠 님은 고개를 들고 미안해하는 표정을 지었다.

"흥분한 나머지 제정신을 잃고, 그런 난폭한 짓을 해서 죄송합니다. 그렇지 않아도 신년회 때 전과가 있는데……."

"……네……. 아……."

나는 빨라지는 심박을 억누르려는 듯 가슴에 손을 댔다.

이 분위기를 타서 아까 키스한 것에는 어떤 뜻이 있는지 물어보고 싶은 생각도 있었지만, 그것을 만류하는 내 자신도 존재했다.

나는 리쿠 님에게 어떤 태도를 취해야 할지, 완전히 알 수 없게 돼 버렸다.

주먹을 쥐고, 나는 아무렇지도 않은 척하며 가볍게 리쿠 님에게 미소를 던졌다.

"리쿠 님은 여기서 뭘 하고 계셨어요?"

"……네?"

일부러 키스에 대한 이야기를 언급하지 않자, 리쿠 님은 곤란해하는 표정을 지었다. 그러고는 뒤통수를 박박 긁었다.

"저는…… 그러니까…… 머리 좀 식히려고."

겸연쩍게 말하며 리쿠 님은 시선을 내리깔았다. 강한 바닷바람에 앞머리가 나부끼고, 평소에는 가려져 있던 리쿠 님의 이마가 드러났다. 좀 전에는 이 이마가 눈앞에 있었구나 하며 생각하던 중, 리쿠 님이 문득 고개를 들었다. 갑자기 시선이 얽혀 내 가슴은 크게 뛰었다.

✱❊✱

"치나미 씨는 왜 여기에?"

조심스레 묻자 이번에는 치나미 씨가 시선을 떨어뜨렸다.

"저는…… 아까까지 친구랑 술집에 있다가, 그냥 술 좀 깨려고 바닷바람 쐬러……."

눈물 자국이 남은 치나미 씨의 얼굴을 보고 나는 이상하게 불편함을 느꼈다.

"저, 저기…… 리쿠 님."

어색한 나머지 치나미 씨에게서 시선을 뗐지만, 그 순간에 이름을 불러 나는 황급히 시선을 되돌렸다.

"아, 아아, 네."

"……저기."

말하기가 꺼려지는 듯 시선을 이리저리 돌리던 치나미 씨는, 잠시 후 결의를 한 듯 똑바로 나를 쳐다봤다.

"내일 근무가 끝나면 남자친구에게 반지를 돌려주러 갈 거예요."

뜻밖의 말에 나는 마른침을 삼켰다.

"네? ……아니, 그렇다면……."

"헤어지겠다는 뜻이에요."

딱 잘라 말하더니 치나미 씨는 쓸쓸히 미소 지었다.

"사실은 어제, 헤어지자는 말을 하려고 남자친구랑 만났어요. 근데 뜻밖의 프러포즈를 받고, 반지까지 받고……. 완전히 당황해 버렸어요…… 근데."

"……."

"역시, 그를 향한 마음이 없다는 걸 오늘 잘 알았어요……."

바람에 나부끼는 머리카락을 누르면서 치나미 씨는 나를 쳐다보면서 끄덕였다.

"……그러니까, 남자친구랑 헤어지겠습니다."

치나미 씨가 쥐어짜듯 내보내는 말을, 나는 가슴 저리게 듣고 있었다.

단 한 번의 배신만으로 5년이라는 시간을 없던 것으로 만들 순 없다고, 30대 직전에 친구들이 하나둘 결혼하는 와중에 혼자 남겨지는 것 같아 초조해진다고 말했던 그녀가 헤어질 결심을 했다는 것은 엄청난 노력의 결과라고 생각하니, 나는 뭐라 형언할 수 없는 기분에 사로잡혔다.

조용히 한숨을 쉬고 나는 치나미 씨에게 살짝 미소를 지었다.

"그 말 듣고, 약간 안심했어요."

"……."

"오랫동안, 정말 오랫동안 마음에 걸렸었으니까. 보고해 줘서 감사합니다."

그렇게 말하자 치나미 씨는 약간 표정을 일그러뜨리고, 입술을 깨물며 고개를 숙여 버렸다.

그 표정을 어떻게 해석해야 할지 몰라, 나는 말없이 그녀를 바라봤다.

바다에서 불어오는 강한 바람이, 그녀의 머리카락과 코트, 그리고 머플러까지도 심하게 뒤흔든다. 왜소한 그녀의 몸이 어디론가 날아가 버릴 것만 같아서 나는 엉겁결에 손을 뻗어 치나미 씨의 손목을 잡았다.

"추우니까 이제 가요. 바래다줄게요."

"……네."

하지만 치나미 씨는 복잡한 표정으로 나를 보고 있었다. 아까의 일로 경계하는 것일지도 모르겠다는 생각에 나는 부드럽게 웃어 보였다.

"걱정하지 않아도 괜찮아요. 치나미 씨에게 손가락 하나 대지 않을 테니까요."

그러면서도 치나미 씨의 손목을 아직 잡고 있다는 것을 깨달은 나는 허겁지겁 손을 떼고 양손을 드는 포즈를 취했다. 그 모습을 보고 치나미 씨는 큭큭 웃었다.

"그럼 잘 부탁드립니다."

"……네."

치나미 씨가 미소를 보여 줘서 안심이 된 나는 한숨을 쉬면서 옷에 묻은 모래를 털었다.

그리고 파도 소리를 등지고 우리는 지방 도로를 따라 걷기 시작했다.

✳ ❉ ✳

다음 날.

오늘밤에 만나서 얘기하고 싶다고 갑자기 메일을 보냈는데도 불구하고 료헤이는 곧바로 알겠다는 답장을 보내왔다.

약속 시간까지는 아직 일렀지만 집에 있어도 왠지 불안해서 나는 집을 나서기로 했다.

약속 장소는, 프러포즈를 받은 그 공원.

우리의 관계가 시작된 곳에서, 이번에야말로 모든 것을 끝낼 생각이었으니까.

밤이 됐는데도 입김이 하얗게 보인다. 공원까지 가는 길을 내려가면서 나는 이상한 기분에 젖어 있었다. 그렇게 망설였는데, 일단 결심하고 나니 놀라울 정도로 마음이 가벼워졌다. 약간의 긴장감은 있었지만 불안이나 애석함 같은 감정은 느껴지지 않았다.

공원에 들어선 순간 나는 멈춰 섰다. 약속 시간까지 20분이나 남았는데 료헤이가 벤치에 앉아 있다.

천천히 료헤이 쪽으로 걸어가자 그는 축 늘어뜨린 고개를 들고 내게 시선을 돌렸다.

"⋯⋯뭐야. ⋯⋯일찍 왔네."

"너야말로, 수상한걸? 약속 시간보다 빨리 온 적이 한 번도 없었는데."

약간 비꼬면서 말하자 료헤이는 쓴웃음을 지었다.

"⋯⋯하하. 맞다."

그 말에 어깨를 움츠리며 나는 료헤이 옆에 앉았다.

"밥 먹고 왔어?"

"아니. ……도저히 밥 생각이 안 나더라고."

"……그래."

"치나미는?"

"나도 안 먹었어."

"그래……."

서로 본론에 들어가지 못해 어색한 대화가 이어졌다. 우리는 나란히 앞을 바라봤다.

잠시 후, 긴장감을 못 이겼는지 료헤이가 무거운 입을 열었다.

"답은 냈어?"

"……응."

나는 앞을 바라본 채 작게 끄덕였다.

나는 옆에 둔 가방에 손을 넣었고, 반지 상자를 꺼내는 것을 본 료헤이는 눈을 부릅떴다.

"오늘은 이거…… 돌려주러 왔어."

료헤이는 건네진 반지 상자를 보고, 천천히 내게 시선을 옮겼다. 그 애틋한 눈동자에 가슴이 조여지는 느낌을 받았지만, 나는 그것을 뿌리치듯 정면으로 그의 시선을 맞받았다.

"나, 지금 아주 좋아하는 사람 있어."

"……."

"그래서 료헤이랑 결혼 못 해."

그렇게 말하자 순간 료헤이의 눈동자가 크게 흔들렸다. 하지만 곧 그 눈에 체념의 빛이 감돌았다. 아마 이미 각오했던 것이리라.

"미안해."

료헤이는 내가 건넨 반지 상자에 힘없이 손을 뻗었다.

"치나미가 미안해할 것 없어."

료헤이는 부드럽게 말하면서 상자째 내 손을 사뿐히 감쌌다. 그 손길은 이제까지 느껴 본 것 중에 가장 부드럽고, 그러면서도 뭔가를 아쉬워하는 듯 억셌다.

"치나미는 아무런 잘못 없어……. 가장 중요한 시기에, 지탱해 주진 못할망정 배신하고 상처를 주고, 마지막까지 발악하며 고심하게 만들고…… 정말 미안."

마지막 말은 떨리는 목소리였다. 료헤이는 고개 숙이면서 감싼 손에 힘을 주었다. 그 따스함에 나는 눈물이 쏟아져 나왔다.

"그렇지 않아. 프러포즈는 정말 기뻤고, 료헤이가 나를 얼마나 생각해 주는지 잘 알았어."

"……."

"마음도 엄청 흔들렸고, 진심으로 료헤이랑 결혼할까 고민도 했어."

료헤이는 고개 숙인 채 말없이 듣고 있었다.

"……하지만, 미안. 내 자신을 속일 수는 없었어……."

그렇게 말한 순간, 마치 실이 끊어진 듯이 료헤이의 손이 떨어졌다.

"……그렇구나." 하며 료헤이는 힘없이 중얼거렸다.

우리는 말도 없이 한동안 그저 마주 앉아 있었다. 그러다가 료헤이가 후욱 숨을 내쉬더니, 작게 미소 지으면서 고개를 들었다.

"하는 수 없지. ……전부 내 잘못이니까."

그러면서 료헤이는 마음을 접으려는 듯이 반지 상자를 코트 주머니에 넣는다. 그러고선 긴장이 풀렸는지 천천히 벤치 등받이에 몸을 기댄다.

"좋아하는 사람이란 게, 그놈이야? 이가라시 가문의?"

나는 말없이 끄덕였다. 그것을 본 료헤이는 깊은 한숨을 쉬면서 하늘을 우러러본다.

"뭐, 알고 있었어."

그리고 료헤이는 꽤 오랜 시간 하늘을 바라보고 있었다. 그런 후 내게 시선을 옮겨 쓴웃음을 지으면서 입을 열었다.

"저기 말이야, 이런 말 믿어 주지 않겠지만. 바람피운 건 그때 딱 한 번뿐이야. 그것만은 하늘에 맹세할 수 있어. 그 딱 한 번을, 치나미에게 들켜 버렸어. 그건 그러니까, 나 같은 놈은 치나미에게 어울리지 않는다는 하늘의 계시일지도 모르지……."

그러면서 료헤이는 자조하듯 웃었다.

"아마 치나미의 운명의 상대는 내가 아닌 거야. 그렇다고 그 이가라시네 도련님이 그 상대인지 아닌지는 모르지만."

그 밝은 목소리에 오히려 내 가슴이 저려 왔다.

"료헤이에게도, 있을 거야. 운명의 상대."

그러자 료헤이는 형언할 수 없는 표정을 지었다. 애절하게 웃고, 내게서 시선을 뗐다.

"그게 치나미일 거라고, 계속 믿었었는데……."

혼잣말처럼 중얼거린 후, 료헤이는 주먹을 불끈 쥐고 입술을 깨물었다. 하지만 곧 미소를 지으며 머리를 난폭하게 팍팍 긁었다.

"아, 안 돼. 이러면 나 남자답지 않잖아! 딱 거절당했는데 말이야."

마른 웃음소리를 내며 료헤이는 힘차게 벤치에서 일어섰다. 그리고 과거와 결별한 듯한 미소로 내게 오른손을 내밀었다.

"잘 있어, 치나미."

나는 내민 손을 꼭 맞잡았다. 그리고 똑같이 벤치에서 일어서서 료헤이와 마주 봤다.

"료헤이도 잘 있어. 일 열심히 하고."

"그래. 치나미도 열심히 해."

"……고마워."

"할머니께 안부 전해 줘."

"……응."

배신당한 건 사실이지만, 지난 5년 동안 행복했었다는 것 또한 사실이다. 그게 여기서 정말 끝나 버릴 거라고 생각하니, 슬픔인지 쓸쓸함인지 분간이 안 되는 눈물이 흘러나왔다.

료헤이가 모든 것과 결별하듯이 내게서 손을 떼자, 그 따스함이 서서히 손바닥에서 식어 갔고, 내 가슴에는 말로 표현할 수 없는 감정이 감돌았다.

"……그럼."

"응."

"먼저 가. ……나, 지켜볼 테니까."

나는 작게 끄덕였고, 마지막으로 다시 한 번 료헤이의 얼굴을 쳐다봤다. 마지막으로 뭔가 말을 남기려 했지만, 결국 아무런 말도 떠오르지 않았다. 나는 눈을 감고 결심한 듯 발길을 돌렸다.

등에 꽂혀 오는 료헤이의 시선을 느낄 수 있었다. 몇 번이나 돌아보고 싶은 충동을 느꼈고, 그때마다 스스로를 채찍질했다.

료헤이와 사귄 5년간은 결코 헛되지 않았다. 그것을 증명하기 위해서도, 반드시 행복해져야 한다고 굳게 다짐하면서, 나는 한 번도 뒤돌아보지 않고 공원을 뒤로했다.

16.

눈 녹을 무렵

발밑에서 올라오는 추위를 느낀 나는 스르르 눈을 떴다. 머리맡의 자명종을 보니 8시를 가리키고 있다.

오늘은 모처럼 휴일이라 좀 더 자고 싶었지만, 너무 추워서 다시 자는 걸 포기하고 몸을 일으켰다. 가볍게 한숨을 쉬고 곧바로 옆의 커튼을 걷었다.

"……어머, 눈이 내렸네?"

봄이 오히려 멀어진 듯 마당에는 눈이 소복이 쌓여 있었다.

나는 옷을 갈아입고 거실 창가에 앉아 멍하니 마당을 바라봤다. 성묘하러 간 그날만큼 많이 내리지 않았지만, 붉은 애기동백꽃에도 살짝 눈이 쌓여 있다.

이 차가운 광경을 보고 있노라니 마음속까지 차가워지는 것 같았다.

최소한 몸만이라도 따뜻하게 하려고 난로를 켜려던 순간, 탁자 위의 휴대폰이 울렸다. 그것을 손에 들고 액정 화면에 나타난 번호를 본 나는 이맛살을 찌푸렸다.

그 번호는 나를 해고한 토산품점의 번호였다. 이제 와서 무슨 일일까 생각하면서 통화 버튼을 눌렀다.

"네, 여보세요."

─여보세요? 에자키 씨?

귀에 익은 남자 목소리를 들은 순간 당황했고, 무심코 휴대폰을 쥔 손에 힘이 들어간다. 그 목소리는 다름 아닌 토산품점 점장님의 목소리였다.

"……저, 점장님이세요?"

─응. 오랜만이네, 에자키 씨.

"아, 아아. 네, 오랜만입니다."

무의식중에 바로 앉은 나는 상대방이 보지 못하는데도 그 자리에서 가볍게 고개를 숙였다.

─미안. 갑자기 전화해서. 지금 잠깐 통화 괜찮아?

"네? ……아, 네. 괜찮습니다만."

그러자 점장님은 왠지 조심스러운 말투로 말을 꺼냈다.

─그게…… 다카세 씨에게 들었는데, 지금은 이가라시 선생님 댁에서 일한다면서?

"……네. 그렇습니다만."

─거기선 정직원으로 일하는 건가?

"아, 아뇨. 파트타임입니다."

의아해하면서도 질문에 솔직히 대답했다.

"근데…… 왜 물어보시는지요?"

—아, 그게 좀 급한 얘긴데…….

"……?"

—에자키 씨, 이노우에[井上] 종합병원에서 정직원으로 일할 생각 없나요?

전혀 예상치 못한 점장님 말에 나는 어안이 벙벙했다.

이노우에 종합병원은 할머니가 입원 중인 병원. 거기서 정직원으로 일한다고……?

"……네?"

—아아, 미안. 순서대로 얘기해 줄게.

내 반응을 듣고 점장님은 쓴웃음을 냈다.

—전에 말했지? 우리 조카가 취직 실패했다고.

"……네."

—그때 우리 형의 부탁을 받고 나도 여기저기 수소문하면서 취업시키려 했는데, 그때 부탁한 사람 중 한 사람이 이노우에 종합병원 사무장이었어. 그때는 빈자리가 없어서 거절당했는데, 지금이라면 채용해 준대.

거기까지 듣고 어렴풋이 이야기의 흐름이 파악됐다.

—에자키 씨 생각이 번뜩 떠오르더라고. 그렇게 해고해서 미안했고, 에자키 씨라면 오랫동안 서비스직을 해 왔으니 잘할 거란

생각도 들었고.

"······."

—게다가 할머니가 입원하는 병원이라면 안심일 테고······.

해고당했을 때는 솔직히 점장님을 원망했지만, 해고한 후에도 이렇게 생각해 주고 있었다는 것을 알자 갑자기 가슴이 뭉클해졌다.

"점장님······."

—근데 이게 좀 급한 얘기라서, 20일 자로 그 사람이 그만두는데 21일부터 나와 달라는 거야.

"······네?"

무심코 나는 달력에 시선을 옮겼다. 21일까지는 보름도 채 안 남았다.

"정말 급하네요······."

—그렇지. 헌데 좋은 기회니까 일단 만나 보는 건 어때?

"그러네요······."

—오늘 할머니 병문안 갈 거라면, 사무장에게 들러 봐. 내가 연락해 둘게.

점장님 말대로 이건 정말 좋은 기회였다. 긴 안목으로 보면 파트타임보다 정직원이 당연히 유리하고, 무엇보다 항상 할머니 곁에 있을 수 있다는 게 든든했다. 예전처럼 할머니 상태가 급변해도 바로 달려갈 수 있다. 하지만, 그렇게 되면······.

—······에자키 씨?

"아, 죄송합니다……."

–아냐. 갑작스럽기도 해서 심란할 거야.

"저…… 그럼 오늘 만나 보기만 해도 괜찮을까요?"

–아, 물론이지. 그럼 연락해 둘게. 몇 시쯤이면 좋을까?

"그럼 2시로 부탁드려요."

–알았어. 그럼.

"아, 네. 감사합니다."

점장님은 이제까지 내게 미안한 감정을 가지고 있었고, 이걸로 그 감정에 종지부를 찍을 수 있을 거라 생각했는지도 모른다.

휴대폰을 놓고 나는 침대에 기대어 천장을 바라봤다.

료헤이와 헤어지고 새로운 한 발을 내디디려 하고 있는 지금이, 그야말로 인생의 갈림길일지도 모르겠다는 생각이 들었다.

나는 눈을 감고 깊은 한숨을 쉬었다.

✳❄✳

"……하아."

목욕탕에서 나와 수건으로 머리카락을 닦으면서 나는 크게 숨을 몰아쉬었다.

오늘 병원 사무장과 근무에 대해 얘기를 나눠 봤지만, 나는 아직 결단을 내리지 못하고 있었다. 아주 좋은 기회임에는 틀림이 없다. 하지만 여전히 이가라시 저택의 일이 마음에 걸렸다.

이가라시 가문에 이 일을 말하면 아마 응원해 줄 것이다. 하지만 이렇게 어중간하게 그만두다니……. 게다가 리쿠 님과 떨어지고 싶지 않았다.

코타츠 앞에 쪼그려 앉아 양손으로 얼굴을 덮고 웅크리면서 갈등하는 와중에, 오래된 전화기가 요란스럽게 울려 나는 깜짝 놀랐다.

이미 시간은 9시경. 시간이 시간이다 보니 병원에서 온 전화일지도 모른다. 또 할머니에게 무슨 일이 있는 게 아닐까 하는 생각에 서둘러 수화기를 들었다.

"여보세요? 에자키입니다."

—……여보세요? 이가라시입니다.

"리, 리쿠 님……."

—미안합니다, 늦은 시간에…….

리쿠 님의 기어들어 가는 목소리에 나는 웃음이 새어 나왔다. 역시 솔직한 사람이다.

"전혀 늦은 시간이 아니에요."

—그런가요?

"네. ……무슨 급한 일이라도?"

어제부터 여러 일을 겪은 탓인지, 리쿠 님의 목소리가 묘하게 사랑스럽게 느껴져서 왠지 눈물이 나올 것 같았다. 딱 하루 얼굴을 안 봤을 뿐인데…….

—아니, 그게…… 남자친구랑 어떻게 됐는지, 너무 궁금해서…….

내 가슴이 가쁘게 뛴다.

-내일이 되면 얘기해 주실 거라 생각했는데, 안절부절못해서…… 앞으로 몇 시간이면 되는데 그게 참을 수가 없어서…….

"……리쿠 님."

-지금까지 계속 참았는데…… 저도 모르게 전화하고 말았네요.

나는 너무나 기쁜 나머지 눈가에 맺힌 눈물을 손으로 닦았다.

"죄송합니다. 항상 심려를 끼쳐서."

-……아뇨.

"하지만 괜찮아요. 어제 반지를 돌려주고 제대로 헤어지고 왔어요."

그렇게 말하자 수화기 너머가 순간 잠잠하다 곧 무거운 목소리가 들려왔다.

-그렇……군요.

"네."

거기서 오랜 침묵이 흘렀다. 보이지 않지만 리쿠 님의 당혹해하는 모습이 눈에 선하다.

-치나미 씨.

잠시 후, 리쿠 님의 목소리가 들렸다. 조금 전의 머뭇거림은 사라지고, 이번엔 당당하고 힘이 있었다.

-지금 만나러 가도 될까요?

놀란 나는 그 자리에서 몸을 움찔 떨었다.

"네? 네. 하지만, 저기⋯⋯."

─사실은 목소리만 들으려 했는데, 목소리를 들으니까 만나고 싶어져서요.

"아니. 근데 저, 저는 목욕도 했고 잠옷도 입었고, 화장도 다 지웠고⋯⋯."

─얼굴만 보고 갈게요.

"⋯⋯."

─⋯⋯안 될까요?

절실한 그 목소리에 내 마음이 크게 흔들렸다.

지금 리쿠 님의 얼굴을 보면 거기서 그치지 않을 것 같은 예감이 들었다. 아마 나는 리쿠 님에게 기대고 말 것이다. 달라붙을지도 모른다. 하지만⋯⋯ 만나고 싶다. 그 마음을 억누를 수는 없을 것 같았다.

나는 눈물을 닦으며 마음을 다잡고 입을 열었다.

"⋯⋯네. ⋯⋯기다리겠습니다."

그 말이 떨어지기가 무섭게 덜컥 하며 의자에서 일어선 것 같은 소리가 들렸다.

─곧 가겠습니다!

다음 순간, 이미 전화는 끊긴 후였다.

다리가 풀려, 나는 그 자리에 힘없이 주저앉았다. 두근두근, 널뛰기하는 심장을 억지로 억눌렀다. 그리고 심호흡을 거듭하며 어떻게든 마음을 진정시키려 했다.

경솔하게 보일지 모르겠지만, 지금 나는 리쿠 님과 만나고 싶어 견딜 수가 없었다.

이제까지 이성적으로만 생각하다가 꽁무니를 빼곤 했다. 이따금씩은 본능적으로 행동을 해도 손해 볼 일은 없지 않을까……?

✱❋✱

딩동, 울린 초인종에 나는 몸을 떨었다. 이래저래 생각하는 사이에 리쿠 님이 도착한 모양이었다.

황급히 일어나 옆에 말아 뒀던 숄을 아무렇게나 어깨에 걸치고 현관으로 향했다. 불투명한 유리문 너머로 리쿠 님의 실루엣이 보여서 내 가슴은 다시 크게 뛰었다. 누가 왔는지 분명해서 이름을 묻지 않고 현관 키를 풀었다.

갑자기 문이 열려서 놀랐는지, 눈을 크게 뜬 리쿠 님의 모습이 시야에 들어왔다.

"……."

잠시 동안 우리는 말없이 서로 마주 보았다.

입술을 깨물며 눈물을 참자, 리쿠 님이 들어와 손을 뒤로 해서 조용히 문을 닫았다.

"안녕하세요."

"……아, 안녕하세요."

어색한 인사를 나누며 우리는 겨우 미소를 되찾았다. 리쿠 님

은 입가에 미소를 띠며 나를 쳐다본다. 그 뜨거운 시선이 부끄러
워서 숄로 몸을 휘감았다.

"아, 저기, 죄송해요. 이런 옷차림으로……."

"아니에요. 저도 갑자기 찾아간다고 해서……."

"그건 저…… 저도 기뻤어요……."

이야기하면서도 얼굴이 달아오르는 것을 느꼈고, 나는 무심코
리쿠 님에게서 시선을 떼고 고개를 숙였다. 리쿠 님은 약간 무릎
을 구부려서 내 얼굴을 들여다봤다.

얼굴을 붉히며 머뭇거리는 나를 보고 리쿠 님은 씩 웃었다.

그 얼굴을 본 내 머릿속에서, 이미 망설임은 사라지고 없었다.

"아, 저기…… 들어오세요."

"……네?"

리쿠 님은 눈을 크게 뜨고 곧바로 손을 저었다.

"아뇨. 얼굴만 보러 왔으니까 이제 갈게요. 안심했어요."

나는 손을 뻗어 그의 코트 자락을 잡았다. 리쿠 님은 말없이 그
손을 내려다봤다.

"눈, 아직도 내리죠?"

"예? ……아, 네."

"눈이 내리는데도 이렇게 와 주셨는데 그대로 보낼 수는 없어
요. 따뜻한 차를 준비할 테니까 드시고 가세요."

잡은 코트 자락은 차가웠고 리쿠 님의 머리카락에는 살짝 눈이
묻어 있었다. 그것을 보기만 해도 가슴이 뭉클해서, 이대로 헤어

지는 건 너무 아쉬웠다.

"……아 ……저기."

당혹하는 목소리에 고개를 들어 보니, 리쿠 님은 곤란해하는 표정으로 머리를 긁고 있었다. 나는 옷자락을 잡은 손에 힘을 주어, 보내고 싶지 않은 심정을 표현했다. 호소하는 내 눈초리를 보고 리쿠 님은 일단 눈을 감았다.

"그럼…… 잠깐만 있다 갈게요."

그걸 듣고 나는 미소 지었고 리쿠 님에게서 손을 떼고 현관 귀틀에 올라섰다.

"……그럼 들어오세요."

"실례하겠습니다."

리쿠 님은 정중하게 고개를 숙이고 나서 신발을 벗었다.

✻❋✻

소강상태이긴 해도 아직 눈은 내리고 있었다. 마당에 얇게 쌓인 눈이 거실 불빛을 희미하게 반사하고 있었다. 눈 내리는 밤의 고요함은 왠지 서글프게 느껴졌다.

"드세요."

"아, 감사합니다. 잘 먹겠습니다."

차를 놓은 치나미 씨의 화장기 없는 뺨이 엷게 상기된 것을 나는 훈훈한 마음으로 바라봤다.

"오늘은 하루 종일 눈이 내렸네요."

"네, 그러네요."

"오늘도 병원에 다녀오셨나요?"라고 묻자, "······네? ······아, 네."라고 치나미 씨는 몹시 애매한 대답을 했다.

나는 왠지 불안해졌다.

"······괜찮으세요?"

"네?"

"피곤한 거 아닌가요?"

"괜찮아요. 어제 헤어진 순간엔 많이 울었지만, 집에 온 이후로는 신기할 정도로 눈물이 나지 않아서······."

쓴웃음을 지으며 말하는 치나미 씨는 아직 물기를 머금은 머리카락을 귀 뒤로 쓸어 넘겼다.

"슬프다거나, 쓸쓸하다거나, 그런 감정은 물론 있었지만. 뭐랄까, 어제는 그저 허무해져서······."

치나미 씨는 양손으로 가만히 심장 위를 감쌌다.

"여기에 구멍이 뻥 뚫린 것 같아서, 남자친구와 지낸 5년간은 대체 무엇이었을까라고 생각하니까 너무······."

웃으면서 이야기하던 치나미 씨의 눈에서, 아무런 예고 없이 갑자기 눈물이 쏟아졌다.

"······아? ······어, 어머."

그녀 스스로도 놀랐는지 황급히 눈가를 닦았다.

"죄송합니다, 정말로. 저, 시, 신경 쓰지 마세요."

"……치나미 씨."

나는 부드럽게 치나미 씨의 손을 잡고 미소 지었다.

"이해해요. 슬프다기보다는, 허무하게 다가오는 느낌. ……나도 그랬으니까요."

"……."

"눈물이 자기 의사와는 관계없이 나온다면, 그건 마음이 울고 싶어 하는 거예요. 그러니까 그것을 억지로 참을 필요는 없어요."

눈물 젖은 눈으로 치나미 씨는 빤히 나를 쳐다봤다. 나는 미소를 지으며 작게 끄덕였다.

"시간이 지나면 저절로 멈춰요. 나는 언제까지나 기다릴 테니, 마음껏 울고 또 울고, 가슴에 담아 둔 것이 있다면 토해 내세요."

거기까지 말하자 치나미 씨는 매달리듯이 내 팔에 이마를 댔다. 눈물샘이 개방된 것처럼 눈물이 방울지며 떨어지고 다다미에 스며들어 갔다.

"이런 생각을 하는 제 자신이 너무 싫지만, 3년쯤 전부터 남자친구와의 결혼을 의식하게 됐고, 언젠가는 남자친구와 결혼할 거라고, 바람피우기 전까진 쭉 그렇게 생각했는데……."

"……."

"그게 어제로 모두 사라져 버리고……. 그랬더니 남자친구랑 사귀었던 5년간이 무슨 의미가 있었나 싶었고……."

치나미 씨는 말을 계속 이어 갔다.

"계산하면서 사귄 것도 아니고 결혼이라는 결과가 전부는 아니라는 건 알고 있어요. ……하지만 역시 여자로서 가장 좋은 시기를 헛되이 보낸 게 아닌가 하는 생각을 지울 수가 없어서…… 슬픔을 느끼기 전에 그런 생각부터 떠오르는 내 자신도 너무 싫고……."

거기까지 듣고 나는 사뿐히 그녀의 어깨를 안고 손가락으로 눈물을 닦아 주었다.

"결코 헛되진 않아요."

그렇게 말하는 나를 치나미 씨는 말없이 바라봤다. 눈이 마주치자 나는 힘 있게 끄덕였다.

"지금의 치나미 씨가 이렇게 멋진 여성으로 존재할 수 있는 건, 지금까지 그런 일들이 있었기 때문이겠죠? 그러니까 어느 것하나 헛되진 않아요. 그리고 그렇게 생각하는 자신을 한심해할 필요도 없어요."

그 말을 들은 치나미 씨는, 감정의 둑이 무너진 듯 코타츠에서 빠져나와 내 가슴을 부여잡았다.

가슴에 뛰어든 치나미 씨를 나는 강하게 껴안았다.

"……리쿠 님."

치나미 씨는 내 옷자락을 거머쥐고 울면서 여리게 웃었다.

"감사합니다. 기뻐요. 그렇게 말씀해 주셔서……."

가슴에 얼굴을 파묻은 채 그렇게 말하는 그녀의 어깨에 내 손이 올라가 있는 것조차 미안하게 느껴져서 급히 손을 떼고 머리를 긁었다.

"아니, 전…… 그저 제 생각을 말했을 뿐이고……."

그때서야 치나미 씨는 고개를 들었다. 그 눈물 젖은 눈동자에 내 가슴은 설레었다.

"……주세요."

"네?"

중얼거린 치나미 씨의 말이 귀에 들어오지 않아서 나는 되물었다. 그러자 치나미 씨는 호소하는 듯한 표정으로 똑바로 내 얼굴을 쳐다봤다.

"돌아가지 말아 주세요."

"……."

"오늘 밤은 같이 있어 주세요."

떨리는 목소리로 흘러나온 말에 나는 눈을 부릅떴다.

그 말에 어떤 뜻이 담겨져 있는지 판단이 서지 않아서 나는 확답을 못 하고 있었다. 치나미 씨는 꼼짝 않고 내 눈동자를 물끄러미 바라보고 있었다.

"아니, 하지만, 저……."

완전히 사고능력이 멈춰서 나는 당황하면서 머리를 긁적였다.

"지, 집에 갈 때 누가 보기라도 하면……."

"상관없어요."

치나미 씨는 힘 있게 딱 잘라 말했다.

"더 이상 그런 건 신경 안 쓰기로 했어요. 지금까지 주변 눈치를 살피느라 좀처럼 앞으로 나가지 못했으니……."

"……."

"리쿠 님과 더 같이 있고 싶어요. 더, 좀 더, 같이……."

마지막 말에 눈물이 맺혔고 치나미 씨는 애절한 눈빛으로 내 얼굴을 쳐다봤다.

"……안 되나요?"

가슴이 떨린다. 쏘아보는 그 시선을 견디지 못해 나는 치나미 씨에게서 시선을 뗐다.

"저, 전 결심했어요. 더 이상 이기적인 행동으로 치나미 씨를 곤란하게 만들기 않기로."

그녀의 따스함을 느끼는 것만으로 가슴이 두근거렸다. 샴푸 냄새만 맡아도 마음이 술렁거렸다.

"하지만, 하룻밤 같이 있으면, 난 또 이성을 잃어서 치나미 씨에게 상처를 입힐지도……."

"상처 입지 않아요!"

치나미 씨는 세차게 고개를 저었다.

"그렇게 되어도 상관없다고 생각했으니까……."

그러면서 울 것 같은 표정으로 미소를 지었다.

"……치나미 씨."

"네."

치나미 씨는 끄덕이면서 내 가슴에 얹힌 손에 힘을 주었다. 그 손을 부드럽게 잡아 보니, 세밀하게 떨리는 가느다란 손가락은 마치 얼음장처럼 차가웠다.

지금까지는 손을 뻗을 때마다 거부당했는데, 지금은 오히려 그것을 받아들이고 있어서 나는 그녀가 몹시 사랑스럽게 느껴졌다.

조심조심 그녀의 가녀린 어깨에 손을 얹었다. 그녀는 차가웠고, 여리게 떨고 있었다. 나는 다급하게 치나미 씨의 몸을 끌어안았다. 그것에 호응하듯이 그녀도 팔을 뻗어 내 목을 감았다. 숨이 막힐 정도로 우리는 서로를 힘 있게 안았다.

잠시 서로 매달리듯이 부둥켜안았다. 내가 가만히 치나미 씨 어깨에 손을 얹고 몸을 떨어지게 하자, 그녀는 눈을 감았다. 그것을 확인한 나는 고개를 기울여 천천히 치나미 씨의 입술에 내 입술을 맞췄다.

이제까지 계속 가슴속에 봉인해 왔던 마음을 풀어헤친 지금, 더 이상 서로를 막을 수 없었다. 우리는 얽히듯이 서로를 팔로 휘감으며 열정적인 키스를 나눴다.

✲✲✲

리쿠 님을 느끼면서, 이대로 몸을 맡기는 한이 있어도 더 많은 손길을 원했고, 확실한 것을 원했다.

리쿠 님은 여러 번 내 피부에 입을 맞췄고, 그때마다 나는 몸을 비틀며 헐떡였다. 그리고 입김이 느껴질 정도로 가까이 다가와서 리쿠 님은 내 눈동자를 들여다봤다.

"하나만 물어볼게요."

"……."

"정말로 이대로, 계속해도 되나요?"

리쿠 님은 긴장하며 한 번 더 내 마음을 확인했다.

나는 이렇게 되기를, 계속 바라고 있었다.

확실한 관계를 원했다. 그러니까, 망설임은 없다. ……이대로 당신에게 안기고 싶다.

"……네. ……괜찮아요."

내가 크게 수긍하자 리쿠 님의 눈동자가 크게 흔들렸다.

"……치나미 씨."

"망설임도 주저함도 없어. ……저는 리쿠 님을 더 느끼고 싶어요."

그렇게 말하면서 나는 세게 리쿠 님을 붙잡았다. 그것에 호응하듯이 리쿠 님의 팔에 힘이 들어갔다.

"이젠 못 멈춥니다?"

"네."

끄덕이자마자 그의 손이 내 뺨에 닿았고, 입술이 천천히 겹쳐졌다.

"……아."

리쿠 님의 손에 힘이 들어가 그대로 눕혀질 뻔해서 나는 황급히 그것에 저항하듯 어깨에 힘을 주었다.

"기, 기다려 주세요."

"……?"

"저, 저기. ⋯⋯침대로 가요."

"아, 죄송합니다. 마음이 앞서 버렸네요."

"⋯⋯아니에요."

그러자 리쿠 님은 순식간에 나를 안아 올렸다.

"꺅."

생각 외의 행동에 놀라 나는 순간 그의 목에 매달렸다. 같은 눈 높이에서 시선이 마주치자 리쿠 님은 눈을 가늘게 뜨고 미소 지었다.

"침실은 2층인가요?"

끄덕이자 리쿠 님은 그대로 계단을 향해 걷기 시작했다.

계단으로 2층까지 올라간 리쿠 님은 내 방의 문을 한 손으로 요령껏 열었다. 방에 한 발 들여놓으며 내게 얼굴을 돌렸다.

"불은⋯⋯."

"아, 안 켜요!"

완강히 부인하자 리쿠 님은 조용히 방을 둘러봤다. 밖에는 눈이 내려 달빛은 기대할 수가 없었다. 희미한 가로등 불빛이 커튼 사이로 비칠 뿐이었다. 그래도 서로의 얼굴을 확인하기에는 충분했다.

리쿠 님은 침대로 다가가 조심스레 나를 눕혔다. 내가 눈을 감자 바로 리쿠 님이 올라오는 기색이 느껴졌다.

눈을 가늘게 뜨니, 바로 눈앞에 리쿠 님의 얼굴이 있었다. 두근거린 순간 입술이 겹쳐진다. 다시 눈을 감고 받아들이면서, 드디어 올 것이 왔다는 각오 같은 게 가슴에 몰려왔다.

리쿠 님의 체온이 느껴진다. 그 후는 완전한 무아지경이었다.

"……리쿠 님. ……리쿠 님."

이것이 꿈이 아니라는 것을 확인하고 싶어서 몇 번이고 리쿠 님을 부르자, 이에 응하듯이 리쿠 님은 나를 꼭 안아 주었다.

망설임도, 주저함도, 흘러나오는 숨결까지도. 모두 리쿠 님의 입술이 빼앗아 갔다.

"치나미 씨……. 치나미 씨……."

이번에는 리쿠 님이 애절한 목소리로 내 이름을 여러 번 불렀다. 그 목소리를 들은 내 눈에는 눈물이 핑 돌았다.

연인 사이도 아닌데 관계를 가진 것을 남들은 불건전하다고 할지 모른다. 하지만 누가 뭐라고 해도 이것만은 분명히 말할 수 있다. '나는 리쿠 님을 사랑한다.'고.

사랑스러운 눈길로 나를 내려다보는 리쿠 님의 어깨 너머, 가느다란 커튼 틈새 사이로 눈이 내리는 게 보였다. 안기고 싶다고 애원하듯 양팔을 뻗자, 그는 끄덕이며 부드럽게 감싸 안아 주었다.

그 후 나는 거의 무의식 상태였다. 본능에 몸을 맡기는 듯한 감각이었다.

희미해지는 의식 속에서, 이것이 꿈이라도 좋으니 대신 평생 깨지 않았으면 좋겠다고 강하게 빌었다.

"치나미 씨. ……치나미 씨."

그런 리쿠 님의 목소리조차 거의 환청처럼 들릴 뿐 "좋아해요,

치나미 씨."라며 마지막에 들려온 말은, 더 이상 내 의식에 닿지 않았다.

✲ ❋ ✲

평소에는 느끼지 못한 부드러운 따스함에 안기면서 나는 천천히 눈을 떴다.

커튼 틈새로 얇게 햇빛이 새어 들어오고 있었지만 아직 방 안은 어둑했다. 벽시계를 보니 아직 5시 55분이었다.

시계에서 시선을 떼니, 오른쪽이 따스했다. 얼굴을 돌리자 리쿠 님의 자는 얼굴이 시야에 들어와 나는 눈을 부릅떴다. 단숨에 뇌가 깨어나고, 윗몸을 벌떡 일으켰다.

조심조심 시선을 돌려 보니 숨소리조차 들리지 않을 정도로 리쿠 님은 깊이 잠들어 있었다.

나는 양손으로 뺨을 감쌌다. 꿈이라면 깨지 않았으면 할 정도로 어젯밤의 일은 선정적이고, 하지만 어딘지 모르게 무르고, 부서져 버릴 정도로 덧없는 시간이었다.

하룻밤이 지나서 급격히 현실감이 밀려왔다. 그와 동시에, 기쁨보다도 불안감 같은 것이 스멀스멀 가슴에 피어올랐다. 형언할 수 없는 기분을 안은 채 리쿠 님의 얼굴을 바라보았다.

리쿠 님은 왜 나를 안은 걸까? 남자친구와 갓 헤어진 여자가 울며불며 달라붙어서 미처 거절하지 못했던 걸까? 아니면…….

리쿠 님에게 안기면서 희미해져 가는 의식 속에서 '좋아해.' 라는 말을 들은 것 같았다. 하지만 자꾸 그것이 환청일 거라는 생각이 들었다. 만약 정말로 환청이라면 지금 이 순간도 꿈속이었으면 좋겠다고 생각했다.

오늘은 9시부터 일반 근무. 기상 시간까지는 여유가 있지만 리쿠 님이 깨어나기 전에 출근 준비도 아침 식사 준비도 마치고 싶었다. 그렇게 생각해서 소리를 죽이며 침대에서 내려가려 하자, 갑자기 왼쪽 손목을 꽉 잡혔다.

돌아보니, 어느새 잠을 깼는지 리쿠 님이 누운 채 나를 보고 있었다.

"……어디 가요?"

나는 허겁지겁 이불로 가슴을 가렸다.

"저, 저기……. 아침 만들러 가려고요……."

그러면서 부끄러움에 못 이겨 리쿠 님에게서 시선을 떼자, 팔을 확 끌려서 나는 침대에 푹 쓰러졌다. 그리고 리쿠님이 나를 힘있게 안았다.

"잠에서 깼을 때, 치나미 씨가 옆에 없으면 전부 꿈이었나 싶잖아요."

귓가에서 리쿠 님은 애틋하게 속삭였다. 피부가 맞닿고 온몸의 피가 끓어오르는 듯했다.

"저, 저, 저기…… 리쿠 님."

리쿠 님은 아무 말 없이, 그저 팔에 힘을 줄 뿐이었다.

갑자기 목덜미에 입술이 닿아, 나는 깜짝 놀랐다.

"아, 안 돼요. 리쿠 님! 오늘은 근무니까 얼른 일어나야……."

제지하듯 그렇게 외치자 순간 움직임이 뚝 멈췄다. 나는 엎드린 채 천천히 리쿠 님을 바라보았다. 시선이 겹치자 리쿠 님은 정신을 차린 듯 오른손으로 이마를 쳤다.

"아, 맞다. 나도 오늘 예정이 있었지……."

리쿠 님은 완전히 잠에서 깨어 내게서 떨어지면서 힘없이 털썩 누웠다.

"아아, 뭔가 바로 현실이네……."

눈가를 팔로 덮으며 리쿠 님은 혼잣말을 했다. 아직 두근거리는 심장이 성가셔서 나는 가슴을 시트로 강하게 누르면서, 옆에 있는 리쿠 님의 얼굴을 힐끔 훔쳐봤다.

그걸 알아챘는지 리쿠 님은 내게로 얼굴을 돌렸다. 옅은 갈색 눈동자가 쏘아 대는 뜨거운 시선에 내 심장은 더욱 거세게 뛰었다. 리쿠 님은 그 시선을 그대로 둔 채 내게 손을 뻗었다.

큰 손이 머리카락에 닿고, 그 손가락이 머리카락을 사라락 빗는다. 그것은 마치 내가 여기 있다는 것을 확인하려는 행위 같았다.

잠시 후, 리쿠 님은 안도한 듯 표정을 누그러뜨리며 "잘 잤어요?"라고 물으며 미소 지었다.

✳❇✳

리쿠 님이 사람들의 눈에 띄기 전에 돌아가겠다고 말해서 나는 벗어 던진 잠옷을 입었다. 그리고 옷을 다시 입은 그를 현관까지 바래다주었다. 꿈만 같던 시간이 마치 환상이었던 것처럼 느껴지는, 현실감 있는 분주함이었다.

나를 위하는 행동이라는 걸 알면서도, 역시 아쉬움이 남았다.

"아, 맞다."

신발을 신으며 리쿠 님은 뭔가 생각났다는 듯 나를 돌아봤다.

"아, 네."

"전 무단 외박이니까, 만약 우리 집 사람에게 무슨 질문을 받아도 모르는 척해 주시겠어요? 이것저것 간섭받는 건 귀찮으니까요."

"……네. 알겠습니다."

뭐야, 그런 거였어? 하며 적잖이 낙담하며 어깨를 늘어뜨리자 리쿠 님은 내 양손을 꼭 잡아 왔다. 놀라서 그의 얼굴을 보자 내 눈을 바라보며 싱긋 웃었다.

"저, 어쩌면 직장이 생길지 몰라요."

"……네?"

"만약 결정되면 치나미 씨에게 하고 싶은 얘기가 있어요. 들어 줄래요?"

긴장하고 있는지 미세한 떨림이 그의 손에서 느껴져서, 불안했던 마음이 오히려 뜨거워졌다.

"네, 기다릴게요."

그렇게 답하자 리쿠 님의 얼굴에서 긴장감이 사르르 녹아내리며 수줍어하는 듯한 미소로 바뀌었다. 아쉽다는 듯 잡은 손에 한 번 힘을 주고 나서 리쿠 님은 천천히 손을 놓았다.

"그럼 이따 봐요."

"……네."

리쿠 님은 조금 주저하면서 미닫이문을 열고 바깥을 살핀 후, 미소를 남기고 떠났다.

그의 뒷모습이 사라지고 나서 문득 마당으로 시선을 옮기니, 하룻밤 사이에 이렇게 변할 수 있을까 싶을 정도로 풍경은 격변해 있었다. 눈이 녹은 물이 애기동백 꽃잎에서 방울방울 떨어지며 아침 햇살이 반짝반짝 빛내고 있었다.

아직 피부에 짙게 남아 있는 리쿠 님의 체온을 느끼며, 내 마음속의 망설임이 이 눈처럼 녹아내리는 것을 느끼고 있었다.

17.
엇갈림

나는 커피를 놓은 쟁반을 든 채 리쿠 님의 방 앞에서 잠시 우두커니 서 있었다. 어젯밤 생각 때문에 노크하는 것조차 망설여졌다.

마음을 굳히고 평소보다 세게 노크를 하자, 한 박자 후에 "들어오세요."라는 답이 돌아왔다. 그 목소리가 왠지 주저하는 것처럼 들렸다. 리쿠 님도 같은 느낌일 거라는 생각에 긴장감이 더욱 강해졌다.

그것을 뿌리치듯이 "실례합니다."라고 말하며 문을 연 순간, 리쿠 님의 시선과 마주쳐서 발바닥이 달라붙은 것처럼 움직일 수 없게 됐다.

서로 말도 없이 잠시 마주 본 후, 거의 동시에 어색한 미소를 띠었다.

"······안녕하세요."

"잘 잤어요? ······근데 오늘 이렇게 말하는 건 2번째네요?"

"······."

수줍은 듯 웃는 리쿠 님을 보면서 순간 얼굴이 뜨거워진다. 어젯밤 일이 꿈이 아니었음을 재확인한 순간이었다.

"커, 커피 가져왔습니다······."

"아, 감사합니다."

5개월 동안 매일같이 반복해 온 일인데, 커피를 놓는 손이 파르르 떨린다. 쟁반을 가슴에 품으며 나는 뜀박질하는 심장을 진정시키려고 깊이 숨을 들이마셨다.

"저, 저기, 리쿠 님. 지금 얘기 좀 괜찮으세요?"

"네, 괜찮아요."

온화하게 미소 짓는 리쿠 님의 얼굴을 보니 내 가슴에 온갖 추억이 되살아났다.

직업 안내소 앞에서 만나고 이 저택에서 일하게 되면서, 참 많은 일들이 있었다. 모든 사람들이 너무나 잘 대해 주었고, 좋아하는 사람이 곁에 있고, 이곳은 정말 아늑한 곳이다. 하지만 영원히 이곳에 있을 수는 없었다.

나는 숙였던 고개를 들고 입을 열었다.

"미리 말씀드리지 못해 정말 죄송합니다. 여러분께 피해를 끼치겠지만, 20일 자로 이 일을 그만두었으면 합니다."

생각도 못 한 말이었으리라. 리쿠 님은 경악을 금치 못하며 박

차듯이 의자에서 일어섰다. 나를 보는 옅은 갈색 눈동자가 동요하며 크게 흔들렸다.

"왜죠? 게다가 20일이라면…… 너무 급하잖아요."

"……."

"설마, 어젯밤 일이 원인인가요?"

"그, 그게 아니에요. ……사실은 어제, 전에 근무하던 토산품점 점장님에게 전화가 왔는데……."

나는 어제 점장님과 통화한 내용을 설명했다. 리쿠 님은 때때로 맞장구를 치면서 듣더니, 설명이 끝남과 동시에 힘없이 의자에 앉았다.

"……그렇게 ……된 거군요……."

내뱉듯이 중얼거린 리쿠 님의 얼굴에는 낙담하는 기색이 엿보였다. 나는 정중히 허리를 숙였다.

"정말 죄송합니다! 가장 어려운 시기에 도와주셨는데, 은혜를 갚지는 못할지언정……."

"아뇨. 그 정도까지는 아닌데요, 뭐."

거창한 말투에 리쿠 님은 쓴웃음을 지으면서 나를 바라보았다.

"하지만 어쩔 수 없네요. 우리는 어차피 파트타임이고, 장래를 생각한다면 그쪽이 훨씬 좋으니까요."

"……죄송합니다."

예상대로 나온 배려 깊은 말에 내 가슴은 강하게 뗐다.

"그나저나 할머니 곁에서 일할 수 있다는 점은 안심이 되겠네요."

"……네, 그게 결정적이었죠."

"그렇겠죠. 이쪽 일은 걱정 안 하셔도 됩니다. 그런 이유라면 토모미 외숙모님이나 하츠에 씨도 반드시 응원해 줄 거구요."

"……네, 감사합니다."

"물론 모두들 아쉬워하겠죠. 특히 다이치는 치나미 씨를 아주 좋아했는데."

"……."

"그렇지만 마침 잘됐는지도 몰라요. 서로가 새로운 환경에 나가서, 새로운 관계를 구축할 수 있는 좋은 계기라고 생각하기로 했습니다."

새로운 관계……. 그것은 연인 사이가 되는 거냐고 나도 모르게 물어 버릴 뻔했다. 하지만 오늘 아침의 말이 생각나서 입을 꾹 다물었다.

보채지 않아도, 일이 정해지면 리쿠 님은 얘기하고 싶은 게 있다고 말해 줬다. 그 말을 믿고 나는 기다리면 된다.

나는 애써 미소를 짓고 입을 열었다.

"리쿠 님께는 정말 감사하게 생각하고 있습니다. 그때 리쿠 님과 못 만났다면, 저는 지금쯤 어떻게 돼 있을지 상상도 안 돼요."

"……."

"힘들 때, 항상 리쿠 님이 옆에 있어 주셔서, 정말 큰 힘이 됐습니다."

거기서 나는 다시 정중히 허리를 굽혔다.

"정말 감사합니다."

눈물을 글썽이면서도 끝까지 말하자 리쿠 님은 형언할 수 없는 복잡한 미소를 띠며, 이번에는 천천히 일어섰다. 그리고 큰 손을 내밀었다.

"새 직장에서도 잘하시기 바라요."

"……네, 감사합니다."

더 이상 눈물을 참을 수 없었다. 나는 온갖 생각을 담고 리쿠 님의 손을 잡았다. 그리고 그 역시 한참 동안 잡은 손을 놓으려 하지 않았다.

2월 14일. 밸런타인데이.

나는 초콜릿을 들고 점심시간에 리쿠 님의 방을 찾았다. 방에 들어가 보니 그는 침대 위에 있었고 그 주위에는 옷들이 난잡하게 널려 있었다.

"미안해요. 지저분하죠?"

"아, 아뇨……. 지금 시간 괜찮으신가요?"

"네, 괜찮아요."

"저기, 이거 밸런타인 초콜릿이에요. 종업원을 대표해서요."

그러면서 손에 든 종이봉투를 건네자 리쿠 님은 멍하니 눈을 깜빡거리며 봉투와 나를 번갈아 보다가 고개를 끄덕였다. 아마 오늘이 밸런타인이라는 것을 이제야 안 모양이었다.

"아, 감사합니다. 나중에 하츠에 씨나 다른 분들에게도 답례할게요."

"……네."

더 이상 말을 이을 수 없어서 아쉬움을 남긴 채 방을 나가려 한 그때, 방 한구석에 놓인 여행 가방이 눈에 들어와 나가려던 발길을 멈추고 리쿠 님을 다시 돌아봤다.

"네? 아아……."

침대에 널린 옷들을 본 리쿠 님이 웃으며 고개를 저었다.

"사실은 모레부터 삼촌이 업무차 도쿄로 가는데 비서가 독감에 걸리는 바람에, 제가 따라가기로 됐답니다. 그래서 지금 서둘러 준비 중이고……."

"그럼 20일에는 이곳에 안 계시나요?"

"네. 치나미 씨 마지막 근무 날에는 꼭 함께 있고 싶었는데……."

리쿠 님은 미안하다는 표정을 지으며 눈썹 꼬리를 내렸다. 20일까지는 여기서 함께 지낼 수 있을 거라고 생각했던 나는 말을 잃었다.

입을 다문 내게 리쿠 님은 난처한 웃음을 지으며 일어섰다. 그리고 멍하니 서 있는 나를 꼭 끌어안았다.

"돌아오면 제일 먼저 연락할게요."

나는 리쿠 님의 얼굴을 쳐다봤다. 눈이 마주치자 리쿠 님은 팔 힘을 약간 빼며 미소를 지었다.

"그때는 아마 면접을 본 데서 답변이 와 있을 테니까요."

나는 흠칫 놀랐고 리쿠 님은 크게 끄덕였다.

"23일에 도쿄에서 돌아옵니다. 그날 밤, 제게 시간 좀 내어 주실래요?"

그러면서 똑바로 나를 쳐다보는 진지한 눈동자. 그것만으로 그가 무언가 중요한 얘기를 하려고 한다는 것을 이해한 나는 그의 목을 끌어안았다.

"네, 연락 기다릴게요."

그 말을 듣고 리쿠 님은 부드러운 미소를 띠며 다시 한 번 나를 안아 주었다.

✳︎✳︎✳︎

그날 밤, 시계가 9시를 나타낼 즈음, 나는 씻으러 가기 위해 PC 전원을 껐다. 방을 나서자 하츠에 씨가 이쪽으로 빠르게 걸어왔다.

"하츠에 씨, 무슨 일이세요?"

"저기……. 가시와기 미도리 님에게서 전화가 왔어요."

오랜만에 듣는 이름에 나는 무의식적으로 눈살을 찌푸렸다. 1월 1일 이후 만나지 않았고, 전화가 와도 받지 않았다.

"무슨 용건일까요?"

"주인어른에 관련된 일이라 하는 것 같은데요……."

그 말을 듣고 나는 왠지 불안한 느낌이 들었다. 오늘은 에메랄드 호텔에서 미도리 씨의 아버지와 회식 약속이 있었을 것이다.
어쩌면 또 잔뜩 취했으니 데려가라는 전화일지도 모른다.

"알겠습니다. 감사합니다."

하츠에 씨에게는 기분 좋게 대답했지만, 나는 작은 한숨을 쉬
었다.

**

"여보세요."

─여보세요, 리쿠 씨?

수화기를 들자 미도리 씨의 발랄한 목소리가 들려와서 가슴이
시큰거렸다.

"오랜만입니다. 오늘은 무슨 일이신가요?"

─저기, 아빠랑 같이 마시던 선생님이 잔뜩 취하셔서요. 리쿠
씨를 불러 달라고 하시네요.

역시 그렇구나. 나는 내심 크게 탄식했다.

"알겠습니다. 곧 가겠습니다. 어디로 가면 될까요?"

─로비까지 와 주시면 제가 거기서 기다릴게요.

"알겠습니다. 민폐를 끼쳐서 죄송합니다."

─아니에요. 기다릴게요.

미도리 씨의 신난 목소리를 듣고 복잡한 기분에 사로잡혔다.

전화를 끊고 차 키를 가지러 방으로 가면서, 내 머릿속에 여러

생각이 떠올랐다.

치나미 씨와의 선을 넘어, 그녀와의 관계에서 큰 변화를 앞두고 있는 지금, 미도리 씨의 기대에는 응할 수 없다고 분명히 말해야 한다.

각오를 한 나는 크게 숨을 몰아쉰 다음 현관문에 손을 대었다.

✽❉✽

리쿠 님은 다음 날 아침에 도쿄로 출발한다. 이가라시 저택 종업원으로서 리쿠 님과 만나는 건 오늘이 마지막. 평소보다 공들여 치장을 하고 집을 나섰다.

평소처럼 부엌의 커튼을 가르고 들어가려 하자,

"뭐? 리쿠 도련님이 아침에야 귀가하셨다고?"

아츠코 씨의 큰 목소리가 들려와서 나는 한 발 앞에서 멈춰 섰다.

"조용! 아츠코 씨, 너무 목소리가 커!"

바로 하츠에 씨의 타이르는 소리가 이어졌다.

"하지만……."

'아침 귀가'라는 말에 내 가슴이 술렁거렸다. 설마 그날 이야기를 하는 게 아닐까 하는 초조함을 느꼈지만, 그게 아닌 모양이다.

"미도리 씨의 호출을 받고 에메랄드 호텔에 가서 아침에야 귀가하시다니, 이게 뭔 일이에요?"

"글쎄……. 분명 리쿠 도련님은 취하신 주인어른을 마중하러 나가셨는데, 정작 주인어른은 밤중에 택시로 돌아오셨대."

"뭐? 그렇다면……."

리쿠 님이 호텔로……? 미도리 씨의 호출을 받고……?

나는 불쾌하게 뛰는 심장을 억누르려 했지만, 아츠코 씨의 대화가 머릿속을 종횡무진으로 휘젓고 있었다.

당혹감을 감추지 못한 채 나는 커튼을 젖히고 들어갔다.

"……안녕하세요."

내가 들어옴과 동시에 그녀들은 흠칫 입을 닫고 어색한 웃음으로 꾸몄다.

"아, 안녕. 치나미 양."

일부러 밝은 톤으로 대답하고는 두 사람은 재빨리 부엌에서 빠져나가 버렸다.

직접 언급한 적은 없었지만 리쿠 님과의 사이는 이가라시 가문 내에서는 이미 불문율처럼 되어 버려서, 아마 배려를 해 준 것이리라.

답답한 마음으로 평소처럼 커피를 타려던 순간, 이번에는 사모님이 부엌으로 들어왔다.

"사모님, 안녕히 주무셨어요?"

"아, 치나미 씨, 안녕하세요?"

사모님은 미소로 답했지만 곧 그 표정은 흐려졌다.

"그건 리쿠 커피?"

"네? 아, 네."

왠지 사모님은 묘한 표정을 지으며 시선을 뗐다.

"리쿠는 오늘 커피를 안 먹겠대."

"왜죠?"

"점심쯤까진 잠자고 싶으니까 깨우지 말라면서……."

하츠에 씨의 대화가 머릿속을 스치면서 다시 당혹감의 물결이 밀려왔다.

"어디 편찮으신가요?"

무의식적으로 추궁하는 듯한 말투가 돼 버렸지만, 사모님은 애매한 미소를 띠며 고개를 저었다.

"아니. 그런 건 아니야. 단지 잠이 모자란 것뿐일 거야."

"……."

사모님의 애매한 말투에 가슴속의 술렁임은 더욱 커져만 갔다.

"그렇군요. 알겠습니다. 그럼 대문 앞을 청소하러 나가겠습니다."

어렵게 나는 미소를 지었다. 사모님은 애매하게 웃으며 수고해요, 라고 말했다.

✽✽✽

몇 번이고 비질하는 손을 멈추며, 나는 땅바닥을 보면서 한숨을 쉬었다. 하츠에 씨와 아츠코 씨가 주고받은 소문이라 얼마나 과장됐는지는 아무도 모른다. 하지만 사모님의 태도로 보아 완전한 헛소문은 아닌 것 같았다.

이런저런 생각을 하던 중, 언덕길을 올라오는 차량의 엔진 소리가 들려왔다. 그 소리는 금세 가까워졌고, 흙먼지를 휘날리며 내 눈앞에서 짙은 남색 BMW가 멈춰 섰다. 운전석 창문이 내려가고, 그 안에서 나타난 인물을 확인하자 내 숨이 멎었다.

거기에 앉아 있던 인물은, 지금 내 머릿속을 지배하던 가시와기 미도리였다. 선글라스를 내리고 나를 힐끔 쳐다봤다.

미도리 씨는 긴 머리를 쓸어 올리며 차에서 내렸다. 그리고 선글라스를 벗고 나와 마주 섰다.

"아, 안녕하세요." 하며 긴장한 표정으로 나는 고개를 숙였다. 미도리 씨는 한숨을 하아, 내쉬고 나를 내려다보며 팔짱을 끼었다.

"리, 리쿠 님은 지금 주무시고 계십니다만."

"그럴 거예요. 거의 잠을 못 잔 것 같으니까."

"……."

미도리 씨의 대답에 나는 눈을 부릅떴다. 그렇다면 역시, 두 사람은 아침까지 함께 있었다는 말인가?

빗자루를 잡은 손이 덜덜 떨리는 것을 깨달은 나는 손끝에 힘을 주었다.

"급하시다면, 불러 드릴까요?"

애써서 감정을 억누르며 그렇게 말하자 미도리 씨는 종이봉투를 내밀었다.

"꼭 리쿠 씨를 만나야 하는 건 아니니 괜찮아요."

"네……?"

"오늘은 리쿠 씨가 놔두고 간 시계를 가져왔을 뿐이니까."

나는 봉투를 받았다. 작지만 묵직한 무게가 느껴졌다.

"호텔 세면대에 손목시계를 두고 갔어. 그거 리쿠 씨에게 전해 줘요."

'호텔'이라는 말에 나는 고개를 확 들었다. 게다가 세면장에서 시계를 벗었다는 생생한 증언에 가슴을 도려내는 듯한 통증을 느꼈다.

"그럼 부탁해요."라고 말한 미도리 씨는 차 문고리에 손을 댔다.

"아, 저기……!"

"뭐예요?"

"저, 저기……."

불러 세우긴 했지만, 미도리 씨의 노려보는 시선에 나는 심하게 당황해서 말이 이어지지 않았다.

"뭐예요. 무슨 말을 하고 싶은 거야?"

허둥지둥대자, 미도리 씨가 짜증 난다는 듯 먼저 물어 왔다. 입에서 심장이 뛰어나올 정도로 격한 심박을 느끼면서 나는 결심해서 입을 열었다.

"어, 어젯밤엔…… 리쿠 님과 함께 계셨나요?"

순간의 공백을 지나, 미도리 씨는 씩 웃었다.

"응, 맞아."

그 한마디로, 내 몸은 얼어붙은 것처럼 굳어졌다.

"아침까지 호텔 방에 같이 있었어."

그것이 내 마음에 쐐기를 박는 결정타가 되어, 내 사고능력은 상실됐다.

미도리 씨는 승리의 미소를 띠며 "질문은 그게 다야?"라며 나를 훑어봤다.

"……예."

진짜 목소리로 나왔는지 어땠는지도 모르겠다.

"그럼 리쿠 씨에게 안부 전해 줘요. 그리고 그거, 제대로 전해 주고."

점잔을 빼면서 말한 미도리 씨가 차에 올라탔다.

중저음 엔진 소리가 멀어져 갔다.

눈동자에 비친 풍경이 색채를 잃어 갔다. 시야의 모든 것이 회색으로 보였다.

나는 한참을 그 자리에 우두커니 서서, 얼굴을 가리고 심하게 오열했다.

✻❀✻

결국 리쿠 님은 오전 내내 방에서 잠을 잤다.

나는 낮에 사모님과 장을 보러 나갔고, 돌아온 건 이미 저녁 4시가 된 무렵이었다.

원래라면 앞으로 1주일이나 만나지 못하니까 좀 더 리쿠 님과 함께 있고 싶을 텐데, 얼굴을 마주치지 못하는 게 오히려 내게는 다행으로 여겨졌다.

내가 물어보는 게 아니라, 리쿠 님이 먼저 말해 줬으면 했다. 그리고 한시라도 빨리 안심하고 싶다. 그러면, 그를 믿고 기다릴 수 있다.

근무를 마치고 마지막 인사를 하려고 나는 리쿠 님의 방으로 향했다. 방 앞에 섰을 때, 마음은 묘하게도 침착해져 있었다.

"리쿠 님, 에자키입니다. 들어가도 괜찮을까요?"

미묘한 사이를 두고 "들어오세요."라는 답이 돌아왔다.

"실례하겠습니다."

실내에 들어감과 동시에 리쿠 님은 의자에서 일어서서 부드러운 미소를 보였다. 그것을 보고 내 가슴이 시큰거린다.

"저…… 오늘이 마지막이라서 인사드리러 왔습니다."

"……그러네요. 반 년간 수고 많으셨습니다. 신세 많이 졌습니다."

"저야말로 정말 신세 많이 졌습니다. ……감사합니다."

"정말 미안해요, 오늘이 마지막이었는데 낮이 되도록 자 버려서."

"이런 일은 처음이라 놀랐어요. 어제는 잘 못 주무셨나요?"

애써 냉정한 척하며 묻자, 순간적으로나마 리쿠 님의 얼굴에 긴장감이 감돌았다.

"네, 잠이 오질 않아서……."

목덜미에 손을 대며 리쿠 님은 내게서 시선을 뗐다.

이대로 어젯밤 이야기를 해 줄 것이라고 기대하며 기다렸지만, 리쿠 님은 더 이상 입을 열려고 하지 않았다.

그건 켕기는 일이 있기 때문인지, 아니면 반대로 아무 일도 없어서 일부러 말할 필요가 없다고 생각하기 때문인지.

나 혼자 생각해도 답이 나올 리가 없으므로 나는 가지고 있던 종이봉투를 리쿠 님에게 슥 내밀었다.

"……네?"

"아침에 미도리 님이 갖다 주셨습니다. ……어젯밤에 리쿠 님이 놔두고 가셨다고."

그 순간 리쿠 님의 안색이 확 바뀌었다. 그것을 보고 내 인내심은 한계에 다 달았다.

"호텔 세면대에 있었다고 합니다."

종이봉투를 리쿠 님의 가슴에 눌러 붙이듯 건네며 나는 강한 어조로 말했다. 리쿠 님의 얼굴이 금세 창백해지는 것이 뚜렷이 보였다.

그 얼굴이 바람을 피우던 료헤이의 얼굴과 겹쳐져서, 나도 모르게 눈물을 쏟고 있었다.

"실례하겠습니다!"라고 외치며 돌아서자, 리쿠 님은 황급히 내 손목을 잡았다.

"기다려요!"

"놔요!"

"잠깐만요! 오햅니다!"

나는 힘차게 그 손을 뿌리치고 리쿠 님에게 돌아섰다.

"오해라니 무슨 말이죠? 오해할 만한 일이 있었어요?"

"말 안 한 건 사과할게요. ……말할 필요는 없다고 생각했고, 솔직히 당신에게는 알리고 싶지 않았다는 게 진심입니다."

"……."

"하지만 이상하게 오해를 받기 전에 내가 먼저 분명히 말했어야 했어요. ……죄송합니다."

정중하게 고개를 숙이는 것을 보고 나는 흥분하던 마음이 조금씩 가라앉는 것을 느꼈다. 그래도 아직 리쿠 님에 대한 의심이 사라진 것은 아니었다.

리쿠 님은 숙였던 고개를 들고, 들여다보듯이 내게 시선을 보냈다.

"미도리 씨에게는 무슨 얘기를 들었나요?"

"……호텔 방에서…… 아침까지 함께 있었다고……."

그것을 들은 리쿠 님의 얼굴에 씁쓸한 표정이 떠오른다.

창백한 얼굴로 입을 다물어 버린 리쿠 님을 나는 빤히 쳐다봤다.

"반론 안 하신다는 건, 전부 사실이라는 거네요."

"분명히 맞습니다. ……하지만 아침까지 함께 있었다고는 해도, 그 외에는 아무 일도 없었습니다."

"그럼 왜, 세면대에서 손목시계를 풀은 거죠?!"

"그건……! 그냥 세수를 했을 뿐이에요!"

대화를 거듭할수록, 난 정말 못된 여자라는 생각이 들었다. 그런데도 감정 조절이 안 되어 입 밖에 나오는 말을 멈출 수 없었다.

"아무것도 없었는데, 왜 숨기려 했어요?!"

"그러니까 그건……."

"도대체 왜, 미도리 씨랑 함께 아침까지 있었던 거예요?!"

말문이 막힌 리쿠 님은 입을 열려고 하다가 머뭇거린다. 내 마음은 완전히 부서져 버렸다.

"……그럼, 나는?"

맺어진 그날 이후, 계속 가슴에 응어리진 의문. ……왜 당신은, 나랑 잤나요?

"그날 밤, 왜 나와 같이 있어 줬나요?"

"……."

"남자친구랑 갓 헤어져서, 불쌍해서 그랬나요?"

말이 끝남과 동시에 리쿠 님의 눈동자에 슬픔인지 분노인지 구분되지 않는 빛이 돌았다.

"내가, 당신이 불쌍해서 하룻밤을 같이 보냈다고?"

"……."

"당신은, 정말 그렇게 생각하고 있는 건가요?"

내게로 눈을 돌리고 리쿠 님은 서글프게 말했다.

고개를 숙이고 뒷머리를 신경질적으로 헤집는 그 모습에, 나는
입을 양손으로 틀어막았다.

불타는 질투심 탓에 감정 내키는 대로 말을 던져 버린 내 자신
이 부끄럽고, 어이없어서. 정신을 차렸을 때는 이미 눈물이 멈추
지 않았다.

"치나미 씨……."

"이제 됐어요!"

더 이상, 리쿠 님에게 짐이 되고 싶지 않다. 귀찮은 여자, 성가
신 여자라는 인상을 주고 싶지 않다.

오늘이 마지막인데; 이런 상태로 헤어지고 싶지 않아…….

"너무 심한 말을 해서 죄송합니다. ……하지만 괜찮아요. 저는
다 알고 있었으니까."

"치나미…… 씨?"

"걱정하지 않으셔도, 책임지라는 말은 안 할 테니까요."

"……."

"저도 그날, 료헤이랑 헤어져서 외로웠고. ……리쿠 님에게도
그게 하룻밤의 실수라는 것, 잘 알고 있으니까요."

"……실수?"

어이없다는 목소리에, 나는 흠칫 입을 다물었다. 말이 지나쳤

다는 자각은 있었지만, 한 번 입 밖으로 낸 말은 주워 담을 수 없었다.

"치나미 씨에게는 그날 밤이 실수였어요?"

입술을 깨물며 리쿠 님을 보니, 그는 앞머리를 거칠게 쓸어 넘기며 자조 섞인 웃음을 띤 채 그대로 힘없이 벽에 기댔다.

"……하…… 이거 충격이네."

깊이 고개를 숙이며 리쿠 님이 내뱉듯이 말했다. 그 목소리에, 나는 심장을 움켜잡힌 듯한 심한 통증을 느꼈다.

여자친구인 것처럼 행동했을 뿐 아니라 책망하고, 추궁하고, 상상 외의 심한 말을 내던지고, 이렇게 비통한 표정을 짓게 만들도록 나는 리쿠 님에게 상처를 입히고 말았다…….

방 안에 무거운 침묵이 흐른다. 리쿠 님은 벽에 등을 대고 고개를 푹 숙인 채 꼼짝도 하지 않았다.

"저…… 저기……."

아무래도 말이 심했다고 죄송하다고 말하려던 순간, 삐리리릭, 책상 위의 휴대폰이 울렸다. 리쿠 님은 느릿느릿 벽에서 등을 떼고 힘없는 발걸음으로 책상으로 향했다.

"여보세요……."

내게 등을 돌린 채 리쿠 님은 전화를 받았다. 어찌할 바를 몰라 나는 속수무책으로 그 자리에 서 있었다. 리쿠 님은 밋밋한 어조로 여러 번 대꾸한 후, 마지막으로 알겠습니다, 라고 대답하며 전화를 끊었다.

또다시 무거운 침묵이 방 안을 채운다. 책상 서랍을 열면서 리쿠 님은 나를 보지 않은 채 입을 열었다.

"……삼촌이 부르셔서, 나갑니다."

차 키를 꺼내고, 리쿠 님은 의자에 걸쳤던 재킷을 입었다.

"……아."

"반년간, 수고 많으셨습니다. ……새 직장에서도 열심히 하세요."

마치 대본을 읽는 듯한 감정 없는 리쿠 님의 말에, 나는 몸을 움직일 수 없었다.

그 모습에서 그가 감정을 억누르고 있음을 느꼈다. 억누르려 해도 그의 분노, 절망, 그런 감정들이 공기를 통해 전해져 왔다. 시리도록 그것을 피부로 느끼며, 돌이킬 수 없는 짓을 하고 말았다는 것을 깨달았다.

지금 바로 사과하고 내 마음을 전하면, 용서해 줄지도 모른다. 아까 말한 건 거짓말이라고…… 그냥 어쩌다가 나온 말이라고.

그렇게 생각하는데도, 담담하게 외출 준비를 하는 리쿠 님의 온몸에서 분명한 '거절'의 기운을 느껴서 나는 아무런 말도 하지 못하게 돼 버렸다.

외출 준비를 마친 리쿠 님은 문 앞에 멍하니 서 있는 나를 보지도 않고 "실례합니다." 하며 무거운 목소리를 내뱉고 옆으로 슥 지나갔다.

방을 나가 복도를 걸어가는 그의 뒷모습에, 나는 말을 걸 수조

차 없다. 온몸이 덜덜 떨리고 호흡조차 곤란해졌다.

설마…… 이걸로…… 끝……?

주인 없는 방에서 나는 잠시 우두커니 서 있었다.

✱❊✱

도대체 어디서부터 단추를 잘못 끼운 걸까? 왜 좀 더 침착하게
이야기할 수 없었을까?

분명 미도리 씨의 일을 숨겼던 건 사실이지만, 리쿠 님은 제대
로 사정을 설명해 주려 했었다. 그런데도 일방적으로 그를 책망하
고, 결국에는 하찮은 허영이나 고집 때문에 폭언을 내뱉고 말았
다.

"흑…… 흑……."

이가라시 저택에서 나온 나는 울먹이며 힘없이 어두워진 언덕
길을 내려갔다. 닦아도, 닦아도 눈물은 계속해서 흘렀다. 리쿠 님
에게 그런 태도를 취하게 만들도록 상처를 입힌 내 천박함이 한
심했다. 설마 이렇게 마지막 순간을 맞이하게 되리라고는 예상조
차 못 했다.

하지만 이미 내뱉은 말은 돌이킬 수 없다.

그리고 리쿠 님 마음에 새겨 버린 상처도, 무슨 수를 쓰더라도
지울 수 없다…….

그날 밤부터 오늘 아침까지는, 그렇게 행복했는데. 언젠가 리

쿠 님과 걷게 될 미래를 상상하며 기대에 부풀어 있었는데. 순식
간에, 모든 것이 부서지고 말았다.

다름 아닌 내 손으로, 그 모든 것을 부수고 말았다.

18.
섭씨 100℃의 미열

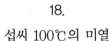

"야마모토 후미노 님, 1번 계산 창구로 오세요."

전해진 차트에 적힌 이름을 부르자, 벤치에 앉아 있던 노인이 천천히 일어나 창구까지 걸어왔다.

"오늘은 1,820엔이 되겠습니다."

"네."

"안녕히 가세요."

애교 있게 대답한 나를 보며 옆에서 지켜보던 선배 사무원인 기타하라 씨는 만족스럽게 고개를 끄덕였다.

"이젠 제법 잘하네요, 치나미 씨."

"기타하라 씨 덕분이죠. 감사합니다."

칭찬받은 게 기뻐서 나는 수줍어하며 미소를 보인다.

"아, 근데 듣기로는……."

거기서 기타하라 씨는 문득 갸우뚱했다.

"치나미 씨는 이곳에 오기 전까지는 이가라시 선생님 댁에서 일했었다죠?"

"……네."

"꽤 흥미로운 경력을 가졌네요, 치나미 씨는."

신기하다는 듯 말하며 기타하라 씨는 후훗, 웃었다. 쓴웃음으로 답하며 뜻밖에 나온 그 이름에 내 가슴은 찔린 듯 아파 왔다.

그로부터 벌써 보름이 지났다.

리쿠 님과 그렇게 헤어진 다음 날, 점심쯤에 이가라시 저택을 찾아가니 그는 이미 도쿄로 출발한 후였다.

리쿠 님의 휴대폰 번호를 모르는 나는 연락할 수단이 없었고, 리쿠 님도 아무런 연락을 하지 않았다. 퇴직하던 날에는 사모님이 간단한 송별회를 열어 주셨다.

그리고 리쿠 님이 도쿄에서 돌아올 예정날인 23일. 희미한 기대를 품으며 연락을 기다렸지만, 그것 역시 물거품이 되었다.

돌아오면 제일 먼저 연락을 하겠다던 약속을 없애 버릴 정도로 리쿠 님에게 상처를 입혔다는 사실을 나는 다시금 통감했다.

용건을 마치고 사무소로 돌아가려던 중, 앞에서 긴 머리카락의 여성이 걸어왔다. 그것이 가시와기 미도리라는 것을 안 것과 동시에 그녀도 나를 알아보고 놀란 듯 멈춰 섰다.

"당신……."

미도리 씨는 사무원 복장의 나를 찬찬히 바라본다. 당혹감을 감추며 나는 꾸벅 고개를 숙였다.

"오래간만입니다."

"오래간만이고 뭐고…… 당신 여기서 뭐해요?"

"뭐긴요, 일이죠."

"일이라니…… 그럼 이가라시 가문은?"

"그만뒀습니다."

그렇게 대답한 나를 미도리 씨는 의아하게 본다.

"미도리 씨는 무슨 일로?"

"꽃가루 알레르기 약을 타러 왔어요. ……아니, 그것보다."

무슨 영문인지 미도리 씨는 갑자기 내 손목을 잡았다.

"잠깐 우리 얘기 좀 해요."

"……네? 근데 저는 근무 중이라……."

"잠깐이니까 괜찮아. 난 여기 사무장이랑 잘 아니까 나중에 얘기해 줄게."

"저…… 미도리 씨!"

나는 그대로 사무소와 반대 방향으로 끌려갔다.

＊＊＊

"아아, 이제 곧 봄이구나……."

강제로 나를 끌고 온 미도리 씨는 안뜰 벤치에 앉아 기분 좋게 하늘을 우러러봤다. 한낮의 햇살은 확실히 따스하고 기분 좋았다.

나는 벤치에는 앉지 않고 안절부절못한 채 미도리 씨 앞에서 서성이고 있었다.

"리쿠 씨랑은, 어때?"

미도리 씨는 상쾌할 정도로 단도직입적으로 본론에 들어갔다. 갑작스러운 말에 나는 선뜻 대답이 나오지 않았다. 미도리 씨는 팔과 다리를 꼬고 빤히 나를 올려다봤다.

"어떻긴요, 아무 일도 없는데요……."

그렇게 말하자 미도리 씨는 눈살을 찌푸렸다.

"당신, 리쿠 씨 좋아하죠?"

내 얼굴이 빨개지는 것을 보고, 미도리 씨는 뭔가 알아챈 모양이었다.

"어머나…… 설마 나 때문이라고는 안 하겠지? 밸런타인데이 날의 일 때문에 싸웠다든가, 그런 건 아니지?"

"……."

당혹감을 감추지 못하고 눈을 돌리는 나를 보고 미도리 씨는 망연자실해했다.

"설마, 그거 때문에 싸워서 직장을 바꾼 건……."

"그, 그건 아니에요! 퇴직은 이미 결정돼 있었어요!"

나는 황급히 부인하며 시선을 내리고 조용히 입을 열었다.

"리쿠 님과 말다툼한 건 사실이에요. ……하지만 그건 미도리 씨 탓이 아니에요. 분명히 계기는 됐지만…… 조만간, 불거져 나왔을 문제였죠."

"……."

"아마…… 서로 간의 대화가 부족했기 때문일 거예요……."

그렇다. 우리는 분명 대화가 부족했다. 몸을 섞은 것으로 마음도 통했다고 착각해서, 서로의 마음을 확인하지 못했다. 불안하니까 지금 바로 속마음을 들려 달라고, 제대로 전달해야 했다.

노려보듯이 험악한 표정으로 이야기를 듣던 미도리 씨였지만, 말이 끝나자 긴 머리를 쓸어 올리며 긴 한숨을 내쉬었다. 그리고 한심하다는 듯한 시선을 내게 던졌다.

"당신…… 완전 구제불능 바보네요."

그 한마디가 내 심장을 꿰뚫었다. 하지만 반론의 여지는 없어서 말없이 입술을 깨문 채 있었다. 그런 내 모습을 보고 미도리 씨는 짜증 난다는 듯 팔짱을 꼈다.

"나 참. 좀 장난쳤을 뿐인데 이렇게 일을 크게 만들면 어떡해……. 짜증 나게."

내뱉듯이 말하면서 미도리 씨는 나를 노려봤다.

"난 리쿠 씨에게 거절당한 여자야."

"……네?"

"그날, 선생님이 취하셔서 리쿠 씨를 부른다고 거짓말을 해서 불러냈지. 밸런타인 날이라서 어떻게든 직접 초콜릿을 주면서 고백하고 싶어서. 결과는 알고 있었지만, 보기 좋게 거절당했어. 좋아하는 사람이 있으니까 못 받겠대."

"……."

"그래도 분하니까 울면서 애원해 봤어. 오늘 하룻밤만 같이 있어 달라고."

나는 눈을 휘둥그렇게 떴다. 미도리 씨는 속상하다는 듯 흥 하며 콧방귀를 뀌었다.

"그때는 내가 너무 불쌍해서 동정해 준 줄 알았어. 그래서 밤새도록 같이 있어 준 거라고. ……하지만 아니었던 거야."

나는 흠칫했다. 그것은 리쿠 님이 결코 대답해 주지 않았던 부분.

"왜, 왜죠? 왜 리쿠 님은 미도리 씨와 아침까지 같이 있었나요?"

떨리는 목소리로 묻자, 미도리 씨는 애틋한 표정으로 쓴웃음을 지으며 눈꼬리를 내렸다.

"좋아하는 사람을 위해서지."

"……네?"

예상외의 말에 나는 놀랐다.

"내가, 리쿠 씨가 좋아하는 사람에게 심술을 부리곤 했으니까. 두 번 다시 리쿠 씨에게 다가가지 말 것, 그리고 리쿠 씨가 좋아하는 사람을 괴롭히지 않을 것. 이 두 가지를 지킬 조건으로 아침까지 같이 있어 준 거였어."

나는 황급히 입을 손으로 틀어막았다. 몸이 덜덜 떨리기 시작했다.

말을 잃은 내 앞에서 미도리 씨는 벤치에서 일어서며 어깨를 움츠렸다.

"물론 아침까지 그냥 같이 있었어. 마주 앉아서, 커피 마시고, 잡담하고…… . 정말이지 아무 일도 없었어."

산뜻한 말투로 그렇게 말하며 미도리 씨는 기지개를 켰다.

"자, 그럼 약이나 받고 가야겠다. 너무 오래 얘기했네."

"……아."

내가 흠칫 고개를 들자 미도리 씨는 홱 돌아서서 걷기 시작했다. 하지만 두세 걸음 나가다가 문득 걸음을 멈추고 "아아, 맞다." 하면서 뭔가 상기했다는 듯 돌아봤다.

"리쿠 씨, 다음 달부터 도쿄로 간다며?"

"……네?"

나는 무의식중에 눈살을 찌푸렸다.

"도쿄에는 지난달에 벌써 가셨을 텐데…… ."

"그게 아니고."

약간 짜증 내며 미도리 씨는 뒤돌아섰다.

"리쿠 씨, 도쿄에서 일하기로 결정됐잖아. 나루세 그룹의 후계자가 본사로 다시 불러들였다고. 아빠가 말하던데?"

"……네?"

"그 반응을 보니, 몰랐던 모양이네."

"…… ."

"지난달에 도쿄로 갔을 때, 돌아와 달라고 애원했대. 그래서 다음 달에는 도쿄로 돌아가서 나루세 그룹 본사에서 일할 거래."

나는 미도리 씨에게 달려가, 나도 모르게 그녀의 팔을 붙잡았다.

"그게 정말이에요? 다음 달이라면, 언제부터 가는 건가요?"

내 행동에 놀란 듯 미도리 씨가 몸을 뒤틀었다.

"글쎄…… 그런 것까진 잘 몰라. 이젠 나랑은 상관없는 얘기고. 알고 싶다면 본인에게 물어보든가?"

가만히 내 손을 풀며 미도리 씨는 쌀쌀맞게 대답했다.

"그럼 나 이만 갈게. 안녕."

가볍게 손을 흔들며 미도리 씨는 발길을 돌려 성큼성큼 걸어갔다. 또각또각 하이힐 소리를 울리며 멀어져 가는 그녀의 뒷모습을 보면서, 뺨엔 한 줄기 눈물이 흘렀다.

전혀 예상치 못한 사실에 나는 바로 움직이지 못하고 잠시 망연하게 그 자리에 우두커니 서 있었다.

✽✽✽

그날 점심시간. 평소에는 점심을 먹은 후 바로 할머니 병실로 찾아가는 게 일과였지만, 이날은 병실에 가기 전에 옥상에 들렀다. 머리도 식히고, 천천히 생각도 하고 싶어서.

아마 나는 시간이 지나면 리쿠 님과의 오해는 풀릴 거라고 낙관했었는지도 모른다. 같은 마을에…… 바로 옆에 사니까, 언젠가 오해가 풀려서 예전과 같은 관계로 되돌아갈 수 있을 거라고. 마음 한구석에 그런 생각이 있던 거다……

"이 사람이다 싶으면, 망설이지 말고 그 사람에게 가."

고모의 말이 불쑥 떠올라, 어느새 흘러나온 눈물을 손가락으로 훔쳤다.

할머니가 계신 곳, 가족이 잠든 곳, 이들을 두고 섬을 나간다는 건 있을 수 없다.

나는 감정이 북받쳐 손잡이에 이마를 기대고 소리 죽여 오열했다.

하지만…… 리쿠 님과 헤어지는 건 더욱 싫었다. 할머니와 헤어지는 한이 있어도 리쿠 님과는 헤어지고 싶지 않았다. 앞으로, 계속, 함께 있고 싶다. 그 사람 곁에 있고 싶다.

✽❊✽

"할머니."

평소보다 늦게 병실로 가 보니, 할머니는 침대 위에서 상반신만 일으켜서 창밖을 보고 있었다. 창문은 반쯤 열려 있었고 상쾌한 바람이 불어왔다.

내가 말을 걸자 할머니는 미소를 지으며 이쪽을 돌아봤다.

"아아, 치나미 왔구나. 오늘은 좀 늦었네?"

"응. 오전 진료가 좀 늦게 끝났거든."

"그래? 바쁘다면 매일 오지 않아도 괜찮아."

할머니 말에 나는 쓴웃음을 지었다. 오지 않아도 괜찮다고 하시면서도, 늦게 온 것을 민감하게 알아채셨다. 이렇게 매일 내가 오는 것을 분명히 기대하고 계신다는 증거다.

잠시 주저한 후, 나는 마음먹고 입을 열었다.

"······저, 할머니."

"응?"

"내가 없으면 외로워?"

당돌하게 말하자 할머니는 천천히 내게 시선을 돌렸다.

"······뭐?"

"내가 이 섬에서 나가 버리면, 외롭겠어?"

할머니는 아무 대답 없이 그저 조용히 나를 바라본다.

"······나, 지금 좋아하는 사람이 있어."

"······."

"근데 그게 료헤이는 아냐. ······료헤이랑은 일이 있어서 얼마 전에 헤어졌어. 걱정을 끼치고 싶지 않아서 할머니한텐 말 안 했지만······."

그런데도 할머니는 놀란 기색도 없이 말없이 이야기를 듣고 있었다.

"······그 사람이 다음 달부터 도쿄로 가기로 돼서······."

"······."

"난 그 사람을 따라가고 싶어."

불끈 쥔 주먹에 넘쳐흐르는 눈물이 뚝뚝 떨어지고 부서졌다.

할머니 얼굴을 보고 있으면, 어릴 때 추억이 주마등처럼 떠올라 가슴이 찢어지듯이 아팠다.

"……미안해, 할머니. 이렇게 키워 주었는데, 매정한 말해서 미안. 정말…… 미안해……."

그때, 할머니는 작은 한숨을 쉬고 가만히 내 손을 쥐었다. 눈물범벅이 된 얼굴을 들자 할머니는 조용히 미소 지었다.

"전혀. 조금도 외롭지 않아."

"……예?"

아무렇지도 않다는 듯 답한 할머니를 나는 멍하니 바라본다.

"그보다 이제 겨우 어깨의 짐이 가벼워지는구나 싶어. 네가 독립할 때가 왔구나…… 싶어서."

"할머니……."

"내 걱정은 마. 치나미가 시집가면 네 고모가 다카마츠로 데려간다고 하니까, 전~혀 외로울 것 없어."

밝게 웃는 할머니를 나는 말없이 바라보았다. 할머니는 눈썹꼬리를 내리며 눈에 눈물이 고였다.

"그러니까 넌 아무 걱정 말고 도쿄든 어디든 가서 행복하게 살아 보렴."

그 말과 동시에 봄바람이 불어와서 커튼을 살짝 흔들었고, 눈물에 젖은 내 뺨을 가볍게 어루만졌다.

"할머니……. 할머니!"

"아, 정말 얘는, 이제 나이도 먹었는데 뭐니?"

내 등을 부드럽게 쓰다듬으면서 속삭이는 할머니의 목소리에는 눈물이 섞여 있었다. 나는 할머니의 체온과 체취에 안겨 울먹였다.

"넌 행복해야 해. 어릴 때부터 계속 힘든 일만 겪으면서 고생만 시켰지. ……미안해."

"아냐! 전혀 그렇지 않아! 난 여기 와서 정말 행복했어!"

할머니를 부둥켜안으며 나는 세게 고개를 저었다.

"난 정말 할머니한텐 감사하고 있어. ……여기까지 키워 줘서, 정말……."

"그건 당연한 거야. 넌 내 귀여운 손녀니까."

그때서야 몸을 떼고 할머니는 내 얼굴을 살폈다. 아직 눈물이 멎지 않는 나와 대조적으로 할머니의 눈에는 이미 눈물은 사라져 있었고, 어딘지 모르게 안심한 듯한 산뜻한 표정을 짓고 있었다.

할머니가 내 등을 밀어 주신 덕분에, 나는 겨우 결심할 수 있었다.

이제까지는 기다리기만 했지만, 그러면 안 된다. 리쿠 님을 잃고 싶지 않다.

그러니까 오늘, 만나러 갈 것이다. 가서 먼저 모든 마음을 전할 것이다.

그날 근무를 마치자마자 나는 이가라시 저택으로 향해 필사적으로 자전거 페달을 밟았다. 한번 각오를 했더니, 안절부절못하게 돼 한시라도 빨리 리쿠 님을 만나고 싶어졌다.

"……하아 ……하아."

너무 전속력으로 달린 탓인지, 거의 도착한 시점에서 페달을 밟는 힘이 급격히 떨어졌다. 호흡을 가다듬으려고 나는 일단 자전거를 세웠다.

자전거에서 내려 땀을 닦으면서 제방 쪽으로 기댔다. 저녁의 바닷바람이 땀에 젖은 몸을 조금씩 식혀 주었다. 문득 바다 쪽을 돌아본 나는 이곳이 해안의 바로 위라는 것을 알고 깜짝 놀랐다.

1년 전, 리쿠 님을 처음 봤던 이 해안가. 이곳에는 여러 가지 그와의 추억이 있다.

나는 무의식적으로 해안가를 향해 걷고 있었다. 리쿠 님과의 추억이 담긴 이곳에서, 조금이라도 용기를 얻고 싶다. 그리고 망설임을 털어 내고 싶다. 그런 생각이었다.

물가에 서서 바다로 잠기는 거대한 석양을 바라보면서, 나는 문득 어릴 때 할머니가 해 주신 이야기가 생각났다.

해가 지는 황혼 무렵을 '오마가토키' 라 부른다고 할머니는 가르쳐 주셨다.

글자 그대로 마귀와 만날지도 모를 시간이라는 뜻으로, 형언할 수 없는 시간의 틈새가 갖는 괴기함이 묘한 신빙성을 가지고 있었다.

어른이 되고 이젠 마귀 따위는 없다고 생각하고 있지만, 토산품점에서 해고되고, 지금 이렇게 이 장소에서 석양을 바라보던 그 날. 어느새 뒤에 서 있던 리쿠 님을 알아봤을 때는, 순간 환상을 보는 게 아닐까 하는 생각이 들었었다.

오마가토키가 보여 준, 이 세상에는 존재하지 않는 사람이 아닌가, 하고.

물론 리쿠 님은 실존했고, 내게 상냥함, 따스함, 설렘 등등, 수많은 것들을 주었다.

하지만 리쿠 님이 떠나 버리면, 이 1년간의 추억은 단지 환상이었을 뿐이라고 여겨 버릴 것 같았다.

"……치나미 씨."

모래사장에 멍하니 서 있던 나는, 고막을 울리는 그리운 목소리를 듣고 흠칫 움직임을 멈췄다.

부드럽고, 나지막하고, 마음속에 울리는 달콤한 목소리. 지금껏 듣고 싶었던 목소리. 마음이 너무나 원하는 나머지, 드디어 환청을 듣게 되기까지…….

"치나미 씨!"

나는 목소리가 들린 쪽을 돌아본다. 마음을 달래는 파도 소리. 그리고 나를 보고 부드럽게 미소 짓는, 오렌지색에 물든…….

"……리쿠…… 님?"

그것은 환청도 환상도 아닌, 틀림없는 리쿠 님의 모습이었다. 마치 처음 여기서 마주쳤을 때와 같은 상황에 가슴이 뭉클해졌다.

리쿠 님은 한 발 한 발, 천천히 걸어왔다. 그리고 내 눈앞에서 멈췄다. 우리는 똑바로 마주 서고, 서로를 물끄러미 바라보았다.

보름 만에 보는 그 모습에 나는 눈물이 쏟아질 것 같았다.

"……왜 이곳에……."

"사실은 치나미 씨를 만나러 아까 집을 찾아갔었습니다. 하지만 아직 귀가 전이어서, 나중에 다시 올 생각이었는데, 그전에 왠지 이곳에 오고 싶어져서……."

"……."

"그랬더니 치나미 씨가 있어서 깜짝 놀랐어요."

……설마, 이런 우연이…….

"저, 저를 만나러 오셨다고요?"

"네." 하며 리쿠 님은 미안해하는 표정을 지었다.

"23일에 연락한다고 했었는데, 못 해서 죄송합니다. ……그렇게 헤어졌는데 어떻게 할까 고민하다 보니, 전화를 할 기회를 놓치고 말았어요……."

리쿠 님에게 사과를 받게 될 줄은 몰라서, 나는 입가를 누르며 터지려는 울음을 참았다.

"저야말로…… 그렇게 심한 말을 해서 죄송합니다. ……저는……."

말을 끊어 가며 헐떡거리듯 말하자, 리쿠 님은 작게 웃으며 고개를 저었다.

"치나미 씨는 아무 잘못 없어요. 당신을 위해 한 일이, 오히려 당신을 불안하게 만들었어요. 그런 말을 나오게 만든 건, 제 탓이에요."

여전한 배려 깊은 말에 가슴이 멨다. 그와 동시에 미도리 씨의 말이 떠올라서 나는 주먹을 불끈 쥐었다.

오열로 가빠진 숨을 어렵게 고르고 리쿠 님을 바라보며 입을 열었다.

"다음 달, 도쿄로 가신다는 게 정말인가요?"

"예?! 어떻게 그걸 아세요?"

미도리 씨 이름을 말해도 될지 망설이는데, 리쿠 님은 어깨를 움츠리며 쓴웃음을 지었다.

"또 소문이 돌던가요? 정말 소문 한번 빠르네요……. 그래요. 다음 달 초부터 도쿄로 갑니다."

"아카시 씨의 회사인가요?"

"네, 갑자기 불러내더니 일을 떠맡기더군요. 여전히 몰인정한 놈이죠?"

내 가슴은 애절함으로 찢어질 듯했다. 왜 리쿠 님은 이렇게 아무렇지도 않게 도쿄로 가는 이야기를 하는 걸까? 나와의 관계는 완전히 끝났기 때문일까? 이젠 돌이킬 수는 없는 걸까?

나는 어금니를 꽉 깨물었다. 여기서 절대로 끝낼 수 없다. 리쿠 님을 절대로 잃고 싶지 않다. 그를 사랑하니까.

"저도 도쿄로 데려가 주세요!"

나는 무의식중에 리쿠 님에게 그렇게 외쳤다. 동시에 눈에는 눈물이 고였다. 리쿠 님은 멍한 표정으로 눈을 부릅뜨고, 내 얼굴을 응시했다.

"……네?"

"갑자기 이런 부탁을 해서 죄송합니다! ……하지만 ……하지만…… 리쿠 님과 떨어지고 싶지 않아요! 계속 같이 있고 싶어요! 이 섬에서 나가게 되더라도, 난 당신을 따라가고 싶어요!"

내가 말을 계속할수록 리쿠 님의 기색이 조금씩 변해 간다.

"그때는 외로워서 그랬다고 말해 버렸지만 그건 거짓말이었어요. 좋아하니까…… 리쿠 님을 미치도록 좋아하니까……. 그래서, 그날 밤 같이 있자고 한 거였어요."

"……."

"부탁해요. 저를 도쿄로 함께 데려가 주세요!"

더듬거리면서도 나는 내 본심을 전부 리쿠 님에게 고백했다. 설사 거절당한다고 해도 아무런 후회가 없다.

"……아…… 그게."

눈에 보이게 당황하는 리쿠 님의 모습에 이젠 이미 늦었구나 하며 절망적인 기분에 휩싸였다.

"역시…… 안 되나요?"

여기서 우는 건 약아 보일까 봐서 애써 눈물을 참으며 묻자, 리쿠 님은 황급히 손을 저었다.

"아뇨. 그게 아니라……."

"……?"

"치나미 씨, 뭔가 오해하고 있지 않나요?"

"네? ……오해?"

"네. 누구에게 어떤 이야길 어떻게 들었는지 모르겠지만……."

거기서 리쿠 님은 일단 말을 끊고 쏟아 내듯이 단숨에 말했다.

"도쿄에 가는 건 맞지만 친구 결혼식에 참석차 가는 것일 뿐, 2박 3일 정도만 가 있을 거예요."

"……네?"

"아, 그러니까, 이 섬에 돌아올 거예요."

겨우 리쿠 님의 말뜻을 이해한 나는, 손에 든 가방을 그만 모래 사장 위에 떨어뜨리고 말았다. 입을 벌리며 오렌지색에 물든 리쿠 님의 얼굴을 바라보았다.

"네에에에에에?! 그게 뭐예요, 도대체!"

"……제가 어떻게 알아요. 치나미 씨가 멋대로 오해한 거잖아 요!"

"그, 그게, 그럼……. 아카시 씨 회사에 간다는 건……."

"그 결혼하는 친구가 아카시 아버지의 비서를 맡은 사람인데, 저와도 예전부터 친했거든요. 해외에서 친족만 초청해서 결혼식을 올렸는데, 갑자기 지인들을 초청한 파티를 회사에서 열기로 했다고 해서 가는 거예요."

"그, 그럼, 일을 떠맡겼다는 건……."

"아, 그건 파티 당일에 진행자를 맡아 달라고 다짜고짜 아카시가 떠맡겼다는 얘기죠."

내 온몸에서 갑자기 힘이 **빠져**나간다. 도대체 어떻게 해서 이 렇게 얘기가 와전됐을까? 그렇게 고민하고, 섬을 떠날 각오를 하고, 게다가 할머니 앞에서 울어 대기까지 했는데…….

미도리 씨가 오해했는지, 아니면 나를 골탕 먹이려고 일부러 와전시켰는지 지금 와서는 확인할 길이 없지만, 너무나 심한 오해와 아까 해 버린 뜨거운 고백이 생각나서 몸 전체가 끓어오른 것처럼 뜨거워졌다.

리쿠 님의 얼굴을 제대로 바라볼 수가 없어서, 나는 등을 확 돌렸다.

3일이면 돌아오는데 갑자기 도쿄로 데려가 달라고 애원하는 나를 보고 리쿠 님도 엄청 놀랐을 터. 부끄러워서 몸 둘 바를 모르겠다.

"……큭."

리쿠 님에게 등을 돌린 채 머리를 싸매고 괴로워하는데, 뒤에서 웃음소리가 들렸다.

양쪽 **뺨**을 감싼 채 나는 조심조심 돌아본다. 리쿠 님은 참지 못하겠다는 듯 입가를 가리며 큭큭, 웃고 있었다.

"치나미 씨는 정말 못 말린다니까."

웃음을 멈춘 리쿠 님은 숨을 후우, 몰아쉬고 똑바로 나를 보았다.

"오늘이야말로 내가 먼저 제대로 말하려 했는데, 선수를 치셨네요."

부끄러워 고개를 숙이던 나는, 그 말을 듣고 고개를 홱 들었다.

"제 직장이 결정됐어요."

놀란 나는 눈을 부릅떴다. 리쿠 님은 미소를 띤 채 천천히 끄덕였다.

"삼촌 소개로 관공서 일을 하게 됐습니다. 다음 달부터 거기서 일할 거예요."

"……."

"치나미 씨에게 전하고 싶은 게 있었는데 직장이 결정되면 전하기로 마음먹어서, 이건 제 나름대로 정한 룰이었는데 너무 집착한 나머지 소중한 것을 놓치고 있었습니다."

"……."

"치나미 씨." 하며 리쿠 님이 내 손을 부드럽게 감쌌다.

"네."

"다시 한 번, 이가라시 가문으로 와 주시겠어요?"

"네?"

"이번엔 제 신부로서."

"시…… 신부……?"

"네. 원래는 반지를 준비하고 싶었는데, 소중한 건 그런 게 아니라 말이었습니다. 당신을 잃기 직전이 돼서야 그걸 겨우 깨달았어요."

"……."

"전 치나미 씨를 좋아합니다. ……영원히 당신과 함께 있고 싶습니다."

달콤하고 온화한 리쿠 님의 눈동자가 수면처럼 흔들리고 있다.

의심할 여지조차 없을 정도로 명확하게, 그리고 힘 있게 리쿠 님은 그렇게 말했다.

꿈이 아닐까 하는 생각이 순간적으로 머릿속을 스쳤지만, 꿈이 아닌 증거로 리쿠 님의 손은 너무나 따뜻하고 힘찼다.

이제까지 계속 기다렸던 '좋아한다.'는 한마디를 듣고, 나는 도저히 서 있을 수가 없게 되어서 힘없이 그 자리에 주저앉았다.

"괜찮아요?"

리쿠 님은 내 뺨에 흐르는 눈물을 손가락으로 닦으며, 똑바로 내 눈을 바라봤다.

"그날, 모든 게 어그러지며, 전해지지 않는 답답함에 짜증이 났어요……. 하지만 이제야 깨달았습니다. 전해지지 않는 게 아니라, 전하지 않았던 거라고."

거기서 리쿠 님은 다시 한 번 내 손을 꼭 쥐었다.

"그래서 오늘은, 내 마음을 전부 당신에게 전하려 합니다."

리쿠 님은 한 번 심호흡을 하고 나서, 말을 이었다.

"저는 치나미 씨를 좋아합니다. 만나기 전의 당신을 나는 모르지만, 그 과거까지 모두 포함한 지금의 치나미 씨를, 나는 좋아하게 됐습니다."

"……"

"그러니, 미래의 당신을 전부 내게 맡겨 주시겠습니까?"

"미래의…… 나……?"

"네." 하며 미소와 함께 리쿠 님은 크게 끄덕였다.

"아까 치나미 씨가 말해 줬죠? 나와 함께 있고 싶다고."

"……네."

"저도 같은 생각입니다. 평생 당신 곁에서 지키고 싶습니다. 당신이 짊어진 것의 반을 제게 맡겨 줬으면 해요."

리쿠 님은 힘 있게 내 몸을 끌어안았다.

"저와 결혼해 주세요, 치나미 씨."

"……!"

말이 나오지 않아서 겨우 끄덕이며 리쿠 님의 등에 팔을 둘러 껴안았다.

1년 전, 리쿠 님의 모습을 처음 봤던 이 해안가. 가게의 창문 너머로 그 모습을 바라봤던 이 장소에서 프러포즈를 받다니. 그때의 나는 상상조차 할 수 없었으리라.

주변에는 아랑곳하지 않고 리쿠 님에게 매달리며 나는 크게 울부짖었다. 리쿠 님은 미소 지으면서 내 머리를 부드럽게 쓰다듬어 주었다.

나는 코를 훌쩍거리다 약간 갸우뚱하며 리쿠 님을 보았다.

"리쿠 님, 뭔가 아주 좋은 냄새가 나요. ……향수인가요?"

그렇게 묻자 리쿠 님은 흠칫 놀라고 깊은 한숨을 쉬었다.

"아아, 이런. 난 정말 끝까지 잘 안 된다니까……."

"네?"

다시 한 번 고개를 갸우뚱거리자, 리쿠 님은 쓴웃음을 지으며 내 손을 잡았다.

"뭐, 어때. 아직 대답도 안 들었는데."

"……?"

"잠깐 와 줄래요?"

잡은 손을 끌어당겨서 리쿠 님은 나를 일으켰다. 모래사장에서 지방 도로로 통하는 계단을 올라가니, 제방 옆에 비상등을 켠 차가 세워져 있었다.

"잠깐 기다려 주세요."

그러면서 리쿠 님은 운전석 문을 열고 상반신만 안에 들어갔다. 다시 나왔을 때에는 양손 가득한 장미 꽃다발이 안겨 있었다. 그것을 들고 리쿠 님은 약간 수줍어하면서 내 앞에 섰다.

"꺾어 온 꽃무릇을 치나미 씨에게 건넸을 때, 남자에게 꽃을 받는 건 처음이라고 했죠? 그래서 언젠가 제대로 된 꽃다발을 줘야겠다고 생각했었어요."

"그걸 기억하고 있었어요?"

"네. 그래서 프러포즈할 때, 반지 대신 꽃다발을 줘야겠다고 마음먹었었어요."

그렇게 말하면서 리쿠 님은 자세를 가다듬고 내게 꽃다발을 내밀었다.

"그럼, 다시."

나도 차렷 자세를 취했고, 옅은 갈색 눈동자는 나를 똑바로 쳐

341

다봤다.

"저와 결혼해 주세요, 치나미 씨."

아까보다도 한결 더 힘 있게 리쿠 님은 그 말을 입 밖으로 냈
다.

바닷바람이 새빨간 장미를 흔들었고, 달콤한 향기가 내 눈물샘
을 자극했다.

내가 리쿠 님에게 어울리는 여성이라고는 도저히 여겨지지 않
지만, 이렇게 나를 사랑해 주고, 필요로 해 주고, 함께 있고 싶
다고 생각해 준다면 그 마음에 온몸으로 응하고 싶다고 생각했
다.

"예. 평생을 리쿠 님과 함께할래요."

또렷한 목소리로 답하자, 리쿠 님의 옅은 갈색 눈동자가 크게
흔들렸다.

리쿠 님은 몰려오는 격정을 참는 듯 지그시 입술을 깨물면서,
오른손으로 내 머리를 휘감고 자신의 품에 끌어안았다.

"평생……이라. 책임이 큰걸."

그 목소리에는 각오한 듯한 중후한 뉘앙스가 섞여 있었다.

결혼은 결코 골인 지점이 아니라, 오히려 모든 것의 출발 지점.
좋아한다는 마음만으로는 넘을 수 없는 수많은 일들이 있다.

아마 앞으로 여러 가지 벽에 부딪히게 될 것이다. 하지만 이상
하게 망설임은 없었다. 이 사람이 함께라면, 어떤 일이든 헤쳐 갈
수 있겠다는, 막연한 자신감이 있었다. 이렇게 느낄 수 있는 상대

는 리쿠 님이 처음이었다.

잠시 후, 리쿠 님은 조용히 내 몸에서 떨어졌다. 눈이 마주친 순간, 천천히 고개를 기울여 입술을 겹쳤다.

온화한 봄바람이 뺨을 스치는 리쿠 님의 앞머리를 흔들었다. 지금까지 여러 번 키스를 해 봤지만, 이것이야말로 진정한, 우리들의 첫 키스라고 나는 생각했다.

"너무 멀리 돌아왔네요."

뺨을 어루만지며 리쿠 님은 중얼거렸다.

"그러네요. 하지만……."

뺨에 닿는 리쿠 님의 손가락을 어루만지며 나는 미소로 그의 얼굴을 봤다.

"마지막에는 틀리지 않았으니까……. 멀리 돌아왔지만 그래도 제대로 도달했으니까……. 그러니까 이젠 절대로 놓치지 말아 주세요."

옅은 갈색 눈동자에 약간의 눈물이 고인 리쿠 님은 입술을 깨물며 끄덕였다.

"네."

두 사람은 동시에 손가락을 얽었다. 아까부터 줄곧 열병이 난 것처럼 체온이 높아진 것 같았지만, 얽힌 리쿠 님의 손가락도 은근히 뜨거웠다. 다시금 겹쳐진 입술도, 체온 이상의 열기를 띤 것처럼 느껴졌다.

앞으로 수없이 리쿠 님과 입술을 겹칠 때마다, 열병에 걸린 것 같은 이날 밤이 생각날 것이다.

봄 바다에 풍기는 바다의 내음과 꽃 내음, 그리고 입술로 전해 오는 리쿠 님의 따스함을 느끼면서, 나는 그렇게 생각했다.

에필로그

3월 21일. 현관에서 한 발짝 나온 나는 문득 멈춰 서 하늘을 바라보았다.

따스한 봄 날씨를 느낀 나는 현관 앞에서 코트를 벗었다. 묘전에 바칠 선향 등을 담은 종이봉투와 꽃다발을 들고 절을 향해 걷기 시작했다.

절로 이어지는 계단 옆 화단에는 꽃망울을 터뜨린 서향이 한창이었다. 물통에 물을 긷고 부모님이 잠들어 있는 무덤으로 향했다.

성묘를 마친 나는 선향을 세우고 묘비를 향해 합장했다.

'아빠, 엄마, 소라. 오늘은 중요한 보고 사항이 있어요.'

눈을 감고 마음속으로 말하면서, 왠지 부끄러운 것 같은 이상한 기분이 들었다.

'있잖아요, 평생 따라가고 싶어진 사람과 만나게 됐어요. 그 사람은 배려심도 깊고, 나를 위해 주고, 내가 계속 안고 있던 마음의 상처를 아물게 해 줬어요. 내가 살아가는 의미를 가르쳐 주고, 행복해져도 된다고 말해 줬어요. 그래서 난 그 사람과 함께 살아갈 결심을 했어요.'

천천히 뜬 눈에 눈물이 살짝 고였다.

"나 그 사람과 결혼할게요."

보고를 마치자, 기억 속의 부모님이 미소 짓는 것처럼 느껴졌다.

이렇게 온전한 마음으로 부모님께 결혼 보고를 할 수 있게 된 건, 모두가 리쿠 님 덕분이다. 그날 리쿠 님이 해 준 말을 생각하면서, 나는 그렇게 실감했다.

가려고 일어선 순간, 이쪽으로 걸어오는 발자국 소리가 들려 나는 황급히 눈물을 닦았다.

아마 나처럼 성묘하러 온 사람일 거라고 생각하며 무심코 눈을 돌린 나는 깜짝 놀랐다.

"리…… 리쿠 님……."

그것은, 백합 꽃다발을 품에 안은 리쿠 님이었다. 뛰는 가슴을 진정시키며 나는 그의 얼굴을 쳐다보았다.

"여, 여기에는 무슨 일로……."

"오늘은 여기 있을 것 같아서. 부모님께 제대로 한번 인사를 드리려고요."

"인사…… 요?"

"네. 따님을 제게 주십시오, 라고."

리쿠 님은 싱긋 웃어 보였다. 무릎을 꿇고 백합꽃을 묘비 앞에 놓고 나를 올려다봤다.

"치나미 씨는 보고 마쳤어요?"

"아, 네. 아까 금방……."

"그렇군요. ……그럼 이번엔 제가."

리쿠 님은 묘비에 눈을 돌리고 정중히 합장하며 고개를 숙였다.

"처음 뵙겠습니다. 저는 이가라시 리쿠라고 합니다. 이번에 치나미 씨와 결혼하게 되었습니다. 아직 제가 모자라서 고생도 시키고, 모르는 사이에 상처를 입히고, 슬프게 할지도 모릅니다. 하지만, 치나미 씨를 위하는 마음만은 그 누구보다도 강하다는 자신, 있습니다."

리쿠 님이 말을 이을 때마다 들어갔던 눈물이 다시 넘쳐났다.

이미 돌아가신 부모님을 향해 마치 살아 계신 것처럼 또렷이 목소리를 내며 나를 향한 사랑을 증명해 준 것이, 너무나도 기뻤다.

"반드시 치나미 씨를 행복하게 해 주겠다고 약속하겠습니다. 평생을 온 힘을 다해 지켜 내겠습니다. 그러니 부디 안심하시고, 여기서 치나미 씨와 저를 지켜봐 주십시오."

힘차게 말한 리쿠 님의 표정은 늠름하고 자신감에 넘쳐 밝아 보였다.

　리쿠 님은 숨을 내쉬고, 무릎에 손을 대며 천천히 일어섰다. 그리고 약간 수줍어하는 듯한 미소로 나를 돌아봤다.

　"이걸로 만족하셨을까요? 너 같은 놈은 안심할 수 없다고 하시는 건 아닐까요?"

　"설마요."

　울다 웃은 나는, 조용히 리쿠 님의 어깨에 머리를 기댔다.

　"제게는 어울리지 않는 분수에 넘치는 사람이라 생각하실 거예요. 제가 제대로 신부 역할을 할 수 있겠냐고 불안해하실지도 몰라요."

　"그럴 리 없어요. ……하지만."

　리쿠 님은 내 어깨를 손으로 잡고, 몸을 품 안에 끌어당겼다.

　"여기서 분명히 약속했으니, 이행해야겠네요. 이거 좀 긴장되는걸."

　각오한 듯한 깊은 목소리에 가슴이 벅찬 나는 리쿠 님의 옷깃을 쥐어 잡았다.

　그 왼손의 약지에 낀 반지가, 봄 햇살을 받아 눈부시게 반짝거렸다.

　"여긴 터가 좋네요."

　리쿠 님은 먼 시선으로, 그곳에서 보이는 풍경을 바라보고 있었다.

그 시선을 따라가니, 그 끝에는 우리가 사는 동네와 바다가 보였다.

"부모님과 동생분은, 여기서 쭉 치나미 씨를 지켜봤었군요⋯⋯."

눈을 가늘게 뜨고 혼잣말처럼 중얼거린 리쿠 님은, 천천히 그 시선을 내게 돌렸다. 나도 고개를 들어 리쿠 님을 바라보았다. 옷 깃을 잡은 내 손을 리쿠 님의 손이 부드럽게 감쌌다.

"행복하게 살아요, 이곳에서."

갈색 눈동자와 시선이 마주친 순간, 내 머릿속에는 1년 전에 처음 리쿠 님을 봤던 그날의 기억이 생생히 되살아났다.

한쪽 무릎을 끌어안고 모래사장에 앉아 멍하니 바다를 바라보던 그 모습이 이상하게 인상적이었고, 언제부턴가 홀연히 나타나는 그 사람을 기다리게 되었다.

그로부터 여러 우연이 겹쳐, 리쿠 님과의 거리가 좁혀질수록 그를 향한 마음을 멈출 수가 없게 되었다.

너무 커진 마음과 불식할 수 없는 얽매임의 틈 사이에 끼어서, 두 사람의 마음이 교차되기까지 너무 멀리 돌아와 버렸다.

하지만 지금, 분명히 느낄 수 있다. 리쿠 님과 이렇게 만나게 된 건, 우연이 아니라 필연이었다고.

과거의 실패도 후회도, 모두 리쿠 님과 맺어지기 위해 준비됐던 것이었다고⋯⋯.

둘은 동시에 손가락을 얽었다. 시선이 마주치고 서로 미소 지은 후, 우리는 나란히 저 멀리 보이는 동네를 바라봤다.

달콤하고 강한 서향의 냄새가, 손을 꼭 잡은 우리들을 부드럽
게 감싸고 있었다.

— *The end*

섭
씨
100
℃
의
미
열

1판 1쇄 찍음 2015년 1월 19일
1판 1쇄 펴냄 2015년 1월 23일

지은이 | 노자키 아야
펴낸이 | 정 필
펴낸곳 | 도서출판 **뿔미디어**

편집장 | 이재권
기획 · 편집 | 은다솜, 박수희

출판등록 | 2002년 9월 11일 (제1081-1-132호)
주소 | 경기도 부천시 원미구 소향로 17, 303(두성프라자)
전화 | 032)651-6513 / 팩스 032)651-6094
E-mail | scarlets2012@hanmail.net
블로그 | http://blog.naver.com/dahyangs
홈페이지 | http://bbulmedia.com

값 9,000원

ISBN 979-11-315-6219-2 03810

도서출판 뿔미디어 홈페이지 OPEN!!

안녕하세요.

지금껏 저희 뿔미디어를 응원해 주신

독자님들의 성원에 힘입어

이번에 새롭게 홈페이지를 오픈하였습니다.

저희 뿔미디어는 홈페이지에서 독자님들께서

보다 빠른 출간 소식과 미리보기 등

알찬 내용을 제공하기 위해 많은 노력을 기울였습니다.

또한 독자님들에게 도서 할인, 이벤트 등

다양한 혜택을 제공하고자 합니다.

저희 뿔미디어 홈페이지 오픈을 계기로

한층 더 독자님들과 가까워질 수 있는 기회가 되었으면 합니다

보다 많은 관심과 사랑 부탁드리며,

앞으로도 더 좋은 컨텐츠 제공에 힘쓰도록 하겠습니다.

감사합니다.

-도서출판 뿔미디어 올림-

 www.bbulmedia.com